La collection
ROMANICHELS
est dirigée par
André Vanasse

Un sourire blindé

La publication de cet ouvrage a été rendue possible grâce à l'aide financière du ministère des Communications du Canada, du Conseil des Arts du Canada, du ministère de la Culture et des Communications du Québec et de la Société de développement des entreprises culturelles.

1781, rue Saint-Hubert
Montréal (Québec)
H2L 3Z1
Téléphone : 514.525.21.70
Télécopieur : 514.525.75.37

et

Sergio Kokis

Données de catalogage avant publication (Canada)

Kokis, Sergio, 1944-

Un sourire blindé : roman

(Romanichels)

ISBN 2-89261-233-0

I. Titre. II. Collection.

PS8571.O683S68 1998 C843'.54 C98-940900-7
PS9571.O683S68 1998
PQ3919.2.K64S68 1998

Dépôt légal : 3e trimestre 1998
Bibliothèque nationale du Canada
Bibliothèque nationale du Québec
ISBN 2-89261-233-0

Distribution en librairie :
Dimedia inc.
539, boulevard Lebeau
Ville Saint-Laurent (Québec)
H4N 1S2
Téléphone : 514.336.39.41
Télécopieur : 514.331.39.16

Maquette de la couverture : Zirval Design
Photographie de l'auteur : Nicolas Kokis
Illustration de la couverture : Sergio Kokis, *L'enfant et le corbeau*
Illustrations des pages de garde : Sergio Kokis, *Enfants*

Sergio Kokis

Un sourire blindé

roman

XYZ éditeur
Romanichels

L'auteur désire remercier le Conseil des arts et des lettres du Québec, qui a encouragé la création de ce roman.

À tous les enfants,
d'ici et d'ailleurs.

Il arriva avec trois blessures :
celle de l'amour,
celle de la mort,
celle de la vie.

MIGUEL HERNÁNDEZ

Hänsel dit à Gretel : nous allons
bientôt retrouver le chemin.

JACOB ET WILHELM GRIMM

Il était une fois un petit garçon appelé Conrado. Un beau jour, devant toute la confusion du monde, il cessa de parler. Au début, soulagé, il ne savait pas encore très bien ce qu'il faisait. Puis, trouvant la situation confortable, il prit la décision de ne plus rien dire, de ne plus jamais parler de sa vie. Il devenait alors, de son plein gré, ce qu'il avait toujours été, un spectateur. La vie était l'affaire des autres, entrecoupée d'images publicitaires et de changements brusques de sens. Lorsqu'elle devenait insupportable, il lui suffisait de fermer les yeux comme on ferme la télévision.

1

Au diable

Tout avait commencé bien avant, lorsque ça n'allait pas encore très mal. Mais Conrado ne se souvenait plus des débuts, ou si peu. Ça avait commencé en trébuchant, par secousses, et ça continua comme une chute libre ponctuée d'aspérités, de cauchemars et de scènes insolites. Lorsqu'il cessa de parler, les souvenirs du début s'étaient déjà quelque peu estompés et étaient devenus confus. Souvent, d'ailleurs, à cause de son étrange habitude de fermer les yeux pour inventer des histoires, l'enfant n'arrivait plus à distinguer les choses de la vie des images de la télévision.

C'est pourquoi il est assez difficile de revenir aux origines car, à vrai dire, dans l'état où il était, ça recommençait chaque jour et en langues étrangères. Inutile de chercher un fil conducteur.

Les langues incompréhensibles étaient un défaut du monde, il ne servait à rien de s'énerver. Autrefois, il comprenait ce qu'on disait puisqu'il ne sortait jamais. Mais depuis qu'il s'était mis à fréquenter toutes sortes de *garderias*, les boutons de réglage des images du monde s'étaient avérés définitivement inopérants. Les adultes aussi s'étaient manifestés dans leur folie absurde. Impossible de comprendre quoi que ce soit à leurs histoires.

Par ailleurs, Conrado reconnaissait certains avantages à ces lieux sinistres où l'on enferme les enfants, les *garderias*. Les senteurs extraordinaires qui y régnaient avaient sans doute charmé le petit en dépit de l'aspect catastrophique de ses premières visites. On y découvrait aussi des tranches de vie qui serviraient plus tard à s'orienter dans le monde. Une fois, par exemple, Conrado eut la chance unique de voir jouer ensemble un moniteur et une monitrice : la fille soufflait le zizi du monsieur, qui se gonflait comme un ballon, et celui-ci souffrait apparemment de douleurs affreuses. C'était l'heure de la sieste ; l'enfant fut si surpris par la scène qu'il oublia son envie de faire pipi et retourna à son matelas pour faire semblant de dormir. Une autre fois, une petite fille maladive aux lunettes épaisses fit une crise étrange pendant le bricolage. La monitrice fut si affolée que, comme une vraie idiote, elle appela les pompiers.

— Vite, elle brûle ! criait la monitrice au téléphone. Elle brûle ! Elle brûle !

Comme elle ne savait rien dire d'autre, le 911 envoya les pompiers. Les enfants n'avaient pas été évacués puisqu'il n'y avait pas de fumée ; ils accueillirent alors dans la joie les pompiers. Conrado eut même le droit de visiter leur camion et de porter un chapeau énorme.

Il ne se souvenait pas de ce qui était arrivé à la petite fille aux lunettes épaisses mais, la visite des pompiers, ça, il n'oublia jamais. Peut-être qu'elle était morte. D'ailleurs, les enfants mouraient sans cesse et ne revenaient plus. On disait que ses petits amis étaient partis, en voyage, ou qu'ils étaient malades. À la longue, personne ne s'en préoccupait plus et ils faisaient tous comme si de rien n'était. Conrado savait pourtant très bien ce que cela voulait dire. Sa grand-mère était, elle aussi, partie un jour en voyage, et elle n'était plus revenue. Il avait ensuite entendu sa tante parler des funérailles, de la façon dont on enterre les gens avec les ordures pour faire pousser les légumes. Puis, aussi, que la vieille était peut-être en enfer. Forcément, car elle était méchante ; en parlant toute seule, elle s'était mise à proférer des cochonneries et des blasphèmes.

Quand on meurt, soit qu'on va au ciel, soit qu'on va en enfer ; on devient soit ange, soit fantôme. Les enfants vont plutôt au ciel, et c'était peut-être là qu'elle était arrivée, la petite fille aux lunettes épaisses.

Dario, le père de Conrado, était en enfer. Sa mère disait que son père était une ordure et qu'il était allé au diable.

— Bien fait pour lui, disait-elle, aigrie, lorsque les autres femmes demandaient de ses nouvelles. Il est mort, mort et enterré ! Dario est mort du sida à force de faire des saloperies. Pour moi, il est mort, en enfer ! Qu'il aille au diable ! Je ne veux plus qu'on parle de lui ici.

Ces trucs de ciel et d'enfer sont difficiles à comprendre lorsqu'on est petit. Les grandes personnes mélangent tout et n'expliquent jamais rien. Son père était donc mort, et en enfer de surcroît, même si les autres femmes continuaient à parler de lui le sourire aux lèvres. Conrado l'avait pourtant bel et bien vu quelques fois dans le quartier avec la fille d'une voisine, celle qui portait des jupes courtes et qui avait de gros tétons. Mais le petit s'était bien gardé de l'appeler ou de le dire à sa mère. On ne sait jamais avec les fantômes ; quant à sa mère, ses crises de colère pouvaient être effrayantes. C'est pourquoi il s'attendait à rencontrer un jour la petite fille morte, histoire de lui demander ce qu'on mange au ciel. Pour l'enfer, c'était évident : on y mangeait des carottes bouillies, du brocoli et des choux puants. Mais au ciel… On ne pouvait pas manger tous les jours du poulet, des frites et du *milk-shake* ; ça serait écœurant à la longue. Une fois, il se souvenait bien, Conrado avait bu trois *milk-shakes* de suite et il avait vomi pendant des jours. Alors, qu'est-ce qu'on pouvait bien manger au ciel ? Inutile de poser ce genre de question aux grandes personnes, car elles ne comprenaient même pas ce dont on voulait parler. À l'église, le dimanche, le pasteur qui parlait tout seul savait beaucoup de choses sur l'enfer, mais bien peu sur le ciel. Puis, les adultes parlaient entre eux et il valait mieux que les enfants restent muets.

— Tais-toi !

C'était la seule réponse qu'on obtenait durant le service religieux, accompagnée souvent d'une tape sur le crâne ou d'un pincement dans le mou du bras.

Conrado apprenait vite, et c'est pourquoi il avait jusqu'alors reçu peu de coups. Dans la file d'attente de l'autobus, dans le métro, il rencontrait souvent d'autres enfants qui n'apprenaient pas vite ; il baissait les yeux à la vue des baffes et des grimaces de douleur. Les passagers faisaient parfois des commentaires et l'ambiance devenait vite insupportable. Les petites filles, elles, quand elles étaient folles, pouvaient faire ce qu'elles voulaient dans l'autobus ; leur mère faisait à peine semblant de réagir, rien que pour montrer à la ronde qu'il était impossible de les contrôler. Les garçons, au contraire, recevaient rapidement des baffes, et tous les passagers paraissaient satisfaits. Ce n'est pas drôle d'endurer des coups devant tout le monde lorsqu'on est un garçon. Les filles ne sentent pas les coups de la même manière, et elles deviennent plus excitées encore quand on les frappe. Surtout, lorsqu'un garçon les frappe. C'est pour ça qu'il ne faut pas frapper les petites filles.

L'enfer, c'est non seulement un endroit mauvais, mais aussi une source de soucis pour ceux qui sont encore vivants. On a toujours peur de mourir et d'aller en enfer, et cela gâche la vie ; on n'a pas le droit de faire ce qu'on veut et les adultes ont toujours raison. Par contre, ceux qui sont morts ne semblent pas tous dérangés d'être en enfer. Conrado se souvenait que son père — Dario, son premier père, celui qui était allé au diable — ne semblait pas triste lorsqu'il l'avait vu avec la fille de la voisine. Il avait laissé pousser ses cheveux et il portait une queue de cheval ; il avait l'air sérieux, certes, mais la fille de la voisine riait, très contente des chatouilles que son père lui faisait en attendant l'autobus.

Peut-être que tout avait commencé depuis que son père était allé au diable. Auparavant, les choses n'allaient pas si mal que ça. Natividad, sa mère, restait à la maison et préparait à manger tous les jours. Conrado pouvait dormir jusqu'à très tard le matin et, ensuite, bien au chaud dans son pyjama, il pouvait s'amuser avec ses jouets. Parfois ils allaient ensemble dans les centres commerciaux et l'enfant avait le droit de tout regarder. Il est vrai que ces sorties-là finissaient souvent mal, en bagarre, car c'était un supplice de ne rien pouvoir acheter. N'empêche qu'ils oubliaient tout, et le samedi suivant ils avaient de nouveau le goût de retourner dans ces lieux multicolores. Puis, tout le monde regardait la télévision. Seul le père arrivait à comprendre ce qu'on disait à la télévision, mais ce n'était pas grave. Dario traduisait pour les autres, et on n'a pas trop besoin de comprendre ce qu'on dit lorsqu'il s'agit de dessins animés ou de *Sesame Street*. Voilà pourquoi sa mère, les voisines et même la grand-mère regardaient plutôt des choses pour enfants. La grand-mère pouvait alors parler à son aise avec Cookie Monster, et elle oubliait alors de se plaindre et de blasphémer. Ensuite, après *Sesame Street*, elle continuait à bavarder avec Cookie Monster ou elle marchait dans la maison comme Big Bird. Ils se divertissaient tous et la vie leur paraissait simple. Le père travaillait en ce temps-là dans une fabrique de gâteaux ; il apportait toujours beaucoup de biscuits pour que la vieille se tienne tranquille, sans faire de crises.

À force d'imiter Cookie Monster, la grand-mère devint si grosse qu'elle ne pouvait plus se lever du sofa. Conrado gagna ainsi une chambre à lui tout seul. La grand-mère habitait le sofa et, bien vite, toute la maison commença à puer. Un jour, le 911 vint la chercher pour l'emmener en enfer. Les deux policiers durent appeler le concierge pour aider à la descendre dans les escaliers, et ça coula un peu partout. À ce moment-là, dans l'énervement général, le père de Conrado se fit mal au dos en voulant se mêler de ce qui ne le concernait pas ; la vieille n'était même pas sa mère à lui.

Après qu'on eut jeté le sofa aux vidanges et qu'un autre sofa fut arrivé, ce fut le tour du père de Conrado de s'y installer, à cause de son mal de dos. Ils continuaient tous à regarder la télévision mais l'ambiance n'était plus la même. Dario était devenu nerveux parce qu'il restait couché toute la journée. Natividad paraissait irritée car le père avait envie de la chatouiller à tout moment. Elle n'aimait pas ça ; elle disait que c'était à cause de Conrado qu'elle n'aimait pas les chatouilles. Pendant qu'ils se disputaient, l'enfant ratait de bons moments de ses émissions. La mère pleurait et le père changeait de chaîne pour voir des choses que lui seul pouvait comprendre.

Natividad se mit ensuite à sortir, tandis que Dario passait des heures à parler au téléphone. Il avait l'air de s'amuser, même s'il disait qu'il était très malheureux, surtout lorsque les voisines venaient le visiter. C'était parfois embêtant, car Conrado devait alors rester seul devant la télévision sans personne pour traduire. Ça allait mal et les bagarres étaient chaque fois plus fréquentes. Le père s'était mis à manger les biscuits avec de la bière et, peut-être à cause des chatouilles, la vie devint insupportable.

Conrado n'arriva jamais à comprendre le rapport entre le travail, le mal de dos et les chatouilles. L'argent manquait, aussi. La mère décida donc qu'elle devait trouver un travail car elle n'avait pas mal au dos. Pendant ce temps, justement pour oublier ses propres souffrances, le père de Conrado allait se promener avec ses amis ou les voisines. Celles-ci amenaient leurs enfants chez Conrado pour qu'ils regardent la télévision bien sagement, en mangeant des biscuits. Les bébés venaient avec leurs biberons et ne pleuraient pour ainsi dire jamais. C'était la fille de la voisine qui s'occupait de tout en attendant le retour des adultes, et ensuite elle aidait souvent le père de Conrado à endurer le mal de dos.

On s'amusait de moins en moins à la maison. Cette fille de la voisine était grassette et elle n'aimait pas *Sesame Street*. Lorsqu'elle venait, il fallait regarder des gens qui faisaient de la gymnastique en maillot de bain car elle adorait danser au salon pour apprendre à maigrir. Le père de Conrado trouvait que ces émissions étaient très efficaces aussi contre ses douleurs, et il dansait souvent avec elle. Les enfants n'avaient d'autre choix que de s'endormir.

Natividad arrivait tard, fatiguée et de mauvaise humeur à cause des varices. Pendant la soirée, elle et Dario commençaient par se disputer bruyamment sans s'occuper de ce qu'allaient penser les voisins. Une fois, à cause de l'argent ou des varices, et pour montrer qu'il se fichait bien de cette vie de merde, le père de Conrado cassa la télévision. Il criait qu'il préférait mourir que de continuer comme ça, que ce n'était pas une vie pour un homme jeune comme lui. C'est qu'il n'avait pas immigré dans ce maudit pays froid pour endurer en plus les affronts d'une femme froide, tandis que celle-ci passait ses journées à faire de l'œil et à montrer son cul aux hommes durant son travail. Peut-être même qu'elle avait des amants ou qu'elle faisait la pute. La mère de Conrado elle non plus ne trouvait rien de bon dans cette vie pourrie, et elle criait qu'elle avait été habituée à plus de respect là-bas, à Santo Domingo, et que si sa famille voyait comment elle devait supporter un paresseux comme lui, alors elle mourrait de honte. Il fut aussi question de ses frères à elle, qui sûrement casseraient les jambes de ce bellâtre enculé si elle leur racontait tout, tout ce qu'elle devait endurer après l'avoir suivi dans ce pays horrible.

Les insultes fusaient de part et d'autre mais Natividad semblait avoir plus d'arguments, dont des histoires de dévergondage avec les voisines et de mettre du feu au cul de la fille grassette. C'est alors que Dario décida de la frapper. Elle se mit à crier plus fort, en disant qu'il était un lâche et un batteur de femmes, et elle menaça d'appeler le 911 pour faire arrêter l'enculé. Le père se tourna contre la télévision et la fit exploser à coups de pied. Ce fut une explosion énorme, suivie d'un craquement de friture comme lorsqu'on apprête des œufs à la poêle. Les deux parents s'enfermèrent dans leur chambre, sans doute pour finir de se tuer sans déranger les voisins. Conrado écoutait, effrayé mais immobile, faisant mine de dormir. Curieusement, tout se calma aussitôt et, bercé par les soupirs et les rires de chatouilles qui venaient de leur chambre, l'enfant finit par s'assoupir.

❑

Conrado ne se rendit pas compte tout de suite que Dario était allé en enfer. La vie avait continué comme d'habitude, un peu plus calme, sans bagarres. Natividad pleurait toute seule, sans avoir besoin qu'on la batte. Les voisines venaient avec leurs enfants, parfois aussi avec leur mari ou leur copain, et tout paraissait en ordre. Il avait, bien sûr, noté l'absence de son père, mais on ne lui avait rien dit et l'enfant évita de poser des questions aussi inutiles que dangereuses. Quelqu'un d'autre, tôt ou tard, traduirait les choses de la télévision.

Ce furent les voisines qui rapportèrent la disparition de Dario, d'abord en l'appelant de tous les noms méchants, y compris ceux que Conrado ne connaissait pas encore. Elles riaient ensuite de bon cœur en se souvenant des chatouilles que Dario savait leur prodiguer ; elles concluaient cependant que Natividad était sortie gagnante, la chanceuse, du départ de cet homme paresseux qui aimait trop les femmes. Natividad allait pouvoir travailler librement, s'acheter tout ce qu'elle voulait sans recevoir d'ordres de personne et, surtout, elle allait rencontrer d'autres hommes et se faire payer du bon temps. Il fallait qu'elle aille danser car c'était la meilleure façon de trouver de nouveaux amoureux. Il y avait Conrado, certes, reconnaissaient-elles en baissant la voix pour ne pas attrister le pauvre orphelin. Mais, dans ce pays, les enfants ne sont jamais encombrants, disaient-elles pour encourager Natividad. Elle n'avait qu'à lui trouver une *garderia*, et on n'en parlerait plus.

Ces paroles inquiétantes furent bel et bien entendues par Conrado même s'il ne put en saisir tout à fait le sens ; il était alors en train de sauter avec les autres enfants, pour faire comme les gens de la télévision, ceux qui dansaient sur la plage pour enseigner comment maigrir. Toutes les femmes adoraient maigrir, et elles ne changeaient jamais de chaîne pendant qu'elles bavardaient en se gavant de biscuits. Conrado trouvait dommage que la grand-mère soit morte sans connaître les bienfaits de cette émission. Par contre, ce n'était pas aussi bon que *Sesame Street*, et les enfants devaient se résigner à sauter sur place ou à courir autour de la table du salon. Ça finissait souvent en bagarre, en cris et en baffes, mais ça passait le temps. Ils avaient tous faim après les exercices ; comme les femmes faisaient attention pour ne pas grossir, elles ouvraient des boîtes de macaronis pour les enfants qu'elles enfermaient tout seuls dans la cuisine. Parfois, elles commandaient aussi des pizzas.

N'empêche que cette histoire d'être abandonné dans une *garderia* hantait la tête du pauvre Conrado. Il se demandait ce qu'il avait pu commettre de si mal pour mériter un tel sort. Il lui arriva de faire pipi au lit, lui qui depuis longtemps n'était plus un bébé. Heureusement que sa mère était déjà partie lorsqu'une des voisines se rendit compte du dégât, au moment de le réveiller. Celle-ci se limita à sourire, sans le frapper, et lui dit que ce n'était pas grave, que c'était compréhensible, pauvre orphelin. Une réaction si inhabituelle de la part d'un adulte ne rassura pas du tout le garçon ; il crut que, à son tour, il allait mourir. À la grand-mère aussi, on lui avait dit que ce n'était pas grave si elle pissait sur le sofa.

Ce jour-là, Conrado eut si peur qu'il ne sauta pas avec les autres enfants pendant l'émission pour maigrir. Il se contenta de regarder attentivement et de surveiller les femmes. Ensuite, il donna sa part de macaronis au petit Angel, le fils de la cousine de sa mère, celui qui avait toujours plus faim que les autres.

Le temps passa. Voyant bien qu'il ne mourait pas et que rien de mal n'arrivait, Conrado oublia presque l'histoire de la *garderia*. Il se remit aussi à sauter et à manger de bon cœur. Ce ne fut pas sans bagarre cependant, car le petit Angel s'était habitué à manger davantage et, vorace, criait comme un déchaîné devant chaque effort de Conrado pour ravoir son dû. Les baffes distribuées par les femmes ne réglèrent pas tout. En effet, le petit Angel cherchait désormais à avaler de larges portions de macaronis, comme si cela avait été de la soupe, pour tenter de se remplir la panse en vitesse. Les hoquets ou les rires le faisaient s'étouffer, et il se mettait à vomir. La cuisine puait, les bébés se traînaient dans la saleté, tout le monde criait, et alors les baffes se mettaient à pleuvoir de nouveau.

Ce qu'il avait redouté arriva à l'aube et prit le petit Conrado en pyjama, sans défense. Était-ce la faute du petit Angel qui s'était plaint ou simplement son heure était-elle venue ? Il fut arraché de son sommeil par des violentes secousses, puis littéralement arraché de son lit par une mère en colère qui tentait de le déshabiller. Aveuglé par la lumière, encore en pleines vapeurs du rêve et se débattant comme dans un cauchemar, Conrado pensait avec effroi que le 911 était là pour l'emmener en enfer. Incapable de crier mais battant des bras, il réussit tout de même à se dégager de l'étau et, d'un bond, il glissa sous le lit, bien au fond, contre le mur, décidé à vendre cher ce qui lui restait de vie. Coincé de la sorte dans l'obscurité pendant les instants de calme qui suivirent, l'enfant tremblait et sanglotait tout comme le petit Angel, prêt à vomir.

Ces bruits rauques venant des ténèbres de sous le lit parurent exciter davantage la colère de Natividad. Ne pouvant l'atteindre pour l'extirper de là, elle commença à le bombarder à l'aide des jouets éparpillés par terre. Désespéré, Conrado se mit à hurler d'une voix perçante, qui devint un râle et qui lui bloqua la respiration. Se débattant alors pour ne pas succomber sous le tombeau, il chavira le matelas et fut enseveli demi-vivant sous les flocons de poussière, les restes de céréales et les vestiges divers qui gisaient là depuis une éternité.

Il ne mourut pas, hélas ! Bien au contraire. Profitant que le petit était paralysé sous les décombres, dans un geste fourbe, Natividad déplaça le matelas, tira le lit et, enveloppant l'enfant dans un bout de drap qui pendait, elle l'eut à sa merci. Telle une momie, les bras et les jambes emmêlés dans le tissu, il reçut sur la tête les coups sans même chercher à se défendre. Il s'abandonnait en gémissant, presque soulagé d'en finir.

Il n'était cependant pas question pour Natividad de finir mais bien de commencer. Elle dut quand même l'habiller car Conrado avait perdu toute initiative et subissait son sort comme une poupée de chiffon. Enfiler manche par manche fut un supplice ; le col étroit du gilet faillit lui arracher le nez et les oreilles après lui avoir lissé ses cheveux si joliment bouclés. Il se laissa tomber dans le pantalon lorsque sa mère le secoua, et il frappa la fourche du cul d'une si forte façon qu'il crut ensuite avoir fait caca dans ses culottes. Les bottes furent enfoncées dans les mauvais pieds, le manteau attaché jusqu'au menton, la tuque écrasée jusqu'au nez et, pour finir, le foulard fut noué si violemment que Conrado respirait à peine. Les gants ballants au bout des ficelles, avec une envie terrible de faire pipi, il fut traîné comme un paquet, déboulant les escaliers pendu au bras de sa mère jusqu'à l'entrée de l'immeuble où, enfin, le vent glacial de janvier l'accueillit d'une gifle.

Il faisait noir dans la rue, ses mains gelaient, son nez coulait, le vent lui arrachait des larmes, mais sa mère était implacable. Elle le tira jusqu'à l'arrêt d'autobus dans une course folle, effrénée, car le chauffeur tentait déjà de fermer la portière en pleine face des autres malheureux. Et la file d'attente était longue, sans compter tous ceux qui piétinaient agglutinés dans l'abribus aux vitres cassées.

D'autres autobus passèrent sans s'arrêter et ceux qui attendaient durent subir les regards méprisants des passagers, lesquels, bien au chaud, trouvaient que c'en était trop, qu'il y avait des limites à se tasser pour faire plus de place. Rancuniers et aux propos vulgaires, ceux de la file tapaient fort du pied, des mains, en maudissant l'hiver et le syndicat des chauffeurs d'autobus.

Une somnolence bienfaisante s'empara peu à peu de Conrado et il cessa de grelotter. Ses muscles endoloris se détendirent, il oublia la morve gelée qui lui brûlait les narines et s'abandonna à la mort. Juste à ce moment-là, il fut hissé à bord d'un autobus, écrasé contre des jambes, des fesses, levé presque à la hauteur des têtes, pour finir sur un landau qui encombrait le passage. Des cris, des blasphèmes, mais déjà sa mère le tirait depuis le fond et il vint s'encastrer entre un vieillard et un poteau, la tête écrasée contre un appuie-main.

Compressé à la verticale, sans avoir besoin de garder son équilibre, et profitant du ronronnement du véhicule, de la chaleur moite et de la clarté blafarde, Conrado s'endormit d'un sommeil agité de secousses.

L'enfant perçut à peine le mouvement de panique qui s'empara des passagers. Avant même d'ouvrir les yeux, il ressentit le vent froid qui chassait la moiteur surchauffée aux odeurs bienfaisantes de lits, de manteaux et de corps fatigués. Ensuite, tentant de se réveiller mais encore ankylosé, il comprit enfin le danger ; ses yeux écarquillés cherchèrent la figure de sa mère dans la masse compacte de ceux qui se bousculaient pour quitter l'autobus. Une main près de la porte l'attrapa par le foulard et tenta en vain de le faire passer à travers les corps. Tournant alors sur lui-même, étranglé parmi les manteaux, il réussit malgré tout à échapper à cette agression en s'agrippant à un siège pendant que son foulard disparaissait comme un serpent. Il entendit les cris de Natividad qui cherchait à remonter dans le véhicule ; la foule s'écarta à peine pour la laisser passer et continua à débouler par la sortie. Sa mère l'empoigna par le col du manteau et, glissant sur ses fesses, l'enfant se retrouva sur le trottoir. Les gens affolés, tête basse, avançaient en masses sinistres, convergeant depuis tous les autobus vers la station de métro.

Plutôt que de suivre le flot des piétons, la mère de Conrado prit le chemin inverse, à contre-courant ; elle patinait péniblement sur la surface glacée en tirant l'enfant comme un traîneau. Il faisait toujours nuit, le froid était intense et l'enfant commençait à geler dans la sueur de ses vêtements.

Ils marchèrent longtemps dans une région inconnue, déserte et hostile, poussés par le vent et par le désespoir opiniâtre de Natividad. Conrado perdit la notion du temps ; les yeux fermés, il crut dormir.

Soudain, l'enfant se rendit compte qu'ils étaient arrivés quelque part, dans un immeuble ou peut-être en enfer. Il faisait chaud, il ne ventait plus, et il se vit entouré d'autres enfants hagards qui tentaient péniblement de se déshabiller sous le regard sévère de deux femmes méchantes. Surpris, Conrado chercha sa mère à la ronde. En vain. Voyant qu'une des femmes s'approchait pour l'attraper par les cheveux, il tenta de reculer en protégeant son visage des coups qui allaient pleuvoir. Trébuchant alors sur la petite Krishna, il tomba à la renverse parmi les éclats de rire des autres condamnés.

2

Babel

Conrado se réveilla tout à fait lorsqu'il se rendit compte que les enfants et les deux femmes s'amusaient allégrement en le voyant par terre. La petite Krishna, sur laquelle il avait trébuché en reculant de terreur, souriait elle aussi comme s'il s'agissait d'une blague.

Ignorant comment réagir, il esquissa une grimace en se relevant pour se mettre en position de défense, le dos contre le mur. Les autres enfants le dévisageaient, curieux de cette apparition à la fois intempestive et si timide. La même femme qui avait provoqué sa chute s'approcha encore avec une expression énigmatique et tenta de l'attraper. Incapable de reculer, Conrado baissa la tête sous le bras levé. Le coup ne vint pas. Confus, il sentit les doigts de l'inconnue qui lui caressaient les cheveux. En rouvrant à peine les yeux, toujours cachés par les deux mains, il entrevit qu'elle souriait ; elle enfonça alors davantage les doigts pour jouer avec ses boucles et s'adressa à lui dans la langue de la télévision. Les autres enfants attendaient en contemplant bêtement la scène.

Conrado entendait des voix d'enfants, des rires et la voix des deux femmes. Ils avaient tous l'air de parler en même temps pour l'interpeller. Mais cela lui arrivait trop confusément à l'esprit, dans une sorte de bruit mélodieux, comme le vent qui agite le feuillage des arbres. Seuls ses yeux distinguaient bien les choses, les visages étranges et des sourires qui paraissaient moqueurs. Il se sentit alors infiniment seul et ridicule, et totalement différent des autres. Il chercha une fois encore la figure de Natividad ou celle d'une voisine, sans rien trouver. L'image de la grand-mère lui frôla l'esprit, de très loin, et tout son corps se mit à pleurer. Pas des pleurs comme un bébé, non, ni comme lorsqu'on se fait mal. Des pleurs doux, très tristes, qui, débutant par une contraction des lèvres et un serrement de gorge, se poursuivirent dans un flot de larmes chaudes coulant le long de ses joues. Sa respiration se fit saccadée, il sentit des crampes au ventre, et ça pleurait tout seul accompagné d'une fatigue immense, d'une envie de se coucher, de serrer sa doudou contre sa bouche et de ne plus jamais rouvrir les yeux. Sans défense, abandonné dans un monde rempli d'étrangers, c'était peut-être ça, la mort. Pire, il venait de comprendre : c'était la *garderia.*

La femme tenta une fois de plus de l'attraper, comme un petit bébé, et avec un ton vraiment infantile et sournois dans la voix. C'était insupportable. Dans un dernier sursaut d'angoisse, Conrado se dégagea de son étreinte et courut à la recherche d'une issue.

La disparition de l'inconnu ramena les autres enfants à leur calme habituel ; ils se remirent au déshabillage avec la passivité et la résignation que seuls possèdent les individus habitués à être enfermés comme du bétail. Assis par terre, au beau milieu du fatras de tuques, manteaux, bottes, foulards et sacs de toutes sortes, les plus grands tentaient maladroitement d'aider les plus jeunes, dont plusieurs étaient encore des bébés. D'autres mères, elles aussi pressées de déposer leurs fardeaux et de repartir, encombraient le vestibule et monopolisaient l'attention des deux femmes.

Pendant ce temps, Conrado s'était enfoncé profondément dans les entrailles de la *garderia*, d'abord effrayé, à l'aveuglette. Puis, un certain calme revenu, croyant que les assaillantes l'avaient oublié, il explora les lieux avec plus de soin, à la recherche des dangers ou des supplices que l'endroit pouvait contenir. Il ne trouva cependant rien. La place avait l'air d'être un simple appartement situé dans un sous-sol, spacieux et passablement vide. Dans une cuisine, il reconnut les restes d'un petit déjeuner sur la table, l'évier rempli de la vaisselle de la veille, et une poubelle débordant de couches et de boîtes de conserve vides. Rien de menaçant ; ça ressemblait à une maison comme la sienne ou comme celle des voisines. Un peu plus loin, plongée dans le noir, une chambre à coucher d'où provenaient les ronflements d'un adulte endormi. Un homme sûrement. L'enfant ne chercha pas à en savoir davantage et il rebroussa chemin. Un instinct naturel lui disait qu'il ferait mieux de revenir auprès de ses semblables.

Le vestibule toujours plein d'agitation lui servit de cachette en attendant de pouvoir s'échapper vers la rue. Sa mère n'était pas là ; il comprit enfin que toutes, elles apportaient leurs enfants à la *garderia* pour s'en débarrasser. Il décida alors de devenir invisible. Imitant les autres malheureux, il enleva ses bottes, sa tuque et son manteau, et il prit la même direction que le reste du troupeau.

La grande salle de rassemblement était à peine illuminée. Curieusement, le visage et le corps de ses compagnons d'infortune ne trahissaient point de signes de frayeur. Ceux-ci avaient plutôt l'air ensommeillés. Plusieurs d'entre eux avaient pris place sur le grand matelas en face de la télévision, pelotonnés en chien de fusil et installés pour dormir. Deux ou trois seulement pleuraient en sourdine.

Les derniers enfants arrivèrent lorsque le jour était déjà levé. Ils étaient en tout plus d'une vingtaine. La plupart dormaient, agglutinés sur le matelas les uns sur les autres.

Assis à une table basse depuis déjà une bonne heure, Conrado examinait ces enfants à l'allure de robots qui répétaient mécaniquement des casse-tête dépareillés. Chacun d'eux paraissait plongé dans son propre abîme : sans se regarder ni s'adresser la parole, ils s'étaient isolés dans leur petit espace personnel auquel les autres n'avaient pas accès. La petite Krishna se balançait de façon rythmique comme si elle était sur une chaise berçante, tout en tenant sa poupée serrée contre sa poitrine. Conrado remarqua avec soulagement qu'il ne l'avait pas blessée, même si son comportement pouvait indiquer qu'elle le boudait. Elle avait plutôt l'air perdue et ne semblait pas se souvenir de lui. Lorsque son regard croisait le sien, Conrado avait la nette impression qu'elle ne le voyait pas. Il craignit, l'espace d'un instant, d'être vraiment devenu invisible, et chercha en vain sa doudou pour se consoler. Celle-ci, une vieille couverture effilochée qui sentait si bon, était sans doute restée parmi les ruines de son lit, là-bas, dans la maison qu'il ne reverrait jamais plus.

Une des femmes qui les tenaient prisonniers — la vieille qui avait l'air méchant, pas la maigre qui avait voulu l'attraper — apparut enfin dans la grande salle et alluma le poste de télévision. Heureusement, c'était une émission pour enfants et pas une de celles pour faire maigrir. Elle ressortit aussitôt après, sans doute pour rejoindre sa compagne à la cuisine ou dans la chambre de l'homme qui ronflait. Quelques-uns des enfants endormis firent alors mine de bouger pour pointer leurs yeux vers le téléviseur, mais personne ne se réveilla tout à fait.

Conrado finit par rejoindre ceux qui étaient sur le matelas et il sommeilla jusqu'à ce que les bruits familiers de *Sesame Street* le ramènent à la vie. Sa surprise fut de courte durée cependant, puisque pratiquement rien du décor n'avait changé. La petite Krishna ne se balançait plus assise mais debout, toujours avec sa poupée. Quelques enfants dessinaient, d'autres avaient changé de place avec ceux du matelas; les nouveaux venus aux tables répétaient les mêmes gestes devant les mêmes casse-tête dépareillés, l'air absent. La femme maigre berçait un bébé en tenant une bouteille vide à la main. Chose étonnante, cette femme-là paraissait aimer *Sesame Street* et, sans le faire tout à fait comme la grand-mère, elle prononçait les lettres et les chiffres qui apparaissaient à l'écran avec la même intonation que Count Dracula. Conrado se promit de l'observer pour voir si elle faisait aussi pipi dans ses culottes. Au lieu de cela, cependant, et bien des semaines plus tard, il allait un jour la surprendre en train de souffler sur le zizi d'un monsieur qui venait de temps à autre, lorsque la femme plus vieille devait s'absenter.

Pour le moment, c'était rassurant de constater qu'on avait au moins *Sesame Street*. Et il remarqua aussi qu'aucune des deux femmes n'avait frappé les enfants ou crié. Par contre, l'homme qui ronflait dans la chambre pouvait être dangereux; mais il pouvait tout aussi bien être malade comme la grand-mère à force de manger des biscuits, auquel cas il serait incapable de se déplacer pour donner des baffes, et se limiterait à péter et à crier. D'ailleurs, dans le noir, pendant qu'il ronflait, Conrado avait cru distinguer une odeur rappelant celle du sofa de la grand-mère. Il n'en était pas certain; avec le temps il en saurait davantage.

Le temps, voilà ce qui était justement sa principale source de souci. La matinée s'était déjà écoulée et aucune mère n'était venue récupérer son enfant. Personne n'avait sonné et aucune voisine ne s'était présentée pour bavarder. Rien. Avaient-ils tous été oubliés là, pour toujours ? Qui donc ferait à manger, où allaient-ils tous dormir ? Natividad était-elle morte ? À cette pensée, Conrado ressentit d'autres crampes dans la poitrine et les larmes lui montèrent aux yeux. Mais il eut la force de se contrôler. La femme maigre était très près de lui, il ne fallait pas lui donner d'excuse, sinon elle chercherait encore à lui jouer dans les cheveux. Une chance qu'elle avait le bébé dans les bras et qu'elle paraissait absorbée par le jeu des deux marionnettes Bert et Ernie.

Sesame Street finie, la vieille femme revint dans la salle ; dans son langage incompréhensible, elle réussit à appeler les enfants à la cuisine. La maigre se chargea de réveiller ceux qui dormaient encore. Conrado les suivit, toujours invisible. C'était l'heure de manger : des macaronis en boîte, comme il y était habitué, avec du lait et une pomme.

Conrado avala sa part avec plaisir, se réjouissant du fait qu'au moins ces deux femmes savaient faire à manger. Peut-être qu'ils auraient des frites ou de la pizza à l'occasion. La femme maigre mangeait de la salade qu'elle puisait dans un contenant en plastique et qui n'avait pas l'air appétissante. La vieille ne mangeait pas ; sûrement qu'elle voulait maigrir.

Après le repas, le poste de télévision éteint, les stores baissés, tous les enfants furent alignés sur les matelas pour faire la sieste. Repu, car son voisin de table lui avait cédé sa part de macaronis, Conrado s'endormit presque rassuré.

❑

Le soir, lorsqu'il faisait déjà noir, les mères commencèrent à arriver pour chercher leurs enfants. Conrado avait compté sur cette possibilité même s'il n'y avait pas cru. Mais dès qu'il vit les premiers enfants s'habiller et partir, il fut envahi d'un immense sentiment de soulagement. D'attente angoissée aussi, bien sûr, car peut-être bien qu'il resterait tout seul. Ils avaient marché si longtemps, il faisait si noir et il ventait tellement, que sa mère avait sans doute oublié l'adresse de la *garderia*...

Elle arriva enfin, couverte de neige et si hagarde que Conrado faillit ne pas la reconnaître. Une rage énorme mélangée à une envie de pleurer s'empara de lui lorsqu'il la vit. Il eut l'impulsion de la fuir, le désir de disparaître et celui de la frapper. Qu'elle aille aussi au diable, pensa-t-il.

Sa peur était cependant plus forte. De toute façon, la confusion du départ était tellement grande, d'autres enfants pleuraient et hurlaient déjà, qu'il réussit à bien cacher ce qui le rongeait dans l'amoncellement de corps, de bottes et de manteaux.

Natividad, une fois rassurée de le trouver vivant, l'oublia aussitôt pour palabrer à force de beaucoup de gestes avec la vielle femme de la *garderia*. Elles avaient pourtant l'air de très bien s'entendre. Pendant qu'il les surveillait, la jeune maigre profita de son manque de vigilance pour l'attraper par les cheveux et l'embrasser sur la joue. Les autres rirent, amusés de cet affront, et sa mère, l'hypocrite, l'appela même *Conradito mio* en tentant à son tour de le serrer contre son corps.

Dehors, en pleine tempête, sa tendresse s'effaça. L'enfant fut de nouveau traîné, secoué durant une éternité jusqu'au terminus d'autobus. Ils arrivèrent tout blancs de neige et durent attendre dehors que le chauffeur finisse sa cigarette, qu'il avance enfin le véhicule et qu'il ouvre la portière pour accueillir les passagers.

La foule basanée, métèque, tous emmitouflés, la tête basse, patients malgré la rage et la fatigue, ne manqua pas de rappeler à Conrado l'image des rangs de corbeaux et de mouettes sales qui, la tête enfouie sous les ailes, attendaient le passage de la bise. Le chauffeur, bien au chaud dans l'autobus, respectueux de son horaire et assis confortablement sur son pouvoir, lisait son journal.

C'était l'autobus 64, celui qui transportera jusqu'à la fin des temps les déshérités de la terre, les basanés qui ne parleront jamais comme les gens de la télévision. Conrado allait pouvoir fréquenter cet autobus jusqu'à le connaître par cœur. Plus tard…

Pour le moment, il fallait se dépêcher car sa mère tenait à trouver une place assise, et elle ne paraissait pas du tout de bonne humeur. Conrado aurait préféré rester debout pour se divertir des secousses et des coups de frein de l'autobus, pour se déplacer à son aise et mieux regarder les gens. Rien à faire, il fallut qu'il se tienne très serré sur une banquette, écrasé entre deux femmes encombrées de sacs d'emplettes.

Un voyage pénible, surchauffé, à l'odeur de chien mouillé et de camisole de grand-mère, où, cette fois, c'étaient les grandes personnes qui sommeillaient comme des zombis. On ne voyait que ses propres reflets par les fenêtres embuées, blafards et parsemés de petites lumières étranges.

Comment savoir si c'était la chaleur moite, la senteur des corps, la pression bilatérale des chairs qui le tenaient en équilibre ou la vision grise des visages endormis ? Le fait est que Conrado succomba au ronronnement et s'endormit à son tour sans même s'en rendre compte. Et il tomba aussitôt que les deux femmes se levèrent. Ce fut une chance, sinon il aurait pu être emporté par leurs sacs ou les pans de leurs manteaux. Natividad sommeillait aussi, et, sans sa chute, ils auraient certainement manqué leur arrêt.

La course folle dans la neige, une fois de plus, et l'entrée de leur immeuble qui leur apparut comme une vision bienfaisante. Il était toujours là, à la même place, même si Conrado avait rêvé durant la journée que cet immeuble et toutes les maisons de la rue s'étaient envolés vers l'enfer.

L'appartement était dans un état lamentable, sens dessus dessous, tel qu'ils l'avaient laissé au moment de leur départ précipité avant l'aube. Cette vision aggrava l'humeur massacrante de la mère et Conrado chercha à se faire encore plus petit, plus silencieux que d'habitude. Il avait appris la leçon et se promettait de ne plus jamais recommencer. Quoi au juste ? Il ne le savait pas. Tout, sans doute, comme ne plus chercher à prendre les macaronis du petit Angel, ne plus se moquer des voisines grosses qui voulaient maigrir, ne plus jamais demander quand est-ce que papa va revenir, ne plus faire pipi au lit, ne plus sauter, ne plus demander de pizzas ni de glaces... En un mot, ne plus jamais rien demander du tout. Pourvu seulement que la vie d'autrefois revienne, telle qu'elle était.

Il mangea les macaronis en silence et de bon cœur, et il avala sans les goûter les légumes cuits à l'eau que sa mère avait réchauffés dans la boîte. Pendant ce temps, celle-ci regarda attentivement la télévision en s'efforçant de comprendre ce que les gens disaient. Elle avait beau froncer les sourcils et s'approcher de l'écran, c'était évident qu'elle ne comprenait rien. Elle n'avait plus compris ce qui se disait à la télévision depuis que le père était parti.

Profitant du fait que sa mère commençait à sommeiller, Conrado alla doucement dans sa chambre pour récupérer sa doudou. Tout était enseveli sous le matelas et il n'osa rien toucher, de peur de faire du bruit. Ce désordre lui fit revoir en pensée l'horreur à laquelle il avait survécu. Il se souvint aussi, très nettement, de la petite Krishna qui tournait sur place accrochée à sa poupée. Il se coucha par terre, une pointe du drap contre le visage, et tenta d'imaginer comment était la *garderia* en ce moment : sûrement sombre et menaçante. L'image de son père joyeux lui passa par l'esprit, mais la fille de la voisine était là, elle aussi, tout comme la rage de Natividad. Il ressentit une amertume dans la bouche à la pensée que ces morts l'avaient laissé seul avec sa mère en attendant que le 911 vienne les chercher, une fois pour toutes.

Même le soleil, les arbres du parc et les écureuils étaient sans doute morts, eux aussi, pour toujours.

Un peu plus tard, Natividad vint le rejoindre. Elle mit un peu d'ordre dans la chambre, ramassa les jouets et l'aida à enfiler son pyjama. Soudain, émue par son silence, elle le serra très fort et se mit à sangloter... Ses larmes coulaient, chaudes et salées, tandis qu'elle arrivait à peine à prononcer ses malédictions contre ce pays froid où Dario les avait fait échouer. Conrado ne comprenait rien mais se sentit soulagé de constater qu'elle aussi avait souffert, qu'elle n'avait pas eu le courage de l'abandonner avec les femmes de la *garderia*. C'était un drôle de sentiment et il s'efforçait de ne rien penser, de ne rien sentir, de se faire invisible comme lorsqu'elle et son père se battaient avant d'aller dormir. L'image d'Oskar caché dans sa poubelle lui vint en aide, et la soirée acheva de finir.

Il ne dormit presque pas cette nuit-là. Néanmoins, ce n'était pas non plus un état de veille car ses membres étaient par trop ankylosés. Malgré la soif et l'envie d'aller faire pipi, il se sentait incapable de bouger. Les images jouaient d'une étrange façon dans son esprit, comme si sa tête était devenue un poste de télévision. Le flot de ses pensées, les choses qu'il voyait étaient parfois drôles, parfois terrifiantes, colorées et ensuite très sombres. Ça comptait tout seul et les chiffres se succédaient, agressifs, sans la présence de Count Dracula pour les faire défiler. Et le père de Bobinette la laissait tourner comme une toupie attachée à sa poupée, sans rien dire, jusqu'à ce que sa petite tête, dévissée par le mouvement circulaire, tombe aux pieds de Big Bird. D'un pas lourd, chantant et habillé en grand-mère, celui-ci écrasa la tête de Bobinette et la jeta dans les ordures d'Oskar. Passe-Montagne courait pour chatouiller Passe-Partout, mais la fille se dérobait en dansant pour maigrir ; ils se battaient et, en ricanant, elle attirait Passe-Montagne et le père de Bobinette vers la chambre noire de la *garderia*. La grenouille Kermit et ses musiciens dansaient sur la neige autour du corps décapité de Bobinette, et narguaient les policiers du 911 venus pour l'emmener. Conrado entendait les gémissements de Passe-Partout sous les chatouilles, parmi les cris de Miss Piggy poursuivant un autobus conduit par Speedy Gonzales. Tout se mélangeait et tournait dans un entonnoir vertigineux, pour ensuite exploser de façon multicolore. Les choses grandissaient avec d'étranges bruits, des mélodies brusques et des flashes de lumière comme dans les pauses publicitaires. Conrado se voyait apparaître alors, poursuivi par des sorcières qui le bombardaient avec des boîtes de macaronis au fond de la tanière de Bugs Bunny. Et ça défilait de façon captivante et irritante à la fois. Pas moyen de se dérober même si le petit courait, courait, courait effrayé sans toutefois avancer dans la neige ouatée. Il s'enfonçait chaque fois davantage dans le trou noir plein de ronflements et de miasmes. Plus de Bugs Bunny, plus de Speedy Gonzales ni de grenouille Kermit. Seule la tête de bouc du vieux Kentucky Fried Chicken tournait sans cesse dans la sécheuse du lavoir, devant un Gooffy impuissant. Puis, la mousse du savon débordait de partout, blanche et froide, et le vieux Kentucky écarquillait des yeux de monstre à la vue du pasteur de l'église avec son chapeau de Mickey Mouse. Tout cela s'approchait, menaçant, pour tenter d'arracher les cheveux bouclés du pauvre Conrado qui courait, courait paralysé en s'enfonçant à chaque pas. Soudain, juste avant qu'il n'atteigne la porte de son immeuble, l'enfant sentit sa jambe prise entre les crocs du méchant loup. La bête le secoua pour arracher son pyjama et il se réveilla en criant. Mais rien n'y fit. Une autre journée de *garderia* allait commencer.

❑

Cette deuxième journée fut suivie par bien d'autres, toutes très semblables au point de paraître la même.

Conrado comprit que ce n'était pas l'enfer, et que sa mère reviendrait chaque fois le chercher. Cela diminuait passablement l'horreur de la chose et l'aida à se conformer. Chaque matin, certes, le réveil était aussi pénible qu'une gifle ; c'était la même sensation qu'il avait éprouvée autrefois, lorsqu'une voisine l'avait plongé dans de l'eau glacée pour faire baisser sa fièvre.

Il ne comprenait toujours pas ce qu'il faisait là, ni pourquoi sa mère s'acharnait à le sortir du lit pour l'emmener dormir avec les autres enfants. Mais il subissait en silence, sans réponses à ses quelques questions et après avoir vu ses tentatives d'opposition être contrées par de sérieuses fessées. Il attendait, invisible, parfois même content lorsqu'il s'absorbait dans un jeu, et en se surveillant sans cesse pour qu'on ne sache jamais rien de lui. Il se fondait dans le troupeau.

D'autres enfants, au contraire, ne se conformaient pas, n'acceptant pas d'être ainsi abandonnés ; leur existence était ponctuée de pleurs solitaires, de vaines crises de révolte ou de colère, ainsi que de coups et d'humiliations. Ils refusaient de manger pour ne pas grossir et ils mouraient parfois comme la grand-mère, disparaissant à jamais. Pas Conrado.

Le plus étrange était la langue de la télévision. Il avait vite compris que la *garderia* n'était pas un téléviseur, bien sûr, car jamais Speedy Gonzales n'y était venu délivrer les enfants. La grenouille Kermit n'était jamais venue les interviewer non plus. Ça n'avait été qu'une fantaisie, trop bonne pour être vraie. Mais pourquoi donc les deux femmes s'obstinaient-elles à parler à leur façon si aucun des enfants ne les comprenait ? Ça aurait été pourtant si facile de parler comme lui, comme sa mère et Dario, comme les voisines, comme tout le monde ! Maudites étrangères... Par ailleurs, curieusement, les autres enfants ne parlaient pas, eux non plus, ni de la bonne façon ni comme à la télévision. Chacun avait tenté de parler d'une manière différente et d'appeler les choses par des noms impossibles. C'était évident qu'ils ne savaient pas comment s'y prendre. La petite Krishna, par exemple, donnait parfois à Conrado l'impression de vouloir dire les choses comme les gens de *Sesame Street*. Ça y ressemblait, en tout cas, même si la plupart du temps elle parlait comme l'Oskar de la poubelle. Les petits Chinois, eux, émettaient à peine quelques sons, ici et là, très discrètement, plutôt entre eux, et il était impossible de savoir ce qu'ils voulaient dire. Les Noirs faisaient comme lui : ils ne disaient rien, ils baissaient les yeux et se méfiaient des coups, tout en s'échangeant de beaux sourires lorsque les femmes avaient le dos tourné. Conrado avait de plus en plus l'impression que les enfants étaient comme les chiens, d'apparences diverses avec un fond tout à fait semblable. Il se trouvait des affinités certaines avec les Noirs, et il regrettait que sa mère ne soit pas noire. Les mères noires cognaient dru mais les femmes de la *garderia* les craignaient, c'était évident. Dans l'autobus aussi, il avait remarqué que les gens cédaient le chemin aux Noirs, que ceux-ci étaient grands et costauds et qu'ils n'avaient pas l'air de craindre qui que ce soit. Cette idée mûrissait dans son esprit, d'autant plus qu'il se souvenait que Dario était plutôt foncé. Pas Natividad, hélas ! Voilà pourquoi il se retrouvait toujours dans une situation précaire, sans défense. Pourquoi donc son papa à la queue de cheval n'apparaîtrait-il pas un de ces jours pour effrayer les femmes de la *garderia* ? D'autres papas le faisaient parfois, et ça marchait bien, surtout s'ils étaient noirs.

Pour ce qui est des enfants, la situation était toujours la même : après quelques tentatives infructueuses, quelques mines étonnées, parfois quelques crises de rage, ils finissaient tous, l'un après l'autre, par abandonner le langage comme une chose inutile. Ils ne parlaient plus. Ils se contentaient de s'exprimer avec des gestes ou en faisant de drôles de faces. Mais entre eux, uniquement.

Les femmes n'aimaient pas ces façons, tout comme elles n'aimaient pas leurs langues respectives. Elles réagissaient aussi par des grimaces d'exaspération, et le fautif abandonnait la partie.

Les femmes, lorsqu'on les entendait de loin, sans les regarder, avaient l'air de parler à la façon de Bobinette et des gens de *Passe-Partout*. Conrado avait d'ailleurs tenté de se faire comprendre en imitant Big Bird, ou les voix de Bert et d'Ernie, en les singeant un peu pour que ça leur ressemble. Il n'avait pas été compris et les autres l'avaient trouvé très drôle. D'autres enfants, surtout les nouveaux arrivants, tentaient le même coup, mais sans succès, naturellement, puisqu'ils n'étaient pas à la télévision. La *garderia* avait l'air des limbes, à mi-chemin entre la vie et les dessins animés, sans toutefois la diversité ni la joie des belles choses. C'était un endroit de sommeil en attendant le pire. Alors pourquoi les femmes s'obstinaient-elles à imiter Bobinette si ça ne servait à rien ? Un grand mystère qui, d'une certaine manière, fut à l'origine du silence opiniâtre développé ensuite par Conrado.

3

Les origines

C'est parce que son deuxième papa était péruvien que Conrado en apprit un peu plus sur ses propres origines. Il est difficile de saisir la mémoire lorsqu'on est tout petit, et qu'on ne sait même pas qu'on vient de quelque part, d'ailleurs. Le monde est une donnée si immédiate que Conrado avait l'impression d'exister comme les pierres, les arbres ou les oiseaux. Alors, les petites comparaisons prononcées par les adultes étaient là justement pour combler quelques lacunes ou, si l'on veut, briser les illusions. C'est que les voyages forment la jeunesse, même les voyages au pays de la honte ou dans les contrées du désespoir.

Il était déjà bien habitué à la routine des déplacements car il fréquentait désormais sa troisième *garderia*. Pourquoi ces changements en si peu de temps ? Conrado n'aurait pas su répondre, et peut-être que même Natividad n'en connaissait pas la raison. Elle avait changé d'emploi, ou bien les femmes qui gardaient les enfants étaient mortes, ou encore c'était mieux ainsi. Était-ce mieux ? En tout cas, après les frayeurs initiales des nouvelles places et le regret de ne plus voir ses anciens copains, le changement paraissait sans doute salutaire. Conrado voyait du pays et il pouvait déjà comprendre un bon nombre de choses à force de toujours comparer. Il est vrai qu'il parlait de moins en moins, mais n'était-ce pas là un signe de sagesse ? D'ailleurs, il était toujours en vie, et cette pensée compensait beaucoup de choses ; tant et tant d'autres étaient disparus sans laisser de traces. Il rêvait parfois à la petite Krishna immobile sous terre, au milieu des ordures, et qui allait devenir carotte. Au petit Schiller aussi, un négrillon sympathique et très intelligent avec qui il s'était lié d'une tendresse pleine de sourires et de clins d'œil. Schiller avait disparu un jour, sans avertissement ni signe de maladie, tout comme Micha, Fatma, Abdul, les nombreux Juan et les nombreuses Maria. Même Eisenhauer, un autre Noir, si timide et si petit qu'il se limitait à aboyer lorsqu'on lui demandait son nom. Et ça disparaissait de partout, pas seulement des *garderias*. Le petit Angel, par exemple, avait disparu lorsque la mère de Conrado avait fait une crise de colère contre la fille de la voisine, celle qui était grassette et qui... Natividad faillit la tuer un jour, lorsqu'elle l'avait vue en train de se chatouiller avec le fantôme de Dario au beau milieu des passagers de l'autobus. Ça avait été un scandale formidable, qui leur avait valu, à Conrado et à sa mère, d'être expulsés du véhicule au milieu du chemin. Sinon... Mieux valait ne plus y penser. Mais le petit Angel ne revint plus jouer à la maison, ni la fille de la voisine, ni personne d'autre. Puis, quelques jours plus tard, à son grand étonnement, Conrado dut dormir chez une autre voisine, loin de chez lui, car Natividad était malade, devait s'absenter ou faire des courses.

Il y passa quelques bonnes journées en pyjama, sans avoir besoin d'aller à aucune *garderia*. Pourvu qu'elle ne soit pas morte, pensait-il au sujet de sa mère, même si la vie chez cette voisine lui paraissait très convenable. Ruth était une femme bien tranquille, jolie, qui ne criait jamais et qui ne détestait pas les petits garçons. Elle semblait même trouver drôle sa présence, et ses nombreux amis ne se fâchaient pas non plus contre Conrado lorsqu'il se gavait de bonbons et de biscuits. Ruth et ses copains se chatouillaient à longueur de journée et, le soir, elle commandait des pizzas. C'était très bon et il pouvait regarder la télévision à sa guise, même tard dans la nuit. Conrado but du vin et vomit, mais, là encore, on ne le frappa pas.

Natividad vint quand même le récupérer et, une fois chez lui, Conrado apprit qu'il avait un nouveau papa. Pas un papa tout neuf : ce monsieur Paco lui parut assez vieillot, aux manières lentes, plutôt du style de la grand-mère. Sa maman se remettait de sa maladie, et elle faisait beaucoup d'efforts pour être gentille. Conrado avait d'ailleurs été bien averti de ne pas courir, de ne pas sauter, ni de faire de bruit, de ne rien faire de mal car ce nouveau papa était un homme très bon et ils allaient vivre tous très heureux. Il avait même une automobile.

Il commençait à faire moins froid ; la neige fondait en ruissellements magnifiques sur le trottoir et dans la cour de l'immeuble. Conrado avait désormais le droit de rester dehors tout seul s'il promettait de ne pas traverser la rue. Il se divertissait beaucoup en jouant dans l'eau et la boue ; il pataugeait tant et tant qu'à la fin il était complètement gelé, trempé, et il devait alors chercher refuge dans le vestibule jusqu'au retour de ses parents. D'autres enfants venaient parfois le rejoindre, ou des mères avec des bébés, et les journées passaient sans trop de peine. Comme Paco et sa mère avaient plein de choses à faire, Conrado n'avait plus besoin d'aller à la *garderia*. Ça aussi, il venait de le comprendre : lorsqu'un papa est à la maison, la maman n'a plus besoin de travailler. Paco ne travaillait pas non plus ; il était peut-être riche, ou ses affaires marchaient bien. Tout était donc revenu comme avant, sauf que les voisines ne venaient plus en visite avec leurs enfants pour ne pas déranger le nouveau papa.

Paco ne regardait presque pas Conrado mais l'enfant avait tout le loisir de l'examiner durant de longs moments, sans être surpris. C'est que ce nouveau papa était péruvien et, au contraire de Dario, il ne s'intéressait pas à la télévision. C'était un homme silencieux qui fumait ses cigarettes en lisant le journal au lit. Il aimait écouter de la musique perdu dans ses pensées, le regard lointain, et il paraissait toujours se réveiller d'un long sommeil lorsque Natividad s'approchait de lui pour demander s'il n'avait pas besoin de quelque chose.

Cette vie calme semblait pourtant irriter la mère de Conrado. Au début, certes, Paco avait apporté un peu de nouveauté ; le couple était sorti quelques soirs et durant les journées pour se promener en automobile ou dans les centres commerciaux. Ça commença à se gâter trois semaines plus tard, et Paco décida qu'il avait besoin de sortir seul jusqu'au jour où il mourut. Pas dans son lit, où il passait la plupart de ses journées ; il était sans doute mort dans un accident de la route, avec son auto. En tout cas, il n'était même pas revenu pour chercher ses journaux ni ses cassettes de musique péruvienne.

Natividad lui dit qu'il fallait oublier Paco, qu'il ne reviendrait plus et qu'elle ne voulait plus rien savoir des hommes. Pourtant, ils ne s'étaient pas disputés et, du côté des chatouilles, jamais elle ne s'était fâchée comme elle le faisait avec Dario. Même qu'elle restait souvent couchée avec Paco et qu'ils avaient l'air de bien s'amuser, presque nus pour profiter du beau temps. Et elle avait souvent ri d'une bonne façon, comme si elle avait le hoquet.

Les Péruviens ne sont pas comme les Dominicains, même s'ils parlent d'une manière semblable et qu'ils ont le même teint. Ils sont trop tranquilles et trop vieux. Peut-être que la grand-mère était péruvienne et c'est pour ça qu'elle disait des choses étranges. Paco lui aussi riait tout seul en fumant ses cigarettes, et parfois il chantonnait à voix basse. C'est un autre monde, les Péruviens, pensait Conrado, comme d'ailleurs les Chiliens, les Haïtiens et tous les étrangers rencontrés par Natividad. Seuls les gens de son pays étaient bien, dans un endroit appelé Santo Domingo. Là-bas, c'était toujours dimanche, les gens étaient gentils, il faisait chaud, on dansait et on s'amusait la vie durant.

L'existence de ce paradis perdu fut une révélation pour Conrado. Sa mère lui raconta cela en pleurant et en riant à la fois, d'une façon étrange, avec le même regard absent qu'avait Paco. Elle le caressait en parlant avec tristesse, un peu nerveuse, et elle ajouta qu'eux deux seulement avaient le droit d'y vivre, et que ce serait bon s'ils pouvaient y retourner.

C'était quelques jours après le départ de Paco. La mère et l'enfant étaient restés à la maison, désœuvrés, dans l'attente de quelque chose d'inconnu qui tardait à venir. Natividad ne préparait plus à manger comme elle l'avait fait pour le deuxième papa, ils ne sortaient plus, et elle restait la plupart du temps couchée, l'air malade. Parfois elle pleurait discrètement, sans motif. Dehors, il faisait beau, les arbres montraient déjà leurs bourgeons, les pigeons ne frissonnaient plus sur le balcon et les gens dans la rue paraissaient flâner. Mais Conrado n'avait plus le droit de jouer dans la cour.

Elle l'appela dans son lit, elle le serra très fort et se mit à raconter qu'ils étaient des Dominicains, tandis que Paco était un Péruvien. Conrado l'écoutait en silence même s'il brûlait d'envie de savoir d'où venait Dario, son premier papa. Elle mentionna son nom, sans toutefois donner d'autres détails. C'est qu'ils étaient bien là-bas, dans le pays-dimanche, au milieu de sa famille à elle, entourés de ses frères qui s'occupaient de tout avec beaucoup d'amour. La faute du voyage revenait entièrement à Dario, le paresseux, qui ne voulait pas travailler et qui croyait devenir riche en Amérique du Nord. Il l'avait trompée, il avait insisté pour qu'ils partent, et elle, innocente, au lieu d'écouter les sages conseils qu'on lui prodiguait, elle l'avait suivi dans ce pays rempli d'étrangers. Elle, Conrado et la grand-mère.

— Pauvre Conradito, tu étais un tout petit bébé...

Et voilà qu'ils étaient restés seuls, les deux, et qu'elle devait l'envoyer dans les *garderias* pour pouvoir se tuer à travailler.

— Non, Paco n'était pas méchant. Mais les hommes sont ainsi faits dans ce pays froid, ils partent tous, sans respecter personne. C'est chacun pour soi ; les hommes font ce qu'ils veulent, se dévergondent... Toi aussi, Conrado, tu vas faire comme eux, tu vas abandonner ta maman...

En l'écoutant, Conrado avait honte d'être un garçon, tout comme il avait peur qu'elle sache qu'il pensait encore à Dario. Il se sentait impuissant, ignorant comment réagir, et il craignait surtout la catastrophe qui s'annonçait dans la voix saccadée de Natividad, dans ses pleurs, ses rires nerveux et cette étrange manière de le serrer contre sa poitrine sans qu'il sache pourquoi.

— Nous allons retourner là-bas, maman ? balbutia-t-il dans l'espoir d'assouplir son sort.

Elle ne sembla pas l'entendre et la question demeura sans réponse.

La vision idyllique de ce pays-dimanche hanta les pensées de Conrado durant quelques semaines. Il était donc né là-bas, au bord de la mer, entouré de gens merveilleux qui l'aimaient beaucoup. Incapable de se représenter ce paradis, il s'y voyait dans des champs colorés, parsemés de fleurs et de champignons rouges, dans une sorte de village de Schtroumpfs, entouré de papas Dario et de petites Krishna souriantes. Les forêts alentour foisonnaient d'écureuils et de ratons laveurs espiègles, vaguement menacés par des Elmer armés, mais sans cesse défendus par les bons soins de Bugs Bunny, de

Speedy Gonzales ou du chien Pluto. Puis la plage, la mer. Il revoyait les scènes où Gooffy s'adonnait aux sports aquatiques en longs caleçons de bain rayés, pendant que les poissons multicolores se promenaient autour de jolies sirènes. Il lui arrivait même de rêver à ces choses, et de s'y trouver alors en compagnie de Daffy Duck, de Donald et de ses trois petits neveux.

Voilà donc ce qu'il avait laissé derrière. Sa mère avait de bonnes raisons de se plaindre, d'être triste dans ce pays horrible où les belles choses n'existaient qu'à la télévision. Pourquoi alors ne retourneraient-ils pas là-bas ? C'était donc si loin ? Et l'exil était définitif ? Hélas ! Il insista. Mais l'humeur de sa maman avait changé entre-temps.

— Fais pas l'idiot, petit merdeux ! cria-t-elle. Cesse de dire des bêtises. Tu veux faire comme ton père, c'est ça ? Retourner... Mais retourner là-bas... Tu y serais bien, n'est-ce pas ? Et moi, hein ? Je me tuerais à travailler pour te faire vivre ? À faire la pute pour des paresseux ? C'est ça ? Tu ne sais pas de quoi tu parles, merdeux. Tu as déjà fait mon malheur une fois et tu veux recommencer ? Je te fais mourir de faim ici, pas besoin de retourner là-bas... Penses-tu qu'ils ont envie de te voir ? Tu es drôle, le portrait de ton père. Tais-toi et ne cherche pas à me dire quoi faire.

Voilà qui était une réponse claire, définitive, capable de rendre inutiles toutes les questions ultérieures concernant ses origines, le paradis perdu et même Dario. D'ailleurs, Natividad avait entre-temps retrouvé du travail, Conrado avait repris le chemin des *garderias*, et un nouveau papa se pointait à l'horizon.

❏

Natividad n'était pas méchante ni folle. Elle avait simplement exagéré le passé comme le font quelquefois les gens pour donner de la force à l'argument. Un professeur aurait appelé cela une figure de style. Mais Conrado était si petit, si ignorant et si rêveur qu'il avait tout confondu au lieu de se taire. D'ailleurs, s'il avait attendu un tant soit peu, il se serait rendu compte par lui-même que tout allait pour le mieux… Les papas, ce n'était pas ce qui manquait dans le monde.

Pourtant, le petit garçon ne semblait pas se satisfaire des choses telles qu'elles étaient. Une nature revêche se pointait sans doute derrière ses silences boudeurs ; cette tranquillité apparente dissimulait probablement des penchants à la révolte, ou pire encore. Lui-même se sentait confus, incapable de se décider entre l'enfant calme, docile, gentil, et le méchant qui avait envie de tout casser rien que pour s'amuser du spectacle. Très souvent, il cassait tout dans son esprit. Même sa mère eut quelques fois la tête arrachée, le ventre étripé, après des volées de coups de poing, tout comme les femmes à la télévision, tard dans la nuit, lorsqu'il restait seul à l'appartement et qu'il avait peur des fantômes. Conrado évitait cependant de penser aux monstres ; malgré toute sa curiosité, il refusait de regarder les émissions où les bêtes lui paraissaient trop sinistres. En compagnie d'adultes, certes, il se sentait rassuré et arrivait à se divertir beaucoup avec les monstres. Tout seul, il préférait les histoires policières, celles de bagarres, et les films d'action.

Le monde était trop confus, il fallait tout voir avant de rouvrir la bouche et de dire des sottises. Dessins animés, *Sesame Street* et les autres choses pour enfants existaient en même temps que les émissions corsées de la nuit, les histoires de chatouilles et de coups de poing, de sang et de méchancetés. Il absorbait tout comme un collectionneur, de moins en moins soucieux de trouver les fils conducteurs. Natividad n'était-elle pas, elle aussi, confuse, douce et méchante selon le moment ?

Ses rapports avec son papa Dario étaient aussi complexes que tout le reste. Il n'arrivait pas à l'oublier. La faute revenait peut-être à sa mère, qui ne cessait de l'utiliser comme barème pour jauger chaque moment de leur nouvelle vie. Sans le nommer jamais, elle disait « autrefois ». Cela voulait dire : du temps où papa n'était pas encore allé au diable. C'était donc à cause de Dario qu'il devait se lever tôt pour aller dormir à la *garderia* ; c'était sa faute si Natividad pleurait, fatiguée, ou qu'elle se fâchait pour rien. Comment avait donc été l'autre vie, la bonne, celle du temps heureux ? Difficile à dire car tout lui paraissait brouillé, confus, et il ne se souvenait plus des bons moments... La nouvelle vie était mauvaise, bien sûr ; mais les choses n'avaient-elles pas toujours été ainsi ?

Comme pour le pays-dimanche, mieux valait ne pas poser de questions. N'empêche que Conrado pensait encore à Dario. Il le détestait d'être parti avec la fille grassette, et le souvenir de son sourire à l'arrêt de l'autobus remplissait l'enfant de rancune. Puis, il était parti tout seul, en laissant derrière lui son petit copain, et sans aucune explication. Après tout, Conrado lui aussi aurait voulu aller au diable. N'allait-il pas en enfer chaque matin à l'aube ? Sa mémoire commençait à défaillir avec le temps, mais il était persuadé que les souvenirs des rares sorties en compagnie de Dario étaient bel et bien réels. Pas très loin, ni longtemps, mais ils étaient vraiment sortis en copains, sans les femmes, et ça avait été très bon.

Il se demandait ce qu'il avait pu faire pour contribuer à ce départ, quelle était sa faute dans tout ce qui arrivait. Pour unique réponse, il devait se contenter d'un drôle de sentiment de gêne et d'une vague envie de pleurer. Il en ressortait aussi avec de la haine. Une haine mauvaise, diffuse, qui ne servait à rien, ni même à s'imaginer Dario dans d'affreuses souffrances. Les images se dérobaient et l'enfant n'arrivait pas à se venger. Dans le fond, Conrado ne voulait pas que son papa souffre, et il restait seul avec une tristesse diffuse, une sorte d'ennui et l'envie de dormir. Natividad, au contraire, était là, vivante, comme un réel obstacle, et il savait qu'elle ne mourrait pas. Dario passait ainsi peu à peu du côté des choses immuables, des pays-dimanche et des dessins animés.

Conrado l'avait vu à deux reprises, chaque fois en rapport avec l'autobus. Le même autobus 64 devint alors une véritable obsession, un terrain inépuisable d'enquêtes et de découvertes.

C'était un autobus rempli d'inconnus qui ne se regardaient pas. Ils avaient les yeux ouverts lorsqu'ils n'étaient pas endormis, mais leur apparence était péruvienne, comme s'ils n'avaient rien devant eux. Que ce soit le matin ou le soir, tous les passagers avaient l'air de cesser de vivre dès qu'ils prenaient place dans le véhicule ; leur seul souci était de ne point être dérangés. Les enfants tentaient parfois de s'amuser un peu durant le voyage mais la réaction des parents ne tardait pas à les ramener à l'immobilité. Conrado savait comment s'y comporter et il avait une façon bien à lui de se divertir. D'abord, chaque jour, la même attente empressée qui l'obligeait à scruter l'autobus à la recherche d'un visage familier, d'une chevelure attachée en queue de cheval, du profil sévère de son papa. C'était souvent impossible de tout surveiller à cause de la masse compacte des passagers ; maintes fois ils arrivèrent à la station de métro sans que l'enfant sache si oui ou non Dario avait été là. L'enfant avait donc pris l'habitude — habitude que sa mère trouvait irritante — de s'échapper aussitôt jusqu'à l'arrière, histoire d'avoir une vue d'ensemble de tous les occupants. Petit et décidé, il arrivait à se faufiler même s'il perdait sa mère de vue. De toute façon, elle serait là au terminus, comme toujours, et tant qu'elle ne le voyait pas, elle ne pouvait pas se fâcher. Ensuite, dès qu'il avait trouvé un bon point de vue, il pouvait se consacrer à l'observation des passagers les plus intéressants. Et il commençait déjà à les connaître.

Il aimait en particulier la petite fille folle, qui s'agitait davantage à mesure que sa mère la punissait pour la faire cesser de sauter ou de crier. Conrado ne s'en approchait pas trop même si elle n'était pas laide, la peste. Mais elle paraissait vraiment dangereuse et ne reculait devant rien, pouvant aller jusqu'à répondre coup pour coup à sa propre mère et à donner des tapes aux voisins de siège. Cette fillette avait aussi le don de découvrir les gens qui s'intéressaient à son cirque ; dès qu'un regard croisait le sien — et elle était sans arrêt à l'affût d'attention —, elle se mettait à rire, à crier et à prendre des positions impossibles, rien que pour faire enrager sa mère et se donner en spectacle. La scène avait d'abord étonné et repoussé Conrado, qui craignit que cette mère-là ne se mette à le frapper, lui aussi, pour qu'il profite de l'exemple. Avec le temps, cependant, il apprit à provoquer cette fillette à distance, d'abord avec de jolis sourires accompagnés de clins d'œil, mine de rien, puis de grimaces, le tout exécuté bien discrètement pour qu'elle seule s'en aperçoive. Ça marchait à merveille. Dès qu'elle le voyait, y compris les rares fois qu'elle était tranquille, la folle se mettait aussitôt à rire et à crier, complètement hystérique, dans une sorte de complicité infantile qui faisait chaud au cœur. La mère de la petite ne pouvait tout de même pas la tuer ni l'étouffer, et ses efforts pour passer inaperçue étaient chaque fois annihilés par l'exubérance que la fillette déployait pour emmerder. Conrado, de son côté, prenait les airs les plus angéliques, avec à peine un tantinet de reproche dans les yeux lorsqu'il sentait que d'autres passagers regardaient aussi la mère désespérée et sa fillette impudique. C'était amusant et très apaisant car il en profitait pour se venger un peu de tous les adultes du monde. En effet, les autres passagers devenaient chaque fois plus irrités du manège entre la mère et la fille, quelques-uns se levaient de leur siège, les vieilles disaient des choses méchantes, et c'était évident qu'ils avaient tous envie de cogner pour montrer de quoi ils étaient capables. Rien à faire. Parfois la tension devenait si insupportable que Conrado préférait cesser les provocations de peur que ça ne rejaillisse sur lui. Ou il changeait simplement de place avec son air d'enfant sage à la recherche de sa maman, tout en laissant derrière lui une véritable catastrophe. Le plus curieux, c'est qu'il hésitait entre des sentiments contradictoires envers la petite folle : il avait soit envie de la frapper à son tour, soit il souhaitait l'embrasser. Souvent, les deux à la fois.

Les vieilles qui marmonnaient, le regard perdu, étaient aussi un objet privilégié de sa curiosité. Dans l'autobus, lorsqu'on est enfant, on a le droit d'examiner à loisir toutes sortes de gens étranges et rien de mal n'arrive. Il est préférable quand même de se tenir un peu à distance, hors de portée d'une éventuelle tape ; on ne sait jamais. Les vieilles, quant à elles, peuvent aussi être dangereuses quand elles surprennent un enfant qui les fixe. Souvent, elles se limitent à des grimaces ou elles lui montrent la langue. D'autres, par contre, s'ouvrent en larges sourires édentés de sorcières et, perdant toute contenance, elles croient que l'enfant en question les trouve sympathiques. Alors, il faut fuir au plus vite, sinon elles se permettent aussitôt toutes sortes de gestes intimes, allant jusqu'à vouloir caresser les cheveux du petit. Mieux vaut aussi s'éloigner alors de sa propre mère car, excitées par les vieilles, les mères deviennent sociables, elles se mettent à bavarder, et ça finit toujours par des gestes insolents envers les petits garçons. Conrado s'était rendu compte qu'il y a une sorte de confrérie entre les femmes qui parlent la même langue, et, dès qu'elles surmontent les premières inhibitions, voilà que les enfants deviennent une simple monnaie d'échange. Il est donc mieux de regarder les vieilles de loin, pensait-il, pour qu'elles ne s'en aperçoivent pas et continuent à marmonner toutes seules. Leurs visages ridés, poudrés de maquillage et aux allures sinistres, fascinaient le petit garçon, en particulier lorsqu'une seule partie du visage était visible parmi la masse des corps des passagers. La même chose pour les messieurs sérieux qui lisaient leurs journaux, distraits. Ils s'absorbaient tant qu'ils se mettaient à faire des grimaces ou à fouiller passionnément dans leurs narines.

Pour avoir subi le même supplice à diverses occasions, Conrado s'amusait spécialement de la posture de ceux qui, incapables de s'imposer mais voulant quand même une place assise, se laissaient écraser par les passagers volumineux. Aussitôt enfoncés dans des endroits minuscules, souvent avec une mine irritée et triomphante à la fois, ils commençaient déjà à regretter l'exploit. Bougeant alors le corps comme s'ils étaient enroulés dans des draps, ils se déployaient en tentatives pour ne pas étouffer ; des tentatives vaines et de moins en moins vigoureuses. Quelques sursauts désespérés, et les voilà soumis, les bras étendus en avant du corps, la mine basse avec des grimaces amères, et exposés alors impunément au ridicule de leur situation. Pendant ce temps, les grosses femmes avec leurs nombreuses sacoches et les messieurs ventrus aux cuisses ouvertes qui entouraient le malheureux comprimé détendaient peu à peu leur faciès agressif. Quelques-uns arrivaient même à exhaler des petits soupirs de triomphe, et Conrado les scrutait à la recherche de leur discret sourire moqueur. L'enfant se plaisait aussi à surveiller le théâtre des jeunes gens très costauds qui, rien que pour provoquer, mettaient ostensiblement leurs pieds sur la banquette d'en face, l'air distrait et le plus innocent du monde. Ou encore les femmes qui entraient péniblement dans le véhicule bondé en poussant d'énormes landaus, et qui les laissaient là dans le passage, encombrants, à la vue de tous, mais avec une mine radieuse comme si le bébé était quelque chose de sacré. Souvent, le bébé était si bien camouflé qu'on aurait pu penser qu'elles se baladaient avec leurs landaus remplis uniquement d'emplettes. Les passagers ne pouvaient rien dire, mais c'était évident que ces choses les irritaient au plus profond, gâchant de bonne heure leur journée déjà pourrie. Les amoureux, du simple fait de se chatouiller un peu, ajoutaient au malaise des matinées interminables. Lorsqu'un enfant criait, ou qu'il se mettait à tousser, de préférence à faire mine de vomir, le compte était fait. Conrado trouvait alors que le voyage n'avait pas été vain malgré l'absence une fois encore de l'homme à la queue de cheval.

Il aurait préféré, bien sûr, un autobus bon enfant, cahotant avec le sourire sur de jolies routes campagnardes et colorées, rempli d'enfants en compagnie des neveux de Donald, des musiciens de la grenouille Kermit, tout le monde en maillot de bain, où le chauffeur Gooffy aurait fait des prouesses inimaginables pour éviter les marchands mexicains de pastèques, de pots et de sombreros. Mais, dans ce 64 rempli de basanés comme lui, hagards, les images de la télévision s'estompaient aussitôt. Conrado devait se contenter de scruter ces visages tristes, et il s'avouait impuissant à imaginer ce qu'il y avait dans la tête des autres petits comme lui. Même un bébé éveillé, avec qui échanger des regards et des sourires, était une rare aubaine ; les mères les cachaient précieusement, de peur qu'ils ne soient infectés par la maladie ambiante.

4

Les limbes

Étrange confrérie que celle des enfants. Ils se reconnaissent rapidement entre eux, ils savent immédiatement, depuis l'âge le plus tendre, qui est garçon, qui est fille, et d'un simple regard ils sont capables de dire si le reste du troupeau est en paix. Lorsqu'ils sont regroupés, les enfants ont toujours l'impression naïve qu'ils seront protégés par une entité supérieure, celle des adultes. Malgré leur apparence d'immaturité, ils possèdent un sens social très aiguisé. Si l'un d'entre eux émet des signes de détresse, le groupe réagit avec alarme et, vite, plusieurs autres se relaieront pour appeler à l'aide. Voilà pourquoi on peut les regrouper facilement dès qu'on a un semblant de climat de calme, de répétitions prévisibles et d'endormissement. Par contre, quand chacun est laissé à lui-même dans la solitude, divers mécanismes d'angoisse se mettent peu à peu en branle. L'enfant commence par explorer son environnement immédiat avec appréhension, mais comme si sa situation n'était qu'un jeu, une blague, et qu'il s'attendait à retrouver les copains ou les adultes derrière une porte ou dans une armoire, tapis dans la chambre ou pouffant de rire sous le lit. Il s'ensuit un désespoir d'abord agité, comme si l'enfant voulait rattraper le groupe par des prouesses motrices. Cela s'estompe et il deviendra chaque fois plus statique, jusqu'à l'anomie. La moindre présence humaine, si insolite soit-elle, sera préférable à l'abandon du groupe. Sa hantise de la solitude est telle que même les prédateurs sont accueillis avec espoir ; si ces derniers ont des apparences familières, ils ne seront jamais reconnus comme prédateurs, et la petite proie s'offrira alors en croyant qu'elle sera protégée.

Voilà pourquoi Conrado était devenu l'ami d'une légion de fantômes ; mêmes certains monstres étaient les bienvenus dans ses rêveries. Les personnages de la télévision étaient les habitués qu'on y retrouvait le plus souvent, naturellement, et le sifflement de vitesse d'un Speedy Gonzales était toujours à portée d'oreille, au cas où le besoin se ferait sentir. Mais il accueillait aussi les gens de passage, comme tel chauffeur d'autobus qu'il avait trouvé sympathique durant la journée, les pompiers qui lui avaient fait visiter leur camion, le facteur qui chantait durant sa ronde et qui faisait des faces de clown lorsqu'il rencontrait des enfants. Puis aussi les policiers qui n'avaient pas trop l'air méchant dans les films d'action, et jusqu'au vieux monsieur qui commentait les matchs de boxe tard dans la nuit. Pas le concierge de son immeuble, qui semblait détester tous les habitants, et qui se fâchait pour rien lorsque les mères éparpillaient les ordures dans le sous-sol. Qui donc avait de l'argent à gaspiller en sacs verts, cette drôle d'habitude que seul le concierge pouvait concevoir ? Ah, il ne faut pas oublier, Conrado aimait aussi les gens des camions à ordures, ceux qui voyageaient debout sur le marchepied et qui couraient allégrement pour jeter les sacs dans la chute basculante. Il aimait ceux-là parce qu'ils paraissaient se divertir, jetant les choses d'une manière désordonnée, gamine, sans trop s'occuper des dégâts qu'ils laissaient derrière eux. En outre, ces gens avaient le droit de faire fonctionner la bascule lorsque la chute était trop pleine, et cette manœuvre avait toujours fasciné le petit garçon. Combien de fois n'avait-il pas imaginé faire ainsi disparaître certaines personnes de son entourage, ni vu ni connu, d'un simple coup de manette très tôt le matin ? Les ordures, il en était certain, ne revenaient jamais après qu'elles avaient été convenablement ramassées. D'ailleurs, dans son esprit, le camion à ordures faisait aussi partie de la formidable confrérie de policiers, médecins, pompiers, chauffeurs d'autobus et gens de Bell, qu'il appelait simplement le 911. N'étaient-ils pas reliés d'une façon ou d'une autre à la mort et à l'enterrement ? Deux fois par semaine, lorsqu'il n'était pas traîné à la *garderia*, il courait à la fenêtre aussitôt qu'il entendait les bruits familiers du camion à ordures dans sa rue ; et il restait là, à rêver à tout ce qu'il arriverait à faire avec un tel mastodonte.

Son monde imaginaire en était un bien peuplé, forcément, car la solitude était devenue son lot quotidien. Les papas ne manquaient pas, il est vrai, et ils étaient même de plus en plus nombreux. Conrado allait donc de moins en moins à la *garderia*, sauf lorsque l'argent venait à manquer de façon cruciale. Sa maman travaillait peu car c'était l'hiver, il faisait froid, et les nouveaux papas avaient besoin d'une longue période d'intimité au début de la relation. Normal, le temps de faire connaissance, le temps des chatouilles passionnées et des longues sorties nocturnes. Natividad retournerait peut-être travailler à l'été ; d'ici là tout s'arrangerait, avec l'aide des nouveaux papas. Ceux-ci connaissaient d'ailleurs plein de trucs très pratiques qui avaient l'air d'alléger passablement les inquiétudes de la jeune femme.

Ils n'étaient pas méchants, ces nouveaux papas. Quelques-uns apportaient des bonbons à Conrado, d'autres commentaient avec lui les parties de hockey à la télévision en tentant de lui faire partager leur amour du sport. D'aucuns savaient danser, ou chanter, même qu'un d'eux savait faire des tours de magie avec des cartes et des pièces de monnaie. Et ils étaient tous de bonne humeur, ce qui rendait heureuse la maman lorsqu'ils venaient la visiter. Celle-ci se mettait alors très jolie, elle se maquillait comme une adolescente et allait jusqu'à danser au salon comme le faisait autrefois la grand-mère. Ce n'étaient cependant pas des Péruviens mais des Chiliens, des Colombiens, des Guatémaltèques et même des cousins dominicains ; ils ne restaient donc jamais à la maison. Les moments de solitude de Conrado étaient ainsi plus fréquents, variés, d'où son intérêt à les peupler avec des personnages imaginaires.

Les premières fois, sa mère le laissa chez Ruth, la voisine gentille qui l'avait déjà accueilli lors de l'arrivée de Paco, son deuxième papa. Ce n'était pas mauvais, bien au contraire, et Conrado y vécut une expérience singulière, bouleversante et enrichissante à la fois, même s'il n'arrivait pas à en comprendre les conséquences. Ruth était une sorte de cousine ou de parente de Natividad, et il y était pour ainsi dire en famille. Ça ne l'étonna donc pas lorsque, un soir, elle décida de le laver dans la baignoire. Elle commença par le savonner de la tête aux pieds ; la première gêne passée, ce fut bien agréable car, au contraire de sa maman, elle le faisait avec tendresse, sans brusquerie ni hâte. Aussi, elle lui disait des choses douces, du genre qu'il était beau, que sa peau était bonne à toucher, et surtout que ses cheveux bouclés étaient une vraie merveille. Elle se moqua même de son petit zizi. Soudain, elle se déshabilla et entra dans la baignoire avec Conrado pour profiter, elle aussi, de la bonne eau chaude. Ainsi à l'étroit, Conrado dut alors rester entre ses grosses cuisses, la tête contre ses seins pendant qu'elle embrassait ses cheveux, et sans bouger pour ne pas que l'eau déborde.

Ce fut une soirée spéciale, de celles qu'on garde secrètes dans sa mémoire parce qu'on sait qu'il ne faut pas en parler. C'était la première fois qu'il voyait un zizi de femme d'aussi près, et ça l'étonna de le sentir si velu. Très différent, certes, très mouillé aussi, mais doux au toucher comme lorsqu'on joue avec un dessert au Jello. Il avait déjà vu beaucoup de seins, dont ceux de Natividad et ceux des voisines qui avaient des bébés. Il n'y avait rien là ; ils pendaient, c'est tout. Mais un gros zizi comme ça... Ruth et lui, à peine séchés, s'emmitouflèrent dans les draps ; elle le caressa et l'embrassa tant et tant qu'il tomba endormi. Le lendemain matin, elle était très gentille, amoureuse, et il eut droit à du chocolat en guise de petit déjeuner.

Depuis ce jour, Conrado était tout attendri lorsqu'il pensait à elle, avec un goût sucré sur les lèvres et une douce envie de bâiller. Il avait aussi la nette impression qu'il était beau, tout au moins aux yeux de Ruth.

La scène faillit se répéter une deuxième fois, quelque temps après. Le soir, il lui demanda si elle n'allait pas le laver. Le visage de Ruth prit alors un rictus étrange, moqueur, si différent de la première fois, et elle fit couler l'eau dans la baignoire. L'enfant attendit en jouant avec les vagues, mais Ruth ne revint qu'au moment de le sécher avec la serviette. Au lit, entre les draps, ce n'était plus la même femme, ni les mêmes parfums, ni les mêmes caresses. Elle paraissait nerveuse, impatiente, son haleine était amère et son toucher rêche, presque méchant. Puis, de mauvaise humeur, elle lui dit d'aller se coucher sur le sofa, où il dormait d'habitude lorsqu'il venait chez elle. Le lendemain, pas de chocolat ; et Ruth agissait comme toutes les mères, sans se préoccuper de sa présence.

Natividad sortait souvent avec les nouveaux papas, et elle finit par laisser Conrado seul dans l'appartement. Mais il était bien protégé par la porte fermée à clé et par les lumières éteintes, et rien de mal ne pouvait arriver.

— Tu dors, Conradito chéri. Tu ne touches à rien, surtout pas au poêle. Tu sais déjà que c'est dangereux, que ça fait mal. Tu dors car maman revient bientôt.

— C'est tout un homme, renchérissait le papa du jour. Allez, maître Conrado, on te laisse la garde de l'appartement.

— Le bon Dieu s'occupe de tout, mon amour, complétait la maman. Au dodo...

L'enfant savait qu'il pouvait appeler le 911 en cas de feu, de mort, d'ordures à ramasser, de voleurs ou de fantômes harassants, mais qu'il valait mieux ne pas le faire car la police n'aimait pas ça, mais pas du tout. Seul le poêle constituait un véritable danger ; et après s'y être brûlé une fois, il avait décidé de ne plus y toucher. C'était un gentil petit garçon, qui faisait dodo toute la nuit et qui s'habituait si facilement...

Les premières fois, Conrado dut découvrir par lui-même sa condition de captif ; maman était sortie sans rien dire en le croyant endormi. Mais il ne fut pas pris de panique pour autant, et accueillit de bon gré la chance de regarder la télévision la nuit entière. Natividad le retrouva si sage, endormi au salon, que ses derniers scrupules finirent par disparaître complètement.

Les émissions nocturnes ne sont pas d'un grand intérêt ; elles sont répétitives, avec un tas de gens qui bavardent de façon incompréhensible. Il y a des couples qui se chatouillent, d'autres qui se battent, des compétitions sportives, des prédicateurs de sectes, des gens qui dansent pour maigrir et très rarement des histoires d'animaux. Jamais des émissions pour les enfants. Conrado avait vite fait le tour de toutes les chaînes et s'en désintéressa, mais il n'éteignait jamais l'appareil car il avait peur du silence. C'est que le silence contient un nombre infini de petits bruits soudains qui font sursauter, des bruits annonciateurs de choses inespérées, de présences cachées et de dangers inconnus. Lorsqu'il se mettait à écouter le silence, plus moyen de contrôler les images qui jouaient dans son esprit. Ses personnages sympathiques avaient alors tous l'air un peu en état d'alerte, craintifs et, comme lui, ils se mettaient à guetter sans cesse les coins sombres du logis. La chambre de sa mère paraissait vide au premier coup d'œil, mais la tache noire sous le lit pouvait être la cause de certains craquements; depuis la porte entrouverte de la garde-robe, qui sait ce qui l'espionnait, tapi entre les vêtements, derrière les caisses et les vêtements sales accumulés? Il fallait tout explorer, tout fouiller, car ces présences se dérobaient en se déplaçant vite, toujours dans l'attente de l'attraper. Rusées, ces ombres allaient d'un endroit à l'autre pendant qu'il avait le dos tourné, et elles s'amusaient à jouer au chat et à la souris parfois une bonne partie de la soirée. À peine venait-il de s'assurer que la garde-robe était inhabitée, familière, remplie uniquement des bonnes odeurs de sa maman, et qu'il s'apprêtait à inspecter la cuisine, voilà que du fond de la même garde-robe la bête émettait des cliquetis à peine perceptibles avec ses ongles sur le plancher. Impossible de tout explorer en même temps, d'autant plus que des gens allaient et venaient bruyamment dans les corridors de l'immeuble, la nuit durant, et qu'ils pouvaient très bien surveiller la porte de l'appartement, prêts à l'enfoncer dès qu'il s'assoupirait.

La télévision allumée lui permettait de rêver. Même s'il avait choisi de se tapir au fond de la garde-robe, caché sous la pile de vêtements sales pour ne pas être surpris par-derrière, le bruit de l'appareil noyait les pas, les cliquetis menaçants et le gémissement sinistre du vent aux fenêtres. La senteur de corps qui y régnait protégeait aussi les personnages dans son esprit, comme sa doudou, et son monde fantastique pouvait alors se déployer en toute sécurité. Il se souvenait fréquemment de Ruth au goût sucré, qui devenait ensuite Miss Piggy tout endormie, lasse, puis une douce Schtroumpfette ou une capricieuse Cléopâtre. Sans jamais se l'avouer tout à fait, il rencontrait souvent aussi la petite fille folle de l'autobus ; il l'appâtait alors avec Tweety et, se transformant soudain en Sylvester, il lui administrait une véritable raclée. Ils étaient seuls dans l'appartement, pas moyen pour elle de s'échapper ni de l'amadouer avec ses éclats de rire. Conrado allait jusqu'à la mordre pour qu'elle cesse ses folies, pour qu'elle se mette à tourner sur place, silencieuse, les yeux clos, et qu'elle vienne ensuite se coucher gentiment avec lui dans la douceur du linge sale. Elle n'était plus folle ni méchante, et elle se mêlait alors à l'image de Katia, la petite fille d'une *garderia* passée, qui adorait montrer son zizi. Un zizi tout beau, lisse et velouté comme un abricot, qu'on n'avait pas peur de toucher et qui sentait comme sa doudou. Katia n'était pas jolie, mais la petite folle de l'autobus si, et Conrado imaginait alors que, à son tour, celle-ci avait un joli zizi-abricot... C'est drôle comment sont faites les filles, pensait-il, si timides, réservées, et en même temps impudiques et effrontées pour d'autres choses. Katia lui avait offert d'elle-même de lui montrer son zizi, pendant qu'ils dessinaient. Peut-être qu'ils étaient alors en train de dessiner des zizis, ou des abricots, il ne se souvenait plus. Puis, se faufilant discrètement, elle l'avait attiré aux toilettes pour qu'il touche voir comment elle était faite. Elle avait à peine insisté pour voir le sien, et ne parut pas très intéressée. Les filles...

Il rêvait aussi de certaines choses arrivées durant la journée. Les beaux accidents et les incendies terribles de la télévision pouvaient être transportés dans l'immeuble juste en face, de l'autre côté de sa rue. Par la fenêtre, Conrado se délectait alors de sa place de choix, presque parmi les pompiers. Les accidents d'avion, les arrestations de bandits armés et les bagarres subissaient le même sort. Si des monstres arrivaient dans le voisinage, bien caché, il ne perdait rien du spectacle et pouvait s'amuser de voir les soldats qui les tuaient avec des fusées. Le concierge méchant était le premier à être bouffé par les dinosaures, juste là, dans la rue, suivi des gens qui attendaient dans l'abribus. Le chauffeur fonçait sur les monstres avec son autobus pendant que les passagers effrayés tentaient de s'échapper par les fenêtres.

Une fois rassuré, perdu dans ses pensées, il lui arrivait aussi de voler à la façon des corbeaux qui croassaient parfois sur le balcon. Conrado préférait de loin les corbeaux aux pigeons, d'abord parce qu'ils étaient plus beaux, élégants et méprisants, mais aussi parce que Natividad les craignait. Elle disait qu'ils annoncent la mort lorsqu'ils viennent se poser chez quelqu'un et que, dans son pays-dimanche, ces oiseaux noirs attaquent les gens pour disséminer la maladie. Si ça n'avait dépendu que d'elle, seuls les pigeons seraient venus sur le balcon car c'étaient les oiseaux de la Vierge Marie. Conrado se moquait de ces opinions, même si la présence trop insistante d'un corbeau dans les parages pouvait parfois l'inquiéter. Pas le corbeau lui-même, mais la mort. Par contre, question de voler, sans aucun doute que les corbeaux volaient mieux ; et, si en plus d'être corbeau et de voler, il pouvait aussi apporter la mort chez certaines gens, pourquoi pas ? Il s'envolait donc pour voir la ville d'en haut comme dans les histoires de Daffy Duck ou de Woodypecker, pour faire des plongées vertigineuses et se reprendre à la dernière minute, sans s'écraser. Ces images l'amenaient à se poser des questions au sujet du coyote qui chassait le poulet Bipbip: il s'écrasait toujours par terre, jusqu'à fendre le ciment, et s'en tirait chaque fois... Est-ce que lui, Conrado, s'en tirerait aussi après avoir sauté de son troisième étage ? L'idée de sauter en bas lui passait par l'esprit lorsqu'il survolait la ville déguisé en corbeau, ou encore lorsqu'il était trop effrayé par les bruits insolites de l'appartement, les nuits où il n'arrivait pas à s'apaiser. Le 911 viendrait sans doute le chercher, avec la police ; les passants s'attrouperaient et il ne serait plus seul. Et s'il n'était pas mort sur le trottoir mais seulement étourdi comme le coyote? Le laisserait-on repartir ou serait-il arrêté comme un bandit ?

Ces questions ne lui étaient pas étrangères car les rêveries tournaient souvent mal dans son esprit, en particulier lorsqu'il se réveillait après un cauchemar, trempé de sueur, et que Natividad n'était pas encore revenue. Allumer le feu ? Appeler le 911 pour voir venir les pompiers ? Comment ferait-il pour que la police ne sache pas qu'il avait appelé, et qu'ils ne l'emmènent pas pour toujours ? Sa terreur était parfois si intense que, tremblant, la tête enfoncée dans les oreillers, en chien de fusil pour protéger ses pieds des mâchoires des monstres, il attendait, littéralement paralysé.

Le pire, c'étaient les fantômes des gens qu'il avait connus ou vus à la télévision. Ceux-là savaient ce qu'il pensait, et il ne servait à rien de vouloir tricher avec eux. La grand-mère pouvait ainsi le surprendre de l'intérieur même de ses rêves, ou surgir de nulle part et éclater de rire déguisée en monstre. Lorsqu'il commençait à penser aux morts, plus moyen de s'en débarrasser. Ils s'accrochaient à lui, ils étaient partout, ils pouvaient mélanger ses histoires à un point tel qu'il les entendait appeler de la chambre, par le bas de la porte ou depuis l'intérieur du frigidaire. Les morts, lui avait-on dit, sont mis à refroidir dans les frigidaires avant d'être enterrés avec les ordures, comme les vieux légumes oubliés qui sèchent dans les tiroirs. Ainsi, le bruit du moteur du frigidaire qui partait soudain, lorsqu'il s'y attendait le moins, et l'eau qu'il entendait dégouliner en arrière, étaient toujours porteurs d'appels gémissants. Les morts gémissent à la télévision, et ils n'ont d'autre idée en tête que de gâcher la vie des enfants. Une horreur.

❑

Les nouveaux papas ne restaient pas, ils ne faisaient que passer. Malgré les efforts de Natividad pour les retenir, ils partaient tous. Elle paraissait résignée à cette routine, et ne pleurait presque plus. D'ailleurs, elle ne les présentait plus comme des papas ; ils devinrent d'abord des oncles, puis de simples amis. Ensuite, elle ne tenta même plus d'expliquer leur statut et se limita à les nommer.

— Camilo vient nous voir aujourd'hui, disait-elle. Tu sais, celui qui a une grosse moustache ? Non, celui-là, c'était José, avec la barbe. Camilo, tu ne te souviens plus de lui ? Il est gentil, tu verras...

Camilo, Zenobio, Guillerme, Pierre, Luciano... Conrado perdait le compte et commençait à les confondre car certains revenaient lorsque d'autres étaient encore là et que des amis de Ruth passaient parfois pour dire bonjour, ou c'étaient des amis d'autres voisines, des cousins... Certains laissaient un peu plus de traces que d'autres, ils faisaient à manger et leur présence apportait un air de fête, parfois même de la musique et des danses. Le lendemain, cependant, tout disparaissait. On mangeait les restes, Natividad remplissait de gros sacs de poubelle, le papa était oublié et la vie reprenait comme avant. Quelques-uns devenaient des amis de Conrado, ils lui racontaient des histoires, le faisaient rire et promettaient des choses. Mais ils disparaissaient comme les autres, les plus discrets, ceux qui n'entraient pas dans l'appartement ou qui klaxonnaient depuis la rue.

Après le passage de ces papas, la maman devenait morose, irritable, et elle se souvenait que ce pays de merde n'arrivait pas au talon du pays-dimanche qu'elle avait laissé derrière elle. C'étaient des moments difficiles à passer : Conrado faisait mieux de se surveiller, de rester bien silencieux car une tape pouvait survenir n'importe quand. L'attente vide empoisonnait la vie de la maison en ôtant toute énergie à la maman. Elle ne sortait que pour faire des emplettes rapides, comme si elle craignait de rater l'éventuel retour d'un des papas, ou pour être fin prête au cas où un autre se pointerait. Parfois elle trouvait du travail, ou des visites à faire, des courses indispensables, et voilà que revenaient de nouveaux réveils brusques, les *garderias* inconnues et surpeuplées où l'enfant était reçu comme un intrus. Les *garderias* déjà connues lui paraissaient aussi nouvelles car les enfants et le personnel changeaient sans cesse. Conrado rencontrait parfois des jouets ou des meubles qui lui semblaient familiers, ou la place des toilettes lui donnait une vague impression de déjà-vu, de déjà senti, d'y avoir été. Ce n'étaient peut-être que des illusions tant ces endroits pauvres se ressemblaient.

L'argent arrivait enfin, de quelque part, et Natividad reprenait vie. Conrado le voyait aussitôt dans son sourire, dans sa manière d'être coquette et douce avec lui. On mangeait mieux, elle oubliait de maigrir et les livreurs des magasins du coin se succédaient avec leurs merveilles. Il faisait donc bon de rester des heures à mâchonner devant la télévision : des pizzas, du poulet frit, des hamburgers-frites bien garnis, des chips, du Coca-Cola et du Seven-Up en grosses bouteilles, de gros gâteaux de la boulangerie du supermarché avec des crèmes et des glaçages, des pots entiers de beurre d'arachide et de pâte de guimauve, des biscuits fourrés et du pop-corn en boîte, déjà prêt. Conrado avait alors le droit de varier son menu comme il le voulait, jusqu'à prendre des céréales avec du lait en guise de souper. C'était parfois écœurant, mais il ne se plaignait pas ; les macaronis en boîte et les pot-au-feu puants ne tarderaient pas à revenir.

Natividad redevenait gamine avec tout ce faste et elle s'ouvrait en confidences, comme ça, sans motif, rien que pour rire. Conrado apprenait alors de drôles de choses sur ses papas, comment ceux-ci étaient bêtes ou méchants, leurs crises de jalousie et leurs mensonges. Plusieurs d'entre eux étaient mariés ou avaient des enfants quelque part, avec des femmes méchantes, de véritables sorcières qui ne les lâchaient pas. D'autres devaient de l'argent, ou ils étaient obligés de se cacher du gouvernement pour gagner davantage, et c'est à cause de ça qu'ils ne pouvaient pas rester. Ils venaient tous d'ailleurs, d'endroits si variés que Natividad aussi commençait à les confondre, et ils souffraient tous dans ce pays froid que personne n'avait l'air d'avoir choisi. C'était un pays de merde, où la vie était trop dure, où les gens avaient une autre mentalité, où personne ne savait s'amuser. Il n'y avait rien d'autre que l'argent et le travail dans ce nouveau pays ; forcément, avec tant de soucis et toujours sur le qui-vive, les papas n'arrivaient jamais à se détendre et finissaient tous par s'en aller. Les femmes, les pauvrettes, ce sont elles qui souffraient le plus car elles devaient élever les enfants.

— Maman... pourquoi les gens ont des enfants ? demanda un jour Conrado sans réfléchir.

— Mais, mon chéri... Les enfants, ils viennent lorsque les gens s'aiment. On ne les choisit pas.

Puis, hésitante, elle ajouta :

— Les enfants... ils sont là pour être aimés, aussi. Comme moi je t'aime. Je t'aime beaucoup, Conradito, tu es mon petit cœur. Et toi aussi, tu m'aimes, n'est-ce pas ? On restera ensemble tous les deux. Puis, lorsque tu seras grand, un bel homme, nous sortirons ensemble souvent, pour nous amuser. Tu m'amèneras danser... Et nous ne nous quitterons jamais, n'est-ce pas ? Dis-moi, tu ne feras pas comme les autres hommes, pas vrai, Conradito ? Tu ne seras jamais méchant avec Natividad.

C'était bien facile de tout promettre, de ne pas trop l'écouter entre une bouchée de pizza et une gorgée de Seven-Up, les biscuits à la portée de la main. Le petit enregistra quand même ces informations hétéroclites et l'image de la grand-mère marchant comme Big Bird lui frôla curieusement l'esprit.

Dans ces bonnes périodes qui ne duraient parfois qu'une seule fin de semaine, Conrado et sa maman allaient de nouveau se promener dans les centres commerciaux pour contempler la richesse du monde. Ils allaient presque comme en pèlerinage dans cet univers de cocagne destiné à faire reculer les frontières mêmes du désir. Des palais de marbre miroitant de lumières et riches en couleur, si propres, où les employés recevaient les clients avec des sourires, des courbettes, empressés de les aider. C'étaient des lieux de culte et de grande frustration à la fois, où l'on revenait comme à l'église, pour prier, pour apprendre ce que l'on doit convoiter et pour avoir de nouveau la force de continuer à travailler. Ceux qui ne travaillaient pas y allaient comme d'autres vont voir des films pornographiques : pour le bonheur exquis de s'avilir et de toiser l'immensité de leurs carences, tout comme on gratte une plaie qu'on sait incurable mais non pas mortelle.

Conrado se divertissait au début du spectacle des allées majestueuses où les enfants peuvent s'éloigner de leurs parents sans danger de se perdre, ou flâner détendus car ils savent qu'ils y sont sans but précis. Natividad non plus n'avait pas d'intention précise, et elle en profitait aussi pour se remplir les yeux, pour divaguer, tout en faisant semblant qu'elle cherchait quelque chose, qu'elle aussi pouvait dépenser. Drôle de jeu, mais traître à la longue, car la promenade innocente devant les magasins luxueux, qu'on sait hors de portée, a uniquement l'apparence d'être inoffensive. Elle aiguise l'appétit et affaiblit les défenses. La mère et l'enfant, excités en outre par la bonne odeur venant des restaurants ouverts, finissaient malgré tout par prendre le chemin des places les plus dangereuses, c'est-à-dire celles d'où ils ne se sentaient pas exclus : les pharmacies et les grandes surfaces populaires. Ils s'y engouffraient avec désespoir, déjà ramollis et avides du contact des choses, ces choses et cette pacotille qu'ils auraient presque pu acheter, qu'ils avaient déjà achetées dans le passé et qu'ils achèteraient de nouveau un jour. La mère allait vers les rayons de vêtements ou d'articles de maison si hypnotisée qu'elle perdait de vue l'enfant ; celui-ci partait en direction des jouets. Et ils erraient à la ronde, touchant à tout, dans une immédiateté qui exclut quelque forme d'imagination que ce soit, et condamnés à renoncer à tout sans la moindre bribe de possession.

— Ça ne vaut pas une branlette de venir ici sans le sou, avait dit Dario autrefois, lorsqu'il faisait aussi partie de ces douloureuses expéditions.

Conrado n'avait alors pas compris le sens précis de la remarque mais il en avait saisi l'esprit, d'autant plus qu'elle avait été accompagnée d'une tape sonore pour qu'il cesse de s'accrocher à un tracteur Tonka, jaune, beau comme un rêve. Depuis, le petit ne faisait plus de crises et se limitait à souffrir en silence comme il se doit, même s'il était incapable de se détacher de ces visions fascinantes. Natividad, de son côté, semblait peiner autant.

Ils ressortaient de là fourbus, irritables, enragés contre le monde et la vie, la tête lourde et la bouche amère. Le silence de la maison leur paraissait plus sinistre, plus définitif, et même le reste des victuailles n'avait plus le même goût.

5

L'amour

La venue de son énième papa inaugura une courte période joyeuse. C'était un grand Noir, costaud, sympathique, qui riait pour rien, et à côté de qui Natividad avait l'air d'une poupée. Impossible de savoir comment elle, d'habitude si timorée, avait pu dénicher un tel joyau. Conrado n'eut pas le temps ni l'idée de se poser cette question. Brady, c'est ainsi qu'il s'appelait, arriva comme un tonnerre et prit possession de tout ; le même jour la vie se transforma en fête. Il venait de nulle part, c'était un homme d'affaires et il avait de nombreux amis.

Brady regarda l'enfant et n'y trouva rien de mal. Tant mieux ; la maman paraissait si amoureuse qu'elle se mit à l'œuvre aussitôt pour que l'homme se sente à l'aise. Ce n'était pas nécessaire, elle en faisait même trop ; mais elle y mettait du sien, soudainement réveillée par tant de bonhomie. Les chatouilles intenses envahirent l'appartement, tout comme la musique bruyante et les bonnes choses à manger. Beaucoup de bière, aussi, car Brady et ses amis transpiraient en dansant malgré la fraîcheur du printemps timide. Puis, entre les chatouilles et la danse, ce nouveau papa se révéla un bon copain pour Conrado. Il était bavard dans sa langue nasillarde qui sonnait comme celle de Daffy Duck ; ses gestes nombreux, ses grimaces et ses sourires suffisaient pour le comprendre. Au moment de sortir, il lui fallait absolument la compagnie de l'enfant, quelle que soit l'heure, même lorsque Natividad ne pouvait pas les accompagner. D'ailleurs, Brady préférait qu'elle ne vienne pas à ses rendez-vous d'affaires ; il était plus rassuré de la savoir tranquille à la maison. Il menait des affaires d'hommes, et Conrado seul pouvait l'accompagner.

Dans l'immense auto blanche, ils allaient tous les deux en visite chez d'autres familles, d'autres copains, partout dans la ville. Ils étaient toujours accueillis dans l'euphorie ; les gens respectaient le Noir d'une façon spéciale, révérencieuse, et ses affaires étaient conclues en un rien de temps. Tout cela donnait à Conrado une agréable sensation de sécurité. C'était la première fois qu'il avait un vrai copain. Puis, à son grand bonheur, de nouveaux jouets arrivèrent en même temps que des cadeaux pour sa maman.

Brady n'habitait pas avec eux mais ailleurs dans l'immeuble, avec ses amis. Il venait cependant dormir à la maison assez souvent, tout au moins au début, et vite l'appartement morose d'autrefois se transforma comme par miracle. Il y avait souvent des fêtes pleines de gens, et même Ruth s'avéra être de leur bande. Ils regardaient la télévision jusqu'à très tard, ils buvaient, faisaient des blagues et s'amusaient vraiment. Le concierge méchant devint d'ailleurs très gentil par la simple présence de Brady et de ses amis.

Conrado se promenait désormais à sa guise un peu partout dans l'immeuble, fier des commissions qu'on lui confiait, et il commençait à se sentir à l'aise même dans certains appartements du fond, où les gens ne venaient que pour dormir. Il pouvait aussi dormir ailleurs plus souvent, soit chez Ruth, soit chez d'autres voisines, car Brady et sa maman avaient parfois besoin de sa chambre et paraissaient soudain plus préoccupés de le voir partir que de le surveiller. L'enfant profitait sans rancune de ces occasions ; tant de nouveautés arrivaient à point après les mois d'ennui. Les gens s'aimaient beaucoup, et il était rare que les femmes se trouvent seules et irritables comme autrefois. Les disputes paraissaient aussi choses du passé.

Il est vrai que Natividad s'était un peu emportée au début, lorsque Brady s'occupait de ses amies ou des copines de passage. C'était un homme plein de vie, chaud, et pour ne pas gâcher tout le bonheur, elle ferma les yeux. Ruth le lui conseilla d'ailleurs dans ce sens : c'était bête de faire la mijaurée car le Noir l'aimait tant, et cette nouvelle vie serait bonne pour Conrado. Puis, n'était-ce pas vrai, Brady en avait pour toutes, en abondance, et il n'était même pas jaloux de ses nombreux copains ? Il était le premier à encourager les couples à se chatouiller lorsque la fête battait son plein ; c'était irrésistible.

Maman dut se conformer, que faire d'autre ? Brady était si charmant et la vie était devenue si facile. Elle le fit, parfois boudeuse, mais de plus en plus somnolente comme si elle avait trop bu de bière, plus fatiguée à mesure que le temps passait, un peu détachée aussi, les yeux dans le vague à la façon des Péruviens. Elle était par ailleurs assez tranquille, moins fâchée contre le sort et moins empressée de se faire coquette. Elle pouvait passer des journées au lit, car les livreurs se chargeaient d'apporter tout ce qu'il fallait pour manger.

Cette ambiance donnait une grande marge de liberté au petit Conrado qui, délaissant ses jouets, paraissait plus attiré par les connaissances concrètes. Les matinées très longues s'étiraient jusqu'à tard dans l'après-midi ; c'est alors seulement que les premiers visiteurs sonnaient à la porte, ou aux autres portes, et que les gens commençaient à sortir de leurs vapeurs, lourdauds et le sourire béat. La vraie vie était plutôt nocturne, et Conrado avait ainsi le loisir d'explorer le monde, presque invisible et sans avoir peur qu'on le surprenne.

Il débuta par son immeuble, et il explora divers appartements plus ou moins négligés, plus ou moins habités, qui ressemblaient passablement au sien. Les commissions qu'on lui demandait de faire étaient simples, comme transporter des messages, des petits paquets pas encombrants, ou aller chez l'une ou l'autre des voisines pour ne pas déranger lorsque les adultes avaient besoin de paix. Mais, la première curiosité passée, il ne trouvait rien d'intéressant chez les autres gens sinon une vie fade, endormie. Les bonnes choses étaient peut-être ailleurs, et il s'aventura dans le voisinage, élargissant peu à peu son rayon d'action à mesure qu'il gagnait en confiance. Les autres immeubles semblaient pareils au sien, sans intérêt, mais il devint un habitué du marché Latina, où Natividad faisait ses achats. C'était juste au coin, là-bas, même pas besoin de traverser de rues dangereuses ; un endroit d'ailleurs qu'il connaissait déjà, et où les gens ne l'interpellaient jamais. Le commis des fromages, en voyant apparaître sa petite bouille au ras du comptoir, lui offrait des choses à goûter sans signe de méchanceté. En s'enhardissant et en devenant de plus en plus familier des lieux, le petit avait appris à chiper des biscuits, des bonbons et même des tablettes de chocolat, qu'il fallait absolument avaler sur place, comme les enfants plus âgés le lui avaient montré. S'il suivait une maman derrière son chariot, il n'y avait aucun danger, surtout si ce n'était pas sa propre maman. Natividad ne le laissait rien manger, car elle avait toujours la manie de ne pas grossir.

Conrado s'empiffrait parfois d'une façon telle qu'il vomissait en sortant du magasin. Mais il revenait, seul ou en compagnie d'autres enfants du voisinage, parfois uniquement dans l'intention de regarder les gens ou de humer les bonnes odeurs pour passer le temps. C'était tout un monde, le Latina, et souvent il y rencontrait des visages familiers avec qui il échangeait des sourires d'enfant sage. Puis, à côté, les gens de la poissonnerie le laissaient regarder les crabes et les homards qui nageaient dans les bacs ; s'il ne touchait à rien, il pouvait aussi admirer les poissons morts avec leurs faces de passagers de l'autobus et leurs grands yeux péruviens. Ça sentait bon... Un peu plus loin il y avait l'arcade, où il n'avait le droit d'entrer qu'en compagnie de Brady ou de sa mère, sinon le propriétaire se fâchait. Un endroit dangereux, l'arcade, sombre et aux lumières sinistres, où les télévisions ne montraient que des monstres. Natividad non plus n'aimait pas l'arcade ; souvent elle retournait avec lui à la maison, laissant là Brady et ses copains installés devant des machines bruyantes. Lorsqu'il était tout seul, Conrado pouvait aussi aller un peu plus loin, vers le petit centre commercial ; il avait appris à passer par le haut, par la voie de chemin de fer, pour éviter de traverser certaines rues dangereuses. Il ne courait ainsi pas le risque d'être renversé par une automobile. Le petit centre commercial était un peu comme le Latina, sauf que les gens le surveillaient davantage et qu'ils repéraient vite les enfants seuls. Il fallait se méfier, mais ça valait la peine car le supermarché avait beaucoup plus de bonbons que le Latina. Une seule fois il se fit prendre, et la femme gardienne appela la police. Il eut beau se débattre, les policiers insistèrent quand même pour le reconduire chez lui ; heureusement qu'un des chauffeurs de taxi le connaissait et arrangea tout avec les policiers. C'était un homme gentil, qui habitait dans un immeuble voisin et qui faisait souvent des courses importantes pour Brady et ses copains. N'empêche que Conrado reçut une fessée ce jour-là, même s'il avait tenté d'argumenter qu'il s'était simplement perdu dans la rue.

❑

Le temps passait et effaçait inexorablement l'agréable sensation de nouveauté qu'avaient les choses. Déambulant seul, l'enfant avait toujours la sensation d'une grande fatigue justement lorsqu'il était le plus éloigné de chez lui, et il ne savait plus alors pourquoi il avait marché si longtemps. Les choses se répétaient, il ne se passait rien de merveilleux, et il était condamné à revenir chaque fois bredouille de ses promenades. La fête du début elle aussi s'était avérée trompeuse, de courte durée, et ses lendemains paraissaient menaçants. Sa maman était plus triste, négligée, déçue à son tour de l'éclat des choses nouvelles qui n'arrivaient pas à apporter le bonheur. La liberté était décevante car elle finissait par être comme les nouvelles *garderias*, répétitive et sans espoir.

Le monde des adultes apportait par ailleurs certaines visions curieuses, et l'enfant écarquillait les yeux en dépit du fait qu'il n'aimait pas ce qui se donnait à voir. Il comprit, par exemple, entre autres choses, ce que voulaient dire les chatouilles.

Autrefois, il avait cru que les chatouilles étaient la façon dont les gens amoureux se léchaient les lèvres, les yeux fermés. La petite Katia lui avait montré comment faire après qu'elle lui eut laissé toucher à son abricot. Et il avait aussi, une fois, joué à lécher les lèvres avec Incarnacion, une jolie petite fille qui malheureusement avait disparu peu de temps après. Conrado soupçonnait que cela voulait dire davantage, mais il préférait garder bien enfoui le souvenir des caresses de Ruth car elles s'enveloppaient toujours d'une sensation triste d'abandon. Puis, sa petite tête d'enfant n'arrivait pas à penser aux choses trop complexes dans leur totalité. Il devait ainsi se contenter d'un mélange confus de lèvres qui s'unissent et se mouillent, comme lorsqu'on lèche un cornet de crème glacée. Le reste du corps disparaissait comme par enchantement dans ce moment d'attention fixée sur la bouche. S'il s'agissait de zizis, il se confinait à une perception isolée, à la vision agrandie de ces petites choses en elles-mêmes, et il oubliait alors les lèvres ou le visage de la fillette. Sa pensée entière devenait zizi, un seul zizi. C'était pareil pour chaque expérience nouvelle, surtout si celle-ci était inespérée, peu courante dans son monde quotidien.

Les gens se chatouillaient lorsqu'ils s'aimaient, et le fait qu'ils riaient et se tortillaient de plaisir était une preuve suffisante d'amour. Mais soit qu'on ne lui avait pas tout dit, soit qu'il avait compris de travers, la réalité de la chose le laissa bouche bée, effrayé même. C'était si étrange, si différent de tout ce qu'il connaissait, qu'il crut d'abord se trouver au centre d'un film d'horreur, tard dans la nuit, plongé dans les entrailles du poste de télévision.

Le monde lui réservait d'ailleurs des surprises étonnantes, il le savait déjà car Brady avait apporté avec lui un magnétoscope et des vidéocassettes ; dès lors, l'univers de la télé s'était avéré beaucoup plus luxuriant. Conrado avait accueilli dans la joie la profusion de cassettes pour enfants qu'on lui apportait pour le tenir tranquille jusqu'au réveil des autres. Mais Brady et Natividad se divertissaient tant avec d'autres films, que le petit ne put s'empêcher d'en regarder quelques-uns, lui aussi, tôt le matin. Il y trouva des choses remarquables, et comprit aussitôt que les chatouilles pouvaient être autrement plus méchantes, voire tourner à la boucherie. Ça faisait très mal, en tout cas ; et les gens recommençaient sans cesse, même si ça finissait par les tuer tous de manière très sale.

Un jour, lorsqu'il dormait paisiblement par terre dans la chambre de Ruth, il fut réveillé par des bruits étranges venant du salon. Par la porte entrouverte, Conrado entendit alors les chatouilles entre Brady et une de ses cousines, une jolie fillette qui venait à peine de joindre leur grande famille. C'était pire encore qu'à la télévision, sans aucun doute, d'autant plus qu'il avait peur qu'on le découvre là, tapi à les espionner. Il entendit longuement les gémissements de la pauvre, après les baffes qu'on lui avait données pour qu'elle cesse de crier. Les chatouilles, ce n'était pas drôle. Il comprit aussi que Brady, à la fin, avait dû donner une piqûre sur le bras de la fille, tant elle était mal en point, malade à cause des chatouilles.

Cette fille, Sharon, était d'une nature très nerveuse ; elle avait souvent besoin d'être frappée, et Brady ou ses copains s'occupaient d'elle pour la calmer. Ils l'amenaient alors dans la chambre, parfois à deux, et ils mettaient de la musique forte pour que ses cris ne dérangent pas les voisins. Mais elle revenait les voir, la pauvre, car elle ne pouvait plus se passer des chatouilles ni des piqûres pour sa maladie. À la fin, elle était si sale et si folle qu'ils ne la laissaient plus entrer quand elle sonnait à la porte.

Plusieurs autres filles venaient aussi, seules ou accompagnées de copains. Quelques-unes étaient tellement endormies après les fêtes qu'elles ne criaient même pas ni se réveillaient lorsque les hommes s'amusaient sur elles.

La fête durait depuis déjà quelques mois, et le monde des adultes lui paraissait si amer que Conrado arrivait déjà à regretter le temps innocent des *garderias*. Trop de confusion paraissait pire que l'ennui, ça faisait tout se mélanger dans son esprit à un point tel qu'il avait peur de rêver. Il ne se divertissait plus avec les cassettes pour enfants ; Snoopy, Bugs Bunny, Astérix et Bipbip commençaient à se répéter devant la complexité croissante de la vraie vie. L'enfant s'était mis à innover dangereusement ses histoires à partir de ce qui se passait autour de lui, et le résultat était toujours sale, sinistre ; il se sentait d'ailleurs impuissant à mettre un terme à cette spirale perverse. Blanche-Neige, si jolie, les petits nains, si charmants, avaient commencé à se comporter d'étranges façons dans sa tête, et ça finissait mal, en cauchemars effrayants où même Natividad n'était pas épargnée. Conrado s'enfermait alors dans la garde-robe de sa mère, sous l'énorme pile de vêtements sales, pour disparaître ainsi durant des heures, voire des jours entiers, sans laisser de traces.

C'est qu'il avait aussi l'impression d'exister de manière moins concrète aux yeux de tous, de s'effriter. Même sa présence d'enfant, qui avait autrefois déclenché des réactions, passait désormais inaperçue. Natividad agissait comme un fantôme, chaque fois plus détachée, comme si elle vivait dans un monde à part. Elle lui filait des caresses en passant, distraite, et ne cherchait plus à savoir ce qu'il avait fait de bien ou de mal. Les gens mangeaient à toute heure, ce qui restait, chacun pour soi et de manière désordonnée, sans parler ni se regarder. D'autres mamans ou des voisines se relayaient pour rester dans les parages, en attendant le retour de sa mère, ou celui de Brady, ou que quelque chose arrive pour briser le marasme. Brady lui-même se faisait de moins en moins présent non seulement chez eux, mais aussi dans l'immeuble, et il laissait à des inconnus le soin de ses affaires et de ses copines. Lorsqu'il se pointait, c'était pour s'occuper d'argent, toujours affairé et à la hâte, et il ne reconnaissait plus son copain Conrado.

Le va-et-vient s'était calmé, amorti comme l'enthousiasme des gens, et les fêtes étaient devenues de simples souvenirs. Ça buvait encore, mais dans une atmosphère lourde, méfiante ; les gens surveillaient les bruits, les portes, prêts à partir, visiblement nerveux. Le 911 était déjà venu à quelques reprises un peu partout dans les immeubles du coin, et jusqu'au concierge qui était redevenu hargneux. Conrado pouvait encore aller et venir, mais il passait inaperçu car il était devenu familier, comme un simple meuble, ou comme un chien appartenant à tous sans être à personne.

Mais, un certain jour fâcheux, il fut témoin malgré lui et jusqu'à l'écœurement de comment se passaient en fait les choses. C'était si horrible que l'enfant se demanda pourquoi ils abandonnaient ensuite la fille, endormie et souriante, au lieu de la tuer comme dans les films. Cet après-midi-là, Natividad était partie à l'hôpital parce qu'elle était malade. Elle vomissait sans cesse depuis déjà quelques jours et paraissait très faible. Pour l'attendre, et parce qu'il était très triste, Conrado s'était caché dans la garde-robe de la chambre, couvert de vêtements sales, les yeux serrés de peur qu'elle ne meure, que le 911 ne la garde et qu'il ne puisse plus jamais la revoir. Il était particulièrement tendu angoissé, et cet état lui fit voir le spectacle avec une clarté éblouissante.

Les hommes avaient amené la fille inconnue dans la chambre de Natividad pour se divertir. Une fille jolie, blonde, très jeune, petite et ronde, dont le corps ressemblait curieusement à celui de sa maman. Telle Krishna tournant comme une toupie, elle réclamait quelque chose, la voix geignarde, et ce manège avait l'air d'irriter Chris, le gros barbu tatoué qui s'occupait de tout en l'absence de Brady. Le corps de la fille bougeait avec des gestes obscènes, trop nouveaux pour le petit garçon, et c'est pourquoi il ne put s'empêcher d'être fasciné depuis sa tanière, incapable de ne pas la suivre par la fente de la porte entrebâillée. C'était comme un film à la télévision, et il ne détourna pas ses yeux comme il l'avait fait jusqu'alors chaque fois que les gens se chatouillaient dans une chambre. Il ne ferma pas ses yeux ni ne boucha ses oreilles comme c'était devenu son habitude devant les scènes difficiles à comprendre. Non, il resta là, tout attentif, bien malgré lui.

Elle voulait de leur sucre blanc pour se frotter la bouche comme les autres filles, peut-être aussi une piqûre, mais Chris ne voulait pas lui en donner. Le jeu continua, d'autres copains à lui vinrent la regarder car elle s'était mise à danser comme un serpent, de plus en plus impudique et laide. Les hommes l'encourageaient tout en se moquant et en la poussant. C'était horrible, cette façon qu'elle avait de se divertir ; nue comme une folle, tournant et tournant, elle les provoquait et ils devenaient de plus en plus cruels. Conrado recevait chaque détail comme une brûlure ; la scène était si proche et ils entouraient la fille comme pour faire exprès de l'exhiber. Leurs visages grimaçants, les tatouages sur les chairs, leurs membres comme des pics, leurs rires pleins de bave et, au centre, la poupée qui tournait en se laissant faire, ravagée et à la fois goulue des supplices qu'ils lui prodiguaient. Chris et les autres se divertirent ainsi longtemps, avec des gifles et des viols successifs, tous ensemble et chacun à son tour, comme si la fille n'était qu'une botte de paille qu'on tentait d'éparpiller. Enfin, dégoûtés d'elle, méprisants, ils consentirent à lui donner ce qu'elle les suppliait de lui donner. Son joli visage d'enfant se fit alors heureux, apaisé, plein de gratitude, avec un sourire adorable... Le même sourire qu'elles avaient souvent après les chatouilles, et qui ressemblait à celui de sa propre maman.

Du fond de sa cachette, le petit garçon comprit enfin ce que c'était que l'amour des grandes personnes, et il ne fut plus étonné que les enfants soient craints et méprisés comme la peste par toutes les femmes du monde.

❑

Justement à cause de cet amour, et à la suite de tant de chatouilles, sa propre maman n'arrivait plus à cesser de vomir. Conrado se l'imaginait, la pauvre, sous les coups et sous les hommes, et il pensait à comment Natividad avait dû souffrir. Voilà pourquoi elle était devenue si distante, perdue, amère. Pire encore, son ventre grouillait de bébés, et cela faisait si mal qu'elle ne sortait plus du lit.

Les voisines avaient commenté entre elles l'état de sa mère, et c'est ainsi que Conrado apprit qu'elle allait avoir des bébés.

— Avec tout le monde qui lui a passé dessus, elle aura sûrement des jumeaux, sinon plusieurs, avait dit l'une d'entre elles. Mais bientôt elle se mettra à gonfler et n'aura plus mal au cœur. Faut pas s'en faire.

Cette possibilité atroce de voir sa mère gonfler ne réconforta pas le petit garçon. Il se souvint aussitôt de certaines émissions très impressionnantes sur les animaux qu'il avait vues à la télévision. Des trucs très petits et dangereux, en forme de poissons chevelus, grouillaient dans le sang des gens malades qui vivaient dans la brousse, parmi les fauves. Et ces gens-là se mettaient aussi à gonfler comme des ballons. Il ne se rappelait pas comment les misérables finissaient, s'ils crevaient, mais il avait bien claires dans la mémoire les scènes où Sylvester ou le coyote gonflaient après avoir avalé des bombes ; ils commençaient par flotter dans l'air, énormes de rond, et partaient ensuite comme des fusées dans toutes les directions jusqu'à se vider.

— Mais non, mon petit, ce n'est pas dangereux, lui avait expliqué la voisine dans l'espoir de le calmer. C'est ainsi que tu es né, comme tous les enfants, d'ailleurs. C'est comme ça que ça se passe pour toutes les femmes ; faut pas se frotter aux hommes, voilà tout. Fais pas cette face, Conrado ! Ce n'est pas pire que d'aller aux toilettes quand on a mal au ventre...

Plus elle expliquait, plus l'enfant écarquillait les yeux, la bouche ouverte, sans savoir s'il s'agissait d'une mauvaise blague ou d'un cauchemar. Les images jouaient follement dans son esprit et, tout en surveillant sa mère sur le lit, il avait peur et se sentait abandonné.

Une amie de Natividad, du temps qu'ils allaient encore à l'église, venait régulièrement les visiter pour apporter des choses à manger et mettre un peu d'ordre dans la maison. C'était un peu sinistre, car cette Mme Ribera chantait des hymnes et priait toute seule en jetant des regards sévères à Conrado. Mais, au moins, c'était une présence et, heureusement, elle n'amenait pas le pasteur avec elle.

Tous les autres amis, Brady, les copains, Ruth, tous enfin avaient déserté la maison d'un seul coup comme si la grossesse avait été une maladie contagieuse. Ils avaient d'abord essayé de convaincre Natividad de se faire avorter dans un hôpital, mais celle-ci refusa de se faire soigner. Elle protesta que c'était son enfant, l'enfant de Brady, et qu'elle allait l'avoir coûte que coûte. Conrado ne sut pas la suite car on le chassa lorsque la bagarre menaça d'éclater entre les voisines. Il fut question du grand malheur qu'étaient les enfants, et de Conrado qui était sans père ; elle devait plutôt penser à se débarrasser du bébé et à refaire sa vie. Écoutant à travers la porte fermée, l'enfant comprit plus ou moins confusément qu'ils allaient aussi recevoir beaucoup d'argent car les femmes de ce pays étaient désormais payées pour enfanter, et que sa mère préférait ce travail à tout autre. Ces paroles eurent l'effet de le ragaillardir quelque peu ; il pensa qu'il pourrait alors rester tranquillement à la maison sans devoir aller dormir dans les *garderias*. Par ailleurs, la voisine avait bien averti Natividad de cesser de proclamer que l'enfant était de Brady : d'abord, ce n'était peut-être pas vrai, il fallait attendre pour voir sa couleur ; ensuite, s'il le voulait, c'est Brady qui empocherait l'argent des allocations. Brady ou un autre. Donc, bouche cousue, il fallait qu'elle garde la chose pour elle ou, mieux encore, dire que c'était l'enfant de Dario, son vrai mari. Cet argument eut l'air de convaincre Natividad, et elle ne parla plus du papa. De toute façon, Brady n'était plus dans les parages depuis que la police avait fait une descente impromptue pour arrêter un tas de gens. Il y avait même eu des coups de feu, avait-on dit, mais Conrado n'en sut rien et il ne vit aucune trace de sang.

La vie redevint calme et morose comme elle l'avait été autrefois, avant l'intermède de la fête. Sa maman ne le laissait plus sortir seul car elle avait besoin de compagnie, mais il ne s'en plaignait pas. Il croyait avoir tout vu de ce que le monde avait à lui offrir, trop vu. Écœuré et sans appétit, il se réjouissait de revenir à ses propres rêves, à ses émissions de télévision d'une durée limitée et à ses jouets, avec lesquels il n'avait presque pas eu le temps de s'amuser. Puis, Natividad était devenue si calme, douce comme elle ne l'avait jamais été. C'était bien reposant d'être auprès d'elle, de se faire aimer.

Conrado regrettait en silence, rien que pour lui, ce papa sympathique qu'avait été Brady. Plus que les autres papas, qui n'avaient fait que passer, Brady avait été un vrai copain. Les promenades en auto, les jouets, les vidéocassettes aussi bien que les sourires coquets et les petits cris de joie de sa maman n'avaient pas été imaginés. Tout avait duré si peu, il est vrai... Le départ de son papa Dario paraissait loin derrière cette perte récente, flou, impossible à évoquer. Cette fois-ci, par contre, l'enfant avait pu suivre le cours des choses, il avait pu comparer et il s'était fait des illusions. Mais la vision des cruautés mélangée au souvenir de la lâcheté de tous les papas agissait comme une épine blessante lorsqu'il se mettait à ne retenir que les bons moments du passé. Il était impossible de diviser le monde entre papas et mamans, entre les bons et les méchants, entre les filles et les garçons. Les choses paraissaient trop compliquées pour une petite tête d'enfant. Il ne cessait pourtant de se demander ce qu'il avait pu faire de mal pour que le bonheur cesse si brusquement. Et sa maman, pourquoi était-elle devenue si étrange ? Ça ne pouvait être que la grossesse, les bébés qui grouillaient dans son ventre, ce maudit reliquat de l'amour.

Pourquoi les gens font des bébés ? Cette question absurde laissait peu à peu la place à une autre dans son esprit, plus pratique celle-ci : pourquoi ne tirent-ils pas la chasse des toilettes pour renvoyer les bébés, comme on fait avec les cacas ?

6

La chute

Conrado était radicalement opposé à l'idée d'avoir une sœur. Il trouvait incongru que sa propre mère puisse évoquer un tel malheur. Il savait déjà : lorsqu'on pense aux choses mauvaises, elles arrivent à coup sûr. C'est à cause de ça qu'il ne fallait pas parler du démon, tout au moins dans sa propre maison, ni des morts ni des maladies. Mme Ribera, la femme pieuse de l'église, s'était chargée de leur rappeler ces vérités religieuses, en particulier à Conrado qu'elle voyait comme une source potentielle de bien des troubles. Sa maman avait l'air d'aimer beaucoup la présence de cette femme chez eux, non seulement à cause des lectures édifiantes qu'elle leur faisait, mais aussi de tout ce qu'elle apportait à manger. En fait, les allocations ne viendraient qu'après la naissance du bébé, et il fallait vivre en attendant. Natividad s'était donc remise à la foi d'une manière passive, en écoutant Mme Ribera pour que cette dernière continue de revenir avec les provisions envoyées par le pasteur.

Mme Ribera n'était pas méchante envers Conrado, seulement soucieuse de l'avenir. Elle ne le frappait jamais. C'était une femme déjà âgée mais pleine d'énergie, car elle était alimentée directement par Dieu et elle avait pu éviter toutes les tentations du démon. Toutes, insistait-elle en posant son regard sévère sur le ventre de Natividad. Et elle savait faire de bonnes choses à manger, ce qui était un atout important car la mère de Conrado grossissait d'une manière aussi étonnante que rapide, au point de ne plus pouvoir se déplacer. Mais on voyait immédiatement que cette pauvre Mme Ribera n'avait fréquenté que l'église et le pasteur, dont les amours devaient être bien moins exubérantes. Elle conseilla donc à Natividad d'avoir plutôt une fille. Elle avait même insisté sur ce point, mentionnant entre autres avantages l'amour qu'ont les filles pour leur mère, leur docilité et leur gratitude. Tout à l'opposé de l'indiscipline bruyante et de l'agitation des garçons, sans compter le penchant de ceux-ci pour toutes les formes de vice, leur manque d'ordre à la maison, leur tenue débraillée et le fait que les hommes ne respectaient pas l'honneur des femmes. Ce dernier point fit beaucoup réfléchir Conrado, qui tenta en vain d'imaginer le pasteur ne respectant pas l'honneur de Mme Ribera. L'honneur, comme beaucoup d'autres choses venant de la bouche des adultes, était quelque chose de vague dans la tête d'un petit garçon habitué à expérimenter le monde avec son corps et ses sens. L'enfant finit par conclure que cela avait trait aux mauvaises odeurs, aux pets que les hommes laissaient échapper plus facilement et moins discrètement que les femmes. Souvent, d'ailleurs, Conrado confondait les mots qui se ressemblaient entre eux, car sa pensée avait pris l'habitude de défiler à une vitesse folle, sans s'encombrer des menus détails. Les adultes, au contraire, parlaient trop longtemps pour dire des choses simples, ils parlaient lentement mais de façon confuse, comme c'était le cas de Mme Ribera lorsqu'elle lisait ses histoires. Donc, le pasteur pétait, et à cause de cette vétille sa mère s'était décidée à mettre une fille au monde.

Une telle absurdité confondait l'enfant et occupait souvent ses pensées. D'abord parce qu'il aimait déjà le bébé, depuis qu'il avait compris que ça ne grouillait pas dans les intestins de Natividad. Un bébé qu'il voyait joufflu et souriant dans ses rêves, de ceux qui aiment les caresses, qui font des bulles de salive avec la bouche ainsi que de drôles de mimiques dès qu'on les approche. Et qui sentirait bon, tout chaud, comme ceux des annonces à la télévision. Il n'était donc pas question que ce bébé souffre plus tard ; les filles, par contre, pâtissaient dès qu'elles découvraient l'amour. Mme Ribera, inconséquente comme tous les adultes, mettait d'ailleurs Natividad en garde contre l'amour chaque fois qu'elle racontait ses histoires. Mais, surtout, Conrado rêvait d'avoir un vrai copain de jeux, avec qui il pourrait rire et s'amuser. Et cela voulait dire un garçon, naturellement. Les filles, en plus d'être condamnées à de grandes souffrances et à d'incessantes humiliations avant de se mettre à gonfler, ne savaient pas tout à fait jouer lorsqu'elles étaient petites. Ou bien elles ne jouaient qu'entre filles.

Aussitôt que cette pensée effleura son esprit, il ressentit une sorte de honte en même temps qu'il revoyait l'image de Krishna. Elle avait été une bonne copine. Sa petite figure fragile, endormie, lui apparut tel un fantôme, et elle lui offrait, comme autrefois, sa part de collation. Il se souvint aussi de Katia, si douce, et de la petite folle de l'autobus. Elles avaient été, en fait, plusieurs au long de sa brève vie, chacune voulant s'occuper de lui avec tendresse, à la façon des filles. La jeune fille blonde martyrisée par Chris et les autres n'avait-elle pas aussi quelque chose de sa maman ? Ruth... Il pensa alors, malgré lui, à la rage impuissante qui l'avait envahi ces derniers temps, ainsi qu'au sourire menteur avec lequel les papas promettaient des choses qu'ils ne feraient jamais.

Non, conclut-il, décidément, il ne faudrait pas que le bébé soit une fille. Ce serait trop triste. Mieux valait un garçon. Et il aborda cette question avec Natividad, cauteleux mais de façon insistante.

Il n'obtint pas de réponse précise, cependant. Sa mère paraissait de moins en moins capable de discourir clairement à mesure qu'elle gonflait. Ses paroles étaient nébuleuses, souvent à côté de la question, et elle avait acquis l'habitude de ressasser les souvenirs de sa propre enfance. Non seulement elle n'expliquait pas ses propos et ne donnait pas de détails, mais elle pouvait aussi s'arrêter au milieu d'une phrase, les yeux vitreux perdus dans l'au-delà. Dans ces moments-là, elle lui caressait les cheveux d'une façon distraite, mélancolique, qui augmentait le sentiment de solitude de l'enfant.

Il comprit quand même que sa mère ne savait pas si le bébé serait un garçon ou une fille. Elle hésitait toujours, et s'adressait à son propre ventre de manière aussi peu précise qu'elle le faisait avec Conrado. Il dut cesser ses questions. Il fallait attendre, comme il fallait attendre pour voir si le bébé était de Brady ou de Dario. On ne sait jamais, sa mère aimait les deux… Natividad évoquait d'ailleurs volontiers et de plus en plus souvent la personne de Dario lorsqu'elle parlait à son ventre. Elle avait aussi demandé à Mme Ribera d'intercéder auprès du pasteur pour qu'on retrouve le premier papa. Il fallait que Dario sache qu'elle attendait un autre fils, qu'il pouvait revenir, qu'ils allaient toucher ensemble les fabuleuses allocations, qu'il valait mieux oublier le passé. Quelqu'un lui avait dit, ou elle l'avait rêvé, que ça n'avait pas marché avec la fille de la voisine ; les deux s'étaient disputés et s'étaient quittés. Dario était peut-être seul, et malheureux comme elle-même, comme Conrado qui avait besoin d'un papa. Parfois elle pleurait doucement au milieu de ces monologues, ou elle protestait en sanglotant qu'elle avait tout tenté pour trouver un père à son enfant. Mais rien n'avait marché. Tout ça à cause de ce pays méchant, plein d'étrangers. Maintenant qu'elle était enceinte, elle n'osait plus écrire à sa famille pour demander de rentrer au pays-dimanche. Tout le monde là-bas rirait d'elle, de son orgueil qui l'avait conduite à la catastrophe. Ou encore, ses propres frères chercheraient à la tuer pour sauver l'honneur. L'honneur, toujours cette chose puante qui inquiétait tant les femmes, et que les hommes prenaient avec un simple sourire. Un drôle de monde, celui des filles…

Tout cela mis ensemble, Conrado était persuadé qu'un bébé garçon était le choix le plus judicieux, d'autant plus que Dario aussi aurait préféré un garçon. Et, qui sait, peut-être reviendrait-il rien que pour voir la face de l'enfant, sinon pour l'argent.

❏

Le temps passait; s'il ne pansait pas toutes les blessures, au moins il permettait d'oublier les plus honteuses, de faire semblant que ça allait s'arranger. Depuis que l'enflure s'était déplacée tout entière à l'avant de son corps pour former une bedaine énorme, protubérante, Natividad avait regagné des énergies et s'était remise à sortir, non sans fierté. Ce ventre lui servait de bannière. Elle aimait la façon avec laquelle les hommes s'empressaient de lui céder la place dans l'autobus; radieuse et douce, elle attirait alors vers elle le petit Conrado pour l'écraser contre sa poitrine lourde, en distribuant des sourires à tout le monde. Lui aussi, il la trouvait plus belle, pleine de formes rondes, accueillantes, qui la faisaient ressembler à la fille grassette de la voisine.

— Ah! Si ton père me voyait maintenant, avait-elle confié à Conrado, il aurait l'eau à la bouche… Tu ne trouves pas?

Peut-être qu'ils faisaient ces promenades uniquement pour retrouver Dario; n'empêche que ça la mettait de meilleure humeur. C'était mieux que de passer les journées au lit en parlant aux murs. Ils allaient aussi ensemble aux rendez-vous chez le médecin; là encore, Natividad déployait ses charmes devant le personnel, tout en feignant une modestie excessive. L'intimité qu'elle allait avoir avec le docteur dans la salle d'examens l'énervait depuis la veille, et provoquait une hésitation interminable quant au choix de ses sous-vêtements. Puis, elle riait comme une gamine de ses propres fantaisies tout en se moquant de l'attitude sérieuse de son fils. Conrado était sérieux, certes, mais surtout sur le qui-vive. Il se méfiait de l'hôpital et de tout ce qui avait trait au monde médical. Dans sa tête, c'était un endroit de mort, au même titre que le dépôt d'ordures, et ceux qui réussissaient à s'en sortir vivants avaient à tout le moins l'air d'avoir beaucoup souffert. L'insouciance avec laquelle sa mère se déplaçait dans ces lieux de malheur le laissait pensif quant à l'issue de la grossesse. Pourquoi aller à l'hôpital si elle n'est pas malade? se demandait-il en silence. Ces visites médicales le rendaient toujours tendu, il avait peur qu'on s'en prenne à lui, qu'on décide de le garder là-bas. Voilà la raison de son air grave, de l'état d'alerte qui le faisait guetter les dangers possibles derrière chaque porte, chaque sourire. Il ne gardait ensuite que des souvenirs peu précis de ces endroits, des images morcelées, envahies d'odeurs offensantes et d'éclats métalliques d'instruments de torture, de visages pâlots, émaciés, et de pleurs d'enfants. De retour à la maison, ayant retrouvé le confort de son pyjama, il éprouvait chaque fois, avec soulagement, l'impression d'avoir survécu à un grand danger.

❑

Conrado avait eu tort de croire à tous les mensonges entourant cette histoire de bébé. Dario ne revint pas malgré l'appât des allocations, et seule Mme Ribera arrivait à penser qu'on vivait des événements miraculeux. L'enfant Jésus qui revenait à chaque nouvelle naissance pour le ravissement des humains s'était avéré bien pingre dans le cas de Natividad. Les femmes qui n'étaient pas enceintes avaient quand même raison : les enfants, c'était l'enfer. Pauvre maman, pensait-il, et pauvre Conrado.

Le terme de la grossesse fut cahoteux. Énorme, seule, bouffie et s'empiffrant de biscuits, Natividad faillit avoir la même fin horrible que la grand-mère.

Tout se passa très vite. Depuis quelques jours déjà, la maman se promenait du sofa aux toilettes en tenant son ventre, gémissant et faisant des efforts, mais le bébé ne sortait pas. Mme Ribera priait pour que l'enfant Jésus lui vienne en aide, pour que la pauvrette arrive à endurer sa croix. Soudain, Natividad fut toute sale, blême, ça courait dans les couloirs de l'immeuble, et déjà le 911 était au milieu du salon pour l'emmener. Les ambulanciers n'étaient pas mécontents de leur trouvaille ; pour une fois, ce n'était pas une vieille folle qu'ils venaient chercher, mais une jeune femme enceinte. C'était de bon augure, et ils repartirent vite avec la maman toute raide, attachée pour ne pas qu'elle s'enfuie.

Conrado, paralysé de stupeur, fut mis dans un taxi ; Mme Ribera l'emmenait à l'église. Il eut juste le temps de ramasser sa doudou pendant qu'on prenait ses vêtements, et adieu maison, adieu maman.

On ne s'encombra pas de le tenir au courant de ce qui allait désormais se passer. Mais on fut gentil et on ne le frappa point pour se venger du grand malheur. Le pasteur se limita à le regarder avec sévérité, en hochant la tête, et lui commanda d'obéir à Mme Ribera. Ils allaient tous prier pour Natividad.

❑

La vie chez Mme Ribera était simple, austère, mais sa maison était belle, propre, chaque chose à sa place, et ça sentait le détergent et le savon partout. Conrado fut installé dans une grande chambre vide, où il avait le droit de regarder par la fenêtre en attendant qu'on trouve une famille de la paroisse pour l'accueillir. Des femmes inconnues vinrent parfois le surveiller, car Mme Ribera devait souvent sortir, et le petit fut alors rudement lavé. Il en avait bien besoin puisqu'il n'avait pas vu l'eau depuis que Natividad s'était mise à aller mal. Mais pas question de jouer dans la baignoire, et les femmes ne se déshabillèrent jamais pour le rejoindre. Elles avaient même l'air dégoûtées en frottant ses cheveux.

Les jours passèrent en silence. Ils se réveillaient très tôt, lorsqu'il faisait encore nuit, et ils priaient pour sa mère. Puis, pendant qu'il mangeait des céréales, Mme Ribera faisait soigneusement le ménage de son appartement déjà impeccable. Elle disait que traquer la saleté est un bon exercice moral, et que si Natividad avait été plus soigneuse de sa maison, sa propre vie aurait été plus facile. D'ailleurs, Conrado aussi avait besoin d'apprendre cette discipline s'il ne voulait pas finir dans le malheur et dans le vice. À commencer par apprendre à ne pas toucher aux murs ni aux portes lorsqu'il marchait, car la saleté sur la peinture était la plus difficile à traquer.

— Ça s'incruste sans qu'on s'en aperçoive, disait-elle. Comme les mauvaises habitudes.

Conrado l'écoutait, vraiment intéressé ; il n'avait jamais pensé à ce genre de choses. Elle était gentille, Mme Ribera, et elle disait tout cela pour son bien, avec le désir sincère de l'instruire.

Les premiers jours, elle parut un peu incommodée par la présence de l'enfant. De son côté, Conrado se sentait surveillé, gêné, comme de trop dans ce monde si propre. Et il avait continuellement peur de faire des dégâts, des saletés. Peu à peu, Mme Ribera sembla s'habituer à lui, se détendre et, lorsque venait le moment de dormir, elle le bordait avec tendresse et risquait même un baiser furtif sur son front.

C'est ainsi qu'elle changea brusquement d'idée lorsqu'une famille de la paroisse fut prête à le recevoir. Elle décida alors qu'il serait plus en sécurité chez elle, que ces gens-là ne seraient peut-être pas d'aussi bons parents pour un enfant comme Conrado et que, enfin, elle avait promis à Natividad de s'en occuper personnellement. Le pasteur accéda avec un sourire, et il fit un commentaire à voix basse qui sembla soit un reproche, soit un avertissement.

L'enfant passait ses journées calmes à ne rien faire, perdu dans ses pensées ; il se bornait à suivre les consignes et à passer inaperçu, sans trop savoir ce qu'il pouvait attendre de l'avenir. On lui disait que Natividad n'était pas morte, mais qu'elle devait rester à l'hôpital. Ou que le bébé était malade et qu'elle devait s'en occuper. Elle reviendrait bientôt. En attendant, il fallait être sage et brave. Durant la messe ou à la *garderia* de l'église, les gens le regardaient avec pitié, ce qui, curieusement, l'aidait à être sage et à avoir l'air brave. Il fallait aussi prier, et beaucoup, car sa mère en avait bien besoin. La prière aidait à garder l'espoir.

Mme Ribera n'allumait son poste de télévision que pour regarder d'autres pasteurs, qu'elle trouvait d'ailleurs très beaux mais dont elle ne disait rien au pasteur de l'église. Elle lisait des histoires à Conrado, et celui-ci avait toujours envie de bâiller. Son sommeil était ensuite paisible, sans rêves, net comme la maison.

Conrado s'efforçait aussi d'éviter de penser, de tout oublier ce qu'il avait appris et de ne garder en tête que l'image statique de ses personnages préférés. Eux et leurs noms, uniquement, sans leurs histoires, immobiles comme des jouets qu'on garde dans la mémoire en attendant de les retrouver. De cette façon, il se sentait moins triste et ne regrettait rien ; les journées avaient alors l'air de passer sans qu'il s'en aperçoive. Manger, prier, dormir, s'habiller, faire ce qu'on lui disait de faire, regarder par la fenêtre, ne rien désirer, surtout ne pas évoquer l'image de sa maman. Lorsqu'il pensait à elle, Natividad venait toujours accompagnée de scènes horribles, de supplices ensanglantés, de pourriture... Surtout, ne pas y penser pour que ces choses-là n'arrivent point ; comme pour le démon et le péché. Le bébé aussi, il valait mieux ne pas s'y attarder. Ne rien dire, attendre en silence pour ne pas avoir peur.

Des étrangers qu'il n'avait jamais vus commencèrent alors à s'intéresser à sa personne. Ils venaient à la *garderia* de l'église pour lui parler, ils insistaient avec des sourires forcés, mais ne se fâchaient pas lorsqu'il déviait le regard. Une dame qui parlait comme Bobinette tenta un jour de le déshabiller pour inspecter son corps, et il ne se laissa pas faire. Une autre insista pour regarder dans sa bouche même s'il n'avait rien mangé de défendu. Mme Ribera leur assurait qu'elle l'avait déjà vu parler dans sa langue, qu'il savait parler, que ça faisait peu de temps qu'il s'entêtait ainsi à ne plus répondre. Mais les autres n'avaient pas l'air de la croire. Elle le priait à son tour de dire quelque chose, et Conrado se limitait à baisser les yeux.

Les premières fois, avant de se rendre compte de sa nouvelle résolution, il eut peur des coups et faillit répondre aux ordres. Mais sa bouche paraissait jouer un jeu et l'enfant attendit pour voir. Rien ne se passa. C'était même drôle, ce nouveau droit qu'il avait désormais de tout regarder sans rien dire, sans aucun son, les yeux les plus innocents du monde.

Puis, un jour, il s'aperçut de quelque chose de formidable. Au milieu des autres enfants, muet à les observer, il découvrit qu'il les comprenait tous, même les monitrices. Il comprenait tout dans la mesure où il ne parlait plus. Tout ce qu'on disait autour de lui avait un sens, que ce soit dans la langue de *Passe-Partout*, dans celle de *Sesame Street* ou dans celle de Natividad. C'était si drôle et inattendu qu'il ne se lassa pas d'écouter les autres, tout en faisant semblant de ne rien saisir. Le soir, une fois seul dans son lit, sous les couvertures, il tenta de dire quelques mots dans les autres langues, sans toutefois y parvenir. Il n'arrivait pas alors à se souvenir des mots, même en faisant appel à ses personnages préférés. Mais dès le lendemain, il comprit de nouveau les étrangers. Cette expérience le renforça dans la décision de se taire pour toujours.

Ce n'était pas une résolution qu'il avait prise dans le but de bouder le monde pour se venger. Non. Ni pour se rendre intéressant. Il parlait déjà peu depuis longtemps, il répondait à peine à sa maman, et ses rares questions étaient balbutiées. Par contre, dans ses pensées, ça parlait tout seul sans qu'il ait besoin d'intervenir. Ce furent les autres, les grandes personnes, les véritables responsables de son mutisme. Leur insistance même motiva la prise de conscience de sa situation confortable. Ils voulaient tous qu'il dise quelque chose, n'importe quoi, et dans leurs langues étrangères, rien que pour s'en moquer. Mais quoi dire s'il tentait justement d'attendre, de suspendre le monde pour que le film finisse plus vite ? Ils parlaient chacun dans leur langue, les bonnes langues de la télévision, et c'était si ravissant de les comprendre sans aucun effort qu'il resta bouche bée. Il aurait parlé avec sa maman, ou avec le bébé, même avec Dario. Mais ceux-là avaient disparu en l'abandonnant parmi les étrangers.

Être muet était presque aussi bon que de devenir invisible, et tout à fait à sa portée. Comme il ne disait rien, les étrangers insistaient à peine, sans passion ; ils perdaient vite tout intérêt et passaient à autre chose. Quoi de plus apaisant ? Ce n'était donc pas difficile de garder le silence puisqu'ils ne voulaient pas savoir ce qu'il avait à dire, ou à demander. Ils voulaient uniquement entendre sa voix, pour rire. Et cette observation, tout de même confuse dans son esprit d'enfant, lui permit d'entrevoir une autre chose très apaisante : il n'était aucunement responsable de ce qui arrivait dans la vie, ni de la mort de Natividad, ni du départ de Dario, ni de rien du tout. Ce qu'il avait à dire n'avait en fait aucune importance. Il suffisait de ne pas répondre, de baisser les yeux, et les adultes s'occupaient alors de tout. Lui, le petit Conrado, il n'avait qu'à les suivre, avec beaucoup moins d'angoisse désormais car ce n'était plus de ses affaires.

C'était en fait quelque chose de cet ordre-là, qui commença comme une simple inhibition momentanée pour se changer en jeu, et ensuite se cristalliser lorsqu'il se rendit compte qu'il comprenait tout. En fait, il n'y avait qu'une seule langue, mais parlée de différentes façons par les différentes personnes ; il comprenait mais il ne savait pas encore parler comme il faut. Pourquoi donc risquer le ridicule ? La décision finale de ne plus parler se fit ainsi toute seule. Il suffisait de ne plus ouvrir la bouche, d'être un simple spectateur comme il l'avait toujours été.

Ils insistèrent, naturellement, et Mme Ribera faillit perdre patience à quelques reprises. Le pasteur parla même des bienfaits d'une bonne fessée, la femme de la *garderia* tenta de l'acheter avec des tablettes de chocolat, mais rien n'y fit. Non seulement il ne disait plus rien, mais il faisait aussi semblant de ne rien comprendre lorsqu'ils lui donnaient des ordres verbaux. C'était mieux ainsi. Conrado avait alors un spectacle continuel devant les yeux, qu'il pouvait suivre à sa guise sans danger d'y être impliqué. Son silence était désormais la marque qui le protégeait de la vie, de toute vie, quelle qu'elle soit.

Les gens inconnus le regardaient avec curiosité mais sans mauvaise intention apparente. Ils l'examinèrent à l'hôpital sans le piquer ni lui infliger quoi que ce soit de douloureux. Ils durent cependant se mettre à plusieurs pour l'enrouler dans un drap comme une momie quand il commença à se débattre. Ce fut un petit moment d'angoisse, sans plus, car au lieu de l'étouffer, ils se contentèrent de regarder dans sa bouche pour tenter de le faire vomir, puis d'examiner ses oreilles et même son zizi. La femme médecin qui l'avait assailli, une vieille méchante, était heureusement entourée d'autres gens, et elle ne se vengea pas sur lui. Mais son regard était furieux après qu'elle eut essayé de lui faire toutes sortes de façons en singeant la fillette, avec le même ton sournois qu'avait la sorcière en donnant la pomme empoisonnée à Blanche-Neige. Comme Conrado ne dit rien et baissa les yeux, la vieille se limita à cracher :

— Cet enfant pue ! Il pue la misère, vous ne sentez pas ? Regardez-moi ses dents…

Les autres ne semblaient pas du même avis mais ils n'osaient pas s'opposer à la vieille ; comme les légionnaires chez Astérix, lorsqu'ils ne voulaient pas aller se battre, ils regardaient le plafond ou se grattaient le nez, faisant semblant d'être distraits et de ne pas l'avoir entendue. Une des jeunes médecins, plus coquette, tenta une autre tactique.

— Je le trouve beau, dit-elle hésitante. Il est tout de même mignon, avec ses cheveux bouclés, sa face d'ange… Bonjour Conradôô… Ça va ? Tu me laisses toucher tes beaux cheveux ?

Il baissa à nouveau la tête, honteux. D'être ainsi déshabillé, assis sur une table comme un bébé, entièrement à leur merci, et qu'une belle fille lui fasse du charme, c'était le comble.

— Il faut se méfier, renchérit la vieille. Cette petite face peut cacher beaucoup de choses…

Puis, se tournant vers les autres, elle ajouta :

— Il n'a l'air de rien comprendre, un peu hébété… Il faut un bilan complet, et le surveiller. C'est du long terme. Un cas social. Pas de père dans le tableau, évidemment… J'aurais bien voulu voir la face de la maman… Cette femme, Mme Ribera, où est-elle ?

Ils perdirent alors l'intérêt, et se mirent à parler entre eux et à écrire, pendant qu'une infirmière aidait Conrado à se rhabiller.

Plusieurs autres s'intéressaient à son cas en croyant qu'il finirait par dire quelque chose, qu'ils savaient s'y prendre. Ça devenait un jeu ; un jeu sans risques, avait-il compris, où il gagnait à tout coup. Peut-être la même sorte de jeu qu'avait autrefois pratiqué la petite Krishna lorsqu'elle se mettait à tourner sur elle-même pour effacer le monde.

Peu après l'examen à l'hôpital, Conrado reçut une travailleuse sociale. Ce n'était pas un jouet comme il l'avait cru, mais bien une jeune femme énergique et irritable, qui faisait peur à tout le monde. Sûrement une femme de la police contre les enfants, une chef de quelque chose en tout cas, car son ton était cinglant. Elle ne frappait pas et ne paraissait pas détester particulièrement Conrado ; au contraire, elle le trouvait beau et parut se réjouir du fait qu'il ne soit pas entièrement noir. Bien sûr, elle n'aimait pas son silence, mais semblait y voir quand même quelques avantages.

— Voyez-vous, dit-elle à Mme Ribera, c'est difficile de placer des étrangers qui ne parlent pas la langue. Celui-ci ne dit rien, on va pouvoir se débrouiller. Il est basané ; avec ces beaux cheveux, il a l'air des petits qu'on rencontre sur les plages du Sud. Est-ce qu'il est toujours tranquille comme ça ? Est-ce qu'il est propre ? Fait-il des crises ? Prend-il des médicaments ?

Mme Ribera filait doux même si elle n'aimait pas cette Francine, la travailleuse sociale. Mais que faire si c'était elle la chef ? Et puis, ses questions se succédaient l'une après l'autre comme des ordres, sans qu'elle donne aux interlocuteurs le temps de répondre et sans même les regarder. Elle feuilletait plutôt un gros dossier où étaient écrites des choses importantes sur Natividad, sur Conrado et même sur le bébé. C'était un garçon, heureusement, mais elles ne savaient pas son nom.

— Conradô Guzman Calvariô, lit-elle en jetant un regard sur lui. Fils de Natividad Calvariô et de Dariô Guzman, c'est bien cela… Il a presque quatre ans, on dirait pas.

— Conrado ressemble à son père, Dario, fit Mme Ribera craintive. Natividad aussi est petite...

— Je sais. Où est le père ?

Mme Ribera répondit par un haussement d'épaules tandis que le pasteur faisait le légionnaire, de peur qu'on aborde les fois qu'il avait manqué de respect à l'honneur des femmes. La situation était très tendue, et cette Francine n'était pas du genre à aimer les pets. Peut-être aussi que Mme Ribera et le pasteur avaient fait quelque chose de mal, et qu'ils tentaient de s'excuser. Francine coupa court aux protestations en disant que ce n'était pas à eux de choisir la famille d'un enfant, mais qu'ils pouvaient le garder en attendant. Mme Ribera essuya discrètement ses yeux sous le regard réprobateur du pasteur, et l'entrevue prit fin.

Conrado ressortit avec l'impression que cette Francine avait quelque chose de sympathique malgré tout. Elle l'avait regardé d'une façon prolongée, intéressée, avec des yeux pétillants. Au moment de partir, elle caressa ses cheveux et s'adressa à lui avec une voix tendre, comme si désormais il lui appartenait :

— Nous allons être amis, nous deux, Conrad. Je m'occupe de tout et je reviens. On va rencontrer ta maman et ça va bien se passer.

Sans attendre la traduction simultanée que tentait maladroitement de faire Mme Ribera, Francine se leva, énergique, s'empara de sa grosse serviette et partit en saluant avec mépris les deux adultes.

Une belle femme, très élégante, quoique trop maigre et maquillée comme pour aller au bal, pensa Conrado non sans fierté. Et qui sentait bon...

❏

Un jour, il put enfin revoir sa mère ; non pas à l'hôpital ni chez lui, mais dans l'immeuble à bureaux où travaillait Francine et d'autres gens importants. Au lieu de

Mme Ribera, il y avait là un vieux monsieur qui parlait presque la même langue que Conrado et Natividad.

L'entrevue avait quelque chose de solennel, de grave. Francine paraissait moins fâchée, plus patiente. Conrado se souviendrait plus tard d'avoir eu la drôle d'impression que chacune des personnes présentes jouait un jeu de sourires forcés, de larmes artificielles, comme si elles étaient toutes d'accord pour lui faire une farce, mais qu'elles hésitaient pour se donner du courage. Y compris sa mère.

Il faillit ne pas reconnaître Natividad, tant celle-ci paraissait malade et débraillée, maigre comme il ne l'avait jamais vue. Le bébé était minuscule, avec une face de singe et de gros yeux hagards. C'était une sorte de bestiole rachitique, verdâtre, et l'unique ressemblance que Conrado put lui trouver, c'était avec certains insectes qu'il avait vus à la télévision. Pas de trace de Brady, en tout cas. Son crâne transparent à la peau trop tendue laissait voir des veines bleuâtres qui faisaient plutôt penser aux tatouages de Chris. Mais Chris était gros, rougeaud et méchant, tandis que ce bébé…

Natividad tenta de sourire et l'embrassa timidement. Elle paraissait à son tour ne pas trop le reconnaître, ou ne pas s'en souvenir. Conrado se demanda ensuite, lorsqu'il éprouvait des remords trop confus, si cette femme-là avait été sa vraie mère, ou s'ils l'avaient fait venir parce que Natividad était déjà morte. Tout lui parut embrouillé, comme un mauvais rêve, et il ne comprit pas son propre malaise en s'approchant d'elle. Ça faisait si longtemps, il avait vu tant de gens nouveaux, qu'il n'arrivait plus à savoir au juste quoi ressentir. Cette femme-là parlait comme Natividad, certes, et pouvait même lui ressembler ; elle avait par ailleurs quelque chose d'une étrangère. Les hôpitaux, il faut s'en méfier, pensa-t-il plus tard, soulagé de ne pas y avoir été gardé.

Le pire moment fut lorsqu'elle tenta de lui faire embrasser la chose qui était censée être son frère. Il se sentit aussitôt offensé par l'odeur qui se dégageait du corps de la femme ou des langes du bébé, et il recula avec un geste de défense. Elle n'insista pas et se remit à parler avec le vieux monsieur pendant que Conrado revenait discrètement s'asseoir auprès de Francine.

Bouleversé, il n'écoutait pas ce qu'ils disaient. La gueule du bébé le fascinait trop, tellement elle était répugnante. Il y jetait des coups d'œil furtifs tout en faisant semblant de surveiller les méandres de la barbe du vieux monsieur. Celui-ci tentait d'expliquer des choses à Natividad, ou de la convaincre. L'enfant ne put s'empêcher de penser que sa mère avait l'air ridicule de ne pas saisir ce que disaient Francine et le vieux, malgré l'abondance de gestes qu'ils faisaient. Déjà, autrefois, elle trouvait difficile de comprendre les émissions pour enfants, et elle avait toujours l'air d'être perdue dans le monde. Francine adressait ses propos par l'intermédiaire du vieux, sans presque la regarder, et se contentait de répéter des hochements de tête.

À un certain moment, Conrado dut baisser les yeux car ils s'étaient tous adressés à lui, dans l'espoir de le faire parler. C'était peut-être une stratégie de plus que d'utiliser cette femme et ce bébé monstrueux pour le faire sortir de son mutisme. Mais il passa l'épreuve sans trop de difficulté. Natividad n'insista pas beaucoup ; elle se limita à répéter qu'il savait parler, qu'il avait toujours parlé et qu'il reparlerait de nouveau lorsqu'il reviendrait à la maison. Puis, elle se remit à s'occuper du bébé avec des gestes d'irritation. Francine et le vieux échangèrent un long regard silencieux.

Conrado crut ensuite comprendre que Natividad devait choisir entre lui et le bébé. Deux, c'est trop, répétait le vieux monsieur ; il fallait qu'elle pense à elle, à sa propre santé, aux besoins du nouveau-né. Francine attendait, patiente, car elle savait que la décision était déjà prise par tous, bien avant cette cérémonie. De fait, Natividad ne protesta pas et, tout en pleurant, elle serrait davantage le bébé contre sa poitrine comme si elle voulait l'étouffer. Celui-ci se mit alors à hurler d'une voix aiguë, stridulante ; elle s'affaira donc dans son sac à main à la recherche d'un biberon et se détourna de la conversation. Francine et le vieux parlaient entre eux, en même temps, visiblement irrités.

Conrado profita de la confusion pour se rapprocher du corps de Francine lorsque celle-ci lui toucha la main. Percevant vaguement le parfum qui se dégageait d'elle, rassuré, il baissa les yeux avec la nette impression qu'il avait l'air brave et sage. Un grand malaise, une confusion énorme se jouait à l'intérieur de son être, avec d'étranges visions cauchemardesques et une angoisse diffuse. Ce parfum sucré, intense, avait une étrange saveur de fuite, de trahison. Conrado se concentra alors sur la figure du bébé et évita de dévisager Natividad. Ce n'était pas de ses affaires ; il fallait garder le silence. Surtout, ne jamais ressembler à ce bébé-là.

Puis, les yeux fermés, sans respirer ni entendre, il se laissa embrasser longuement par sa mère. Il fut surpris par le contact des larmes chaudes qu'elle déposa sur ses joues, mais déjà Francine lui donnait la main pour l'entraîner dehors, vers d'autres bureaux. Conrado la suivit avec un mélange de honte et de soulagement, oppressé et inhalant l'air comme s'il venait de se faire étouffer.

7

Tu seras un errant

Le tourbillon ralentissait parfois durant quelques jours et le petit Conrado cherchait alors à ramasser ses pensées, dans une tentative désespérée de garder un semblant de cohérence. Tout allait si vite, de manière folle, sans queue ni tête, qu'il avait continuellement l'impression d'avoir été jeté en l'air et de tourner, tourner comme dans un dessin animé fantastique et interminable. S'il touchait quelque chose de solide l'espace d'un moment, c'était pour mieux rebondir à force de chiquenaudes ou de coups de pied, tel un ballon chassé par une foule d'idiots. Les expériences étaient nombreuses, les nouvelles personnes, les maisons et les quartiers défilaient à une allure vertigineuse, effaçant du même coup toute velléité de permanence. Le parfum de Francine, la travailleuse sociale, s'était avéré bien plus puissant qu'une simple drogue, car il avait le pouvoir d'annihiler la trame même des choses réelles ; pire encore que les yeux ensorcelants du serpent qui attrapait l'enfant dans le film sur la forêt.

Francine s'était révélée multiple, interchangeable, sans face et aux mille visages, se métamorphosant à chaque instant de la vie de l'enfant ; insaisissable, certes, mais toujours avec le même pouvoir de le faire rebondir. La première travailleuse sociale, celle qui sentait si bon, s'était évaporée aussitôt après l'entrevue avec Natividad et le bébé. Au lieu de le garder pour elle comme il l'avait souhaité, elle l'avait mis en jeu, l'ingrate, et Conrado devint propriété publique. Il ne la revit plus jamais. D'autres travailleuses sociales apparurent à sa place, toutes aussi évanescentes les unes que les autres, dans l'unique but de continuer à faire souffler le tourbillon. Francine, Ginette, Louise, Diane ou Suzanne, madames ou mademoiselles, ainsi que de rares monsieurs ou de vieilles nerveuses, quelques-unes jolies mais souvent trop maigres, maniérées comme des religieuses ou franchement séduisantes. Mais toujours les mêmes yeux de Méduse, et empressées d'insuffler de l'énergie dans la course cahotante d'enfants en orbite. Et puis, impossible de leur en vouloir, de les tenir responsables de leurs actes, des placements aveugles ou des familles douteuses, car elles étaient toutes si gentilles, affairées et sérieuses, et elles tenaient tant au bien de tous les orphelins.

Conrado rebondissait, fréquentant la vie de façon accélérée, étonné à la fois de la diversité des choses et de la similitude de l'ennui. Les rares moments de réflexion paisible, d'intimité, lui permettaient de constater, soulagé, qu'il était toujours vivant. Les grands supplices n'avaient pas été son lot, et c'étaient tous les autres qui disparaissaient comme des émissions interrompues. Les pauses publicitaires annihilaient souvent les choses auxquelles il était en train de s'intéresser ; telles les figures de la mort, l'apparition d'une nouvelle Francine signifiait d'autres sauts dans l'inconnu.

Les nouvelles familles, les foyers d'accueil, les mères nourricières se suivaient alors, les unes après les autres dans le monde sans substance qui était le sien. Lui seul n'avait pas l'impression de changer. Il arrivait même, dans cette ronde infernale de placements successifs, qu'il retrouve l'un ou l'autre enfant déjà connu dans tel foyer du passé, pupille d'une telle Francine, ou qu'il avait croisé soit dans le couloir de la cour des mineurs, soit dans un centre d'accueil provisoire. Mais ils paraissaient aussi transformés, ils se regardaient de travers, sans avoir l'air de se reconnaître.

Curieux comme tout changeait sans jamais lui donner le temps de se reprendre. Conrado avait aussi entrevu à deux reprises une Natividad transformée, et il avait cru percevoir quelque part le fantôme de Dario. Ces mirages s'étaient aussitôt mélangés à d'autres mirages, ici et là, pendant de courts moments, comme des Brady, des Chris, des grand-mères ou des bébés monstrueux. Il avait compris et renonçait à tout désir de les embrasser. Ce n'étaient en fait que de simples personnages déguisés de multiples manières, tout comme se déguisaient Bugs Bunny, Gooffy ou Yosemite Sam, suivant les épisodes dans les émissions de télé. De la même façon que les nouvelles mamans, les nouveaux papas, les innombrables tantes et les Francine, qui n'étaient que des masques vides, des camouflages inertes.

Durer, voilà une illusion dont il est bien malaisé de se défaire. C'en est presque un vice. Conrado avait d'ailleurs un mauvais penchant dans ce sens-là ; s'il n'extériorisait pas plus son désir de permanence par peur de paraître ridicule, il n'en rêvait pas moins en cachette. Il se souvenait encore assez bien de la première famille où il avait atterri, juste après son départ de chez Mme Ribera. Patient, il croyait que ce n'était qu'une étape en attendant, comme les fois où il dormait chez une voisine, et que la première Francine reviendrait pour l'amener chez elle. Les gens de cette famille-là ne pouvaient pas être de simples inconnus puisqu'ils étaient les copains de sa Francine. En fait, c'étaient de bonnes gens, gentils, même s'ils le surveillaient continuellement comme s'ils s'attendaient au pire. S'ils l'avaient ensuite ignoré, au moins ils ne l'avaient pas maltraité, n'avaient pas tenté de rompre son silence. Leurs ordres étaient simples, avec des gestes clairs, et les deux autres enfants qui vivaient là paraissaient bien dociles. Conrado n'y avait rien fait de mal ou de sale, et, le temps aidant, il avait commencé à s'intéresser aux jeux des autres. Soudain, une nouvelle Francine était venue le prendre par la main et il était reparti, pour toujours, sans adieux et sans avoir pu récupérer sa doudou. Pourtant, il s'était plié à l'ordre de la laisser sur l'armoire, sa doudou chérie qui sentait si bon, et de ne la reprendre que le soir, au moment d'aller au lit. La femme l'avait lavée, et elle ne sentait plus la même chose, certes, mais c'était sa doudou effilochée qu'il traînait en guise de dernier souvenir, presque une partie de son propre corps. Pourquoi donc ces gens-là n'avaient-ils pas voulu de lui ?

Une fois, un drôle de papa qui aimait beaucoup la bière avait expliqué, pendant qu'ils regardaient la partie de hockey à la télévision, pourquoi les enfants étaient placés et déplacés sans cesse :

— C'est pour que la partie continue. Les enfants sont les *pucks*, et les services sociaux les hockeyeurs. Le public veut que ça marche pour avoir l'impression que le monde est bon, que nous avons la meilleure équipe. Les travailleuses sociales remettent les *pucks* en jeu et tentent de faire de belles passes. De temps à autre, il y a des buts. Le plus souvent, les *pucks* disparaissent dans la foule des spectateurs. Ça fait partie du jeu.

Une autre fois, une maman méchante qui était toujours mécontente des travailleuses sociales expliqua sa façon de penser à une voisine, pendant qu'elles prenaient le café :

— Les enfants placés sont les pommes tombées de l'arbre. Personne ne les ramasse, elles ne sont bonnes qu'à donner aux cochons. Les travailleuses sociales, elles nous demandent quand même de nous tuer pour des pommes pourries, et elles nous payent une misère... Mais nous ne sommes pas des cochons, bon Dieu! Faudrait qu'elles le sachent, les écœurantes, nous ne sommes pas des cochons!

Tant de nouvelles choses à apprendre d'un seul coup, tant de patience et d'humiliations, tant de nouveaux visages qui devaient effacer les anciens, tant de nouvelles façons, d'odeurs, de saveurs... L'heure d'aller dormir, le bain, les repas, comment manger et quand avoir faim, même comment jouer et quoi aimer; tout enfin changeait à chaque nouvelle famille d'accueil. Sans compter les gens franchement méchants, ceux qui détestaient ouvertement les enfants, ceux qui donnaient la taloche ou le coup de pied dès que la Francine du jour avait le dos tourné. Ou ceux qui, non contents de le voir pleurer après tant de tentatives infructueuses de le faire parler, voulaient au moins le faire crier. Son silence avait vraiment le pouvoir de provoquer certaines mamans; s'avouant impuissantes à le changer, elles le renvoyaient alors sous toutes sortes de prétextes: mauvais caractère, tête de cochon, menteur, ingrat ou débile mental. Cela voulait uniquement dire que cet enfant-là avait découvert un secret pour fuir leur monde, et ce coin de solitude, par le simple fait d'exister, leur rendait insupportable la vie fade à laquelle ils étaient tous condamnés. Une fois, on constata que son mutisme était contagieux; il fut renvoyé à cause d'une peste de petite fille qui s'était mise à l'imiter rien que pour emmerder tout le monde.

Conrado se rendit compte, entre autres choses, que la plupart de ces familles détestaient avant tout les travailleuses sociales. C'était à cause des allocations, du trop peu d'argent que les Francine payaient pour placer les enfants abandonnés. Voilà pourquoi, sans doute, Dario n'était pas revenu auprès de Natividad: il devait savoir que cette histoire d'allocations n'était qu'un leurre pour tenter d'obliger les gens à s'occuper des petits. En fait, personne ne voulait des enfants parce que ce n'était pas rentable. Chacun des pupilles le savait, puisqu'on leur chantait la même rengaine. Les mères nourricières disaient à qui voulait l'entendre qu'elles étaient écœurées de se sacrifier pour les enfants des autres, qu'il y avait des limites. Elles n'arrivaient pas, forcément, ce n'était pas un boulot qui en valait la peine ; et elles renvoyaient alors les derniers arrivés ou les petits malcommodes. Elles se taisaient devant les travailleuses sociales car il ne servait à rien de leur dire, celles-ci n'écoutaient pas ou faisaient semblant de ne pas les entendre. Mais les enfants n'avaient pas le choix de ne pas entendre ; ils savaient qu'ils coûtaient trop cher, qu'ils n'avaient pas le droit d'être là, qu'ils ne valaient pas tout l'effort que les familles nourricières s'acharnaient à déployer.

Être sage ne suffisait plus ; il fallait aider ces mères dans leurs corvées, leur donner raison lorsqu'elles se plaignaient, faire semblant de ne pas exister, ne rien, mais ne rien faire du tout qui pourrait déranger la routine de leur maison. Et cela est très difficile lorsqu'on est tout petit…

Ça allait mal, bien sûr, d'autant plus que certaines familles d'accueil étaient encore plus pauvres que celles d'où étaient partis les enfants. Les gens ne cachaient pas leur déception. Ils avaient cru que ce serait rentable, que recevoir ces enfants publics serait une bonne façon de faire de l'argent pour s'en sortir. Donc, les petits mangeaient bien et pouvaient jouer uniquement lorsque les Francine venaient les visiter. Et puis, les enfants étrangers, n'est-ce pas, il ne fallait pas qu'ils enlèvent le pain de la bouche des vrais enfants de la famille, ça va de soi. Lorsque venait le moment de partir de ce genre de famille, ce n'était pas du tout pénible ; les rares fois où Conrado se trouva dans cette situation, il s'en alla le cœur léger, en cherchant seulement à éviter le regard des autres malheureux qui restaient en arrière.

D'autres familles, au contraire, les renvoyaient même si elles avaient les moyens de les garder. C'est qu'elles préféraient soit des enfants qui n'étaient pas des étrangers, ceux plus blancs ou ceux qui parlaient déjà bien leur langue. Une famille de Noirs, qui pourtant avait été très chaleureuse à son égard, renvoya Conrado justement parce qu'il n'était pas suffisamment noir. Impossible de satisfaire tout le monde lorsqu'on n'a pas une identité précise, et qu'on vient de nulle part. Dommage, car Conrado aurait bien voulu rester dans quelques-unes de ces places à cause de l'amour, de la tendresse que certaines personnes paraissaient prêtes à lui donner. La sécurité aussi. D'aucuns voulaient peut-être simplement changer d'enfant pour varier un peu, pour essayer et voir s'ils pouvaient les aimer. Ou ils voulaient plutôt des bébés jolis, qu'ils seraient certains de pouvoir garder. Avec les plus grands, impossible de savoir si les familles naturelles ne reviendraient pas les récupérer, et tout leur amour aurait alors été gaspillé.

Ne rien gaspiller, voilà l'unique consigne du monde, et ces petits vagabonds étaient si peu rentables... Conrado n'avait d'autre choix que de se gaspiller en rêveries parmi ses compagnons de toujours, les seuls qu'il trouvait vraiment fidèles : des personnages imaginaires, ceux qui aimaient et qui jouaient pour le simple plaisir d'exister. Combien de fois n'avait-il pas réussi à sécher ses larmes, bien blotti et en sécurité, au fond de la tanière de Bugs Bunny ? Et combien c'était bon de se faire consoler, du haut des airs, en volant sur la ville méchante en compagnie de Woodypecker ou des corbeaux rigolards...

❑

Tant de changements sans motif apparent ne pouvaient avoir d'autre but que celui d'endurcir les enfants, de les préparer à la vie. Il est vrai que le petit Conrado paraissait de plus en plus endurci. Et il avait certainement eu beaucoup de chance car plusieurs copains, croisés ici et là, portaient des marques évidentes de souffrances sur le corps, des brûlures ou des cicatrices, ou avaient même des membres estropiés. Beaucoup étaient malades, chétifs, sujets à des crises et à des étouffements qui n'étaient pas drôles à voir. Certains d'entre eux s'étaient tant frottés à la vie qu'ils rasaient désormais les murs, craintifs, la tête basse, trop lents à esquiver même les coups les plus nonchalamment portés.

Pas Conrado. Son silence lui avait permis de tout voir sans s'impliquer ; presque tout. Et s'il était continuellement en état d'alerte devant les mouvements brusques des adultes, au moins il n'avait pas l'apparence d'une bête écrasée. Il attendait, en tournant sur ses orbites multiples et en profitant de chaque choc pour rebondir, de plus en plus décidé à vendre cher son affection. Tous ces voyages avaient par ailleurs aiguisé son sens des langues, sa flexibilité devant les accents et son répertoire d'interjections. Saisir vite les intentions de son entourage était une question de survie, et là encore son silence était un atout précieux. Des enfants bavards et trop confiants disaient vite des bêtises, se trahissaient en exposant leurs blessures, et ils perdaient ainsi leur droit à l'intimité. Leur conscience aussi devenait publique : on les sollicitait, il fallait qu'ils prennent parti dans les disputes, il fallait qu'ils se confient, qu'ils avouent tout, et surtout qu'ils parlent mal de leurs familles naturelles ou de l'endroit d'où ils venaient. Cela les mettait à la merci de toutes les Francine de ce monde. Pas Conrado, l'idiot, devant qui même les adultes gardaient certaines distances car ils ne savaient jamais ce qu'il pouvait tramer depuis le trou de son silence.

La vie de tous les jours était généralement fade, répétitive, et souvent, d'un foyer à l'autre, il ne voyait presque pas de différence. La même routine, la même existence sans espoir qui tournait autour de la propriété, du ménage, des repas, de la télé et de la peur de la maladie. Les gens ne dansaient pas, ils ne sortaient pas et ne savaient que faire de tout leur temps ; leur maison était devenue leur instrument de travail, leur boulot consistait à élever des enfants comme d'autres élèvent des poulets. Ils le faisaient mécaniquement, sans autres rêves que ceux apportés par les catalogues publicitaires. Les billets de loterie, eux aussi, se devaient d'être couplés aux catalogues et aux dépliants des agences de voyages car la plupart des gens ne savaient rien inventer. Conrado se demandait parfois pourquoi ils l'avaient éloigné de Natividad, vu que ces autres familles ressemblaient tant à la sienne. Il ne connut aucun papa bricoleur, même si ce mythe paraissait répandu un peu partout, ni de bonne maman cuisinière qui faisait à manger pour des dizaines de personnes, ni d'ivrogne magnifique, ni de musicien, de bandit, ou de grandes fêtes de famille. Il apprit par contre une série de choses essentielles pour son existence d'adulte : s'habiller, plier ses vêtements et refaire son lit, brosser ses dents et bien viser la cuvette lorsqu'il pissait, se déplacer sans toucher aux murs, et ne jouer avec son zizi qu'en cachette. Il savait aussi que la partie de hockey a trois périodes, et celle de base-ball neuf manches. Et, en plus, que Dieu voit tout, au contraire des parents. Ne pas blasphémer n'était pas difficile dans son cas, mais il fut mis au courant de tous les blasphèmes qu'un enfant ne doit jamais prononcer. Il commençait déjà à rouler les cigarettes presque convenablement, il savait verser le café, et il réussissait assez bien à ouvrir les bouteilles de bière à l'aide de l'éternel décapsuleur attaché au comptoir de toutes les cuisines.

Il y avait des moments plus difficiles à passer, certes, au milieu du paysage encroûté éclairé par l'omniprésent poste de télévision. Ceux qui avaient trop d'amour à donner étaient parfois plus dangereux que ceux qui le traitaient comme un chien. D'abord, les zizis et les caresses. Conrado se méfiait déjà lorsqu'on insistait trop pour le voir déshabillé. Chez quelques-uns, c'était une manie, sinon une passion. Ça se limitait la plupart du temps aux longs savonnages dans la baignoire, qui laissaient le zizi et le cul râpés sous prétexte du besoin de propreté. Le rictus de certains adultes lorsqu'ils faisaient ces choses était une preuve claire que ce n'était pas bien. Sans doute que la petite fille folle, qu'il avait connue autrefois dans l'autobus, était trop souvent lavée de la sorte. Conrado avait été témoin de ces lavages, et il savait que les filles devenaient ensuite comme des toupies, prêtes à tout casser, tandis que les garçons se laissaient faire, la tête basse, en attendant que ça finisse. Les filles sautaient partout, elles se grattaient et cherchaient à se frotter, elles devenaient insolentes avec ces habitudes ; et si cela décourageait quelques mamans et quelques papas, d'autres, au contraire, y prenaient un grand plaisir et ne cessaient plus d'insister sur l'hygiène du bas du corps.

— Les poux, voilà pourquoi il faut bien la laver, avait expliqué une de ces mères impudiques à la travailleuse sociale. Ces pauvres petits ne cessent de se gratter lorsqu'ils reviennent des sorties avec leurs parents naturels. C'est bien difficile de les tenir propres…

Elle avait oublié de dire que la fillette ne se grattait qu'après les savonnages appliqués par son mari. Conrado et l'autre petit garçon étaient aussi fouillés pendant le bain, même s'ils n'allaient nulle part en visite. N'empêche que la Francine avait tout gobé ; elle conseilla même à la mère d'utiliser des poudres et des lotions plusieurs fois par jour sur le zizi de la fillette. Cette dernière devint d'ailleurs si folle à force de se gratter qu'elle dut désormais dormir dans le même lit que les parents nourriciers.

D'autres mamans étaient si soucieuses de la propreté qu'elles allaient plus loin encore ; après des fouilles minutieuses, le doigt trempé dans le beurre ou la vaseline, les petits garçons et les petites filles étaient confrontés régulièrement au bienfait des clystères.

Quelques papas insistaient pour comparer leur zizi avec celui des petits garçons, histoire de pouvoir montrer le leur et comment ils savaient les faire bouger. Conrado avait trop vu de chatouilles chez lui et il s'en méfiait, les sourcils froncés dans un silence agressif. On le laissait en paix, en attendant de le renvoyer. D'autres enfants, moins instruits sur l'amour par leurs propres parents, se prêtaient à ces jeux dégoûtants et n'étaient plus ensuite capables de refuser. Certains d'entre eux y prenaient goût, si ce n'était pas déjà fait, mais ils ne sortaient pas gagnants pour autant. L'amour s'accompagne toujours de tapes et de larmes, tant chez les hommes que chez les femmes, et c'est le plus faible qui paie la note, invariablement.

Le pire, c'étaient quand même les mères trop amoureuses, celles qui se sentaient seules lorsque le mari partait au travail, celles qui voulaient être aimées et qui réclamaient leur dû avec insistance. Ruth avait été douce, et elle s'était limitée aux caresses. D'autres mamans, au contraire, voulaient un amour étouffant, rempli de baisers et d'accolades, de surveillance méfiante, jalouse, et d'une présence absolue. Ce n'était pas de caresses ni de savonnages dans la baignoire dont elles avaient besoin, mais bien de quelque chose d'autre, et c'était impossible de comprendre car elles-mêmes ne savaient pas l'expliquer. Il fallait les suivre, il fallait être heureux et sourire, les accompagner chez les voisines et les rendre fières. Et il fallait aussi les regarder avec des yeux que les enfants ne savent pas faire, ces mêmes yeux avides qu'elles posaient sur les petits comme si elles attendaient une catastrophe. Ces mamans-là étaient souvent les plus gentilles au début ; elles ne demandaient rien et elles donnaient des gâteaux, des chocolats, des glaces. Ensuite, il était impossible de les contenter : elles se fâchaient pour un rien, elles accusaient d'ingratitude entre les cris de rage et les embrassades, elles pardonnaient et se fâchaient encore, des heures durant. Elles pouvaient même pleurer en menaçant, et l'enfant captif, bouleversé et impuissant, subissait alors une punition pire que les coups réels.

Curieusement, Conrado paraissait destiné à ce dernier genre de rencontres. C'était peut-être à cause de son silence, de ses longs moments de rêverie et de distraction, ou simplement à cause de ses cheveux bouclés. Elles parlaient de visage d'ange, mais depuis si longtemps déjà l'enfant détestait cette comparaison. Brady, n'avait-il pas dit à Natividad qu'elle avait un visage d'ange ? Conrado ne se laissait pas faire ; il préférait jouer à l'idiot même si ça finissait en baffes, en punitions et en rejet.

Était-il mal tombé ou le monde entier était-il fou ? Impossible de le dire depuis la position singulière qu'il occupait, d'autant plus que les enfants qui partageaient son sort n'étaient pas portés aux confidences. Tout cela était pour son bien, naturellement, comme l'affirmaient volontiers les Francine, chaque fois qu'une d'elles croisait son chemin ; c'était une sorte de jeu, en attendant le coup de chance.

Il en avait eu, des coups de chance ; plusieurs fois même. Mais cela n'avait pas duré. Dans un foyer, par exemple, il y avait un couple de parents adorables, jeunes, qui aimaient les enfants et qui l'avaient accueilli dans la joie. Ils n'avaient pas d'enfants ; ils avaient trouvé drôle qu'il soit noiraud, mais sans méchanceté. La maman avait tant aimé Conrado que le papa s'était senti jaloux, et ils s'étaient disputés un soir pour savoir lequel d'entre eux l'enfant aimait le plus. Le papa lui avait promis qu'ils se promèneraient et qu'il lui apprendrait à jouer au base-ball. Hélas ! La maman était devenue enceinte peu de temps après son arrivée au foyer, et il avait fallu qu'il s'en aille. Le couple préférait avoir ses propres enfants blancs, avait-il dit à la Francine du moment. Mais tous les deux étaient tristes, et regrettaient beaucoup le départ de Conrado. Ils lui donnèrent des jouets à emporter et promirent d'appeler leur bébé comme lui, si jamais c'était un garçon. Conrado s'amusa ensuite à imaginer que cette maman allait être malade comme Natividad, et qu'elle allait enfanter un monstre en forme d'insecte. Quant au papa, il le fit mourir plusieurs fois d'une mort affreuse, déchiqueté par une souffleuse à neige.

❏

C'est à cause de l'argent des allocations que l'existence de Conrado prit un tournant nouveau, et que la chaîne des placements s'interrompit de façon inattendue.

Il avait été placé chez un couple qui gardait déjà deux enfants malades. L'un d'eux vivait dans un fauteuil roulant, et l'autre attaché dans son lit ; ils ne savaient pas parler, ni manger, ni marcher. Les pauvres petits ne faisaient rien sinon rester endormis devant le poste de télévision, et ils devaient prendre beaucoup de médicaments pour ne pas trembler en crachant de la mousse. La maison était ainsi très calme, et la maman ne voyait pas d'un bon œil le va-et-vient pourtant discret de ce nouveau venu. Elle et son mari essayèrent d'abord en vain de le faire parler ; ensuite, ils appelèrent la travailleuse sociale pour se plaindre de son mutisme. Conrado écouta en cachette leur conversation car il ne se sentait pas du tout rassuré à cause de l'état des deux autres petits pensionnaires. C'était la première fois qu'il voyait des enfants aussi mal en point, et il se demandait ce qu'on avait pu leur faire pour qu'ils vivent maintenant dans cet état de prostration.

— Il n'est pas déficient, insistait la travailleuse sociale, qui le connaissait à peine. En tout cas, il n'est pas classé comme tel. Il paraît que c'est un Latino…

— Il ne parle pas et ne comprend rien, répliqua la maman. J'ai insisté, croyez-moi, et vous savez toute l'expérience que j'ai avec les handicapés. Non… Non, il n'est pas normal, j'en suis certaine. Il marche, d'accord.

Pour la propreté, il faudra encore voir ; il vient à peine d'arriver. Il est peut-être simplement constipé. C'est entre les deux oreilles que ça ne va pas. Peut-être sourd, aussi...

— Peut-être, il faudrait voir... répondit la Francine. Il n'y a rien dans son dossier. Vous continuez donc à l'observer... On prendra rendez-vous à l'hôpital, si vous voulez. Mais tant qu'il n'est pas étiqueté déficient, ou sourd, le montant des allocations ne peut pas changer. Pour la Direction de la protection de la jeunesse il reste normal, en attendant...

— Je suis certaine qu'on se trompe, mon flair me le dit. Et les enfants handicapés sont plus difficiles, c'est plus de responsabilités. S'il se met à faire des crises... Il faudra s'en occuper car je suis un foyer spécialisé, moi, et les allocations pour l'enfance handicapée ne sont pas supérieures pour rien...

Elles se quittèrent en bons termes, ce qui ne rassura pas Conrado. Il n'avait rien compris de ce qu'elles avaient dit mais il savait qu'il s'agissait de lui. Il avait aussi été question de l'envoyer à l'hôpital pour l'obliger à parler. Son état d'alerte monta d'un cran.

Il ne se passa rien, cependant, après le départ de la Francine, et dans la soirée, la maman parut même plus gentille, souriante. Le lendemain, il resta au lit toute la journée, endormi et endolori, comme la fois où il avait bu du vin. Elle le laissa faire sans se fâcher. Son sommeil était lourd, dépourvu de rêves, et il eut l'impression d'avoir fait pipi au lit sans toutefois éprouver de peur ou d'angoisse. Puis, tout sombra dans un trou noir.

Conrado se réveilla péniblement avec un goût amer dans la bouche, l'estomac en compote et se sentant très malheureux. Sa vision était embrouillée, double, il ne reconnut pas la chambre et ne comprenait ce qui s'était passé. Lorsqu'il tenta de bouger, il se rendit compte qu'il était attaché au lit ; quelque chose lui faisait mal au bras mais il n'arrivait pas à crier. Des gens semblaient défiler derrière un voile blanc ; il entendit des voix confuses, des pleurs d'enfants, et retomba dans un sommeil profond.

Il était à l'hôpital et venait d'être rescapé d'un empoisonnement médicamenteux. La femme de ménage de l'aile des petits parlait sa langue, et elle avait tenté de le rassurer sur l'intention des médecins à son égard. Elle était certaine qu'ils ne le laisseraient pas retourner dans la même famille.

— La femme du service social dit que c'est de ta faute, lui dit-elle en chuchotant dans son oreille lorsqu'ils furent seuls. Mais le docteur ne la croit pas. Il sait que la femme du foyer a menti lorsqu'elle a raconté la sorte de médicaments que tu as prise. Il sait qu'elle a voulu te droguer. Ils ont discuté beaucoup hier, et ça parlait fort. Dis, mon petit, tu sais parler ?

Les larmes aux yeux, encore tout bouleversé, Conrado fit un signe d'assentiment avec la tête.

— Tu me comprends alors ! fit-elle réjouie. Les pilules, c'est toi qui les a avalées ?

Il nia de la tête sans trop savoir de quelles pilules elle voulait parler, et se mit à pleurer.

— Pleure pas, sinon ils vont te voir. Un garçon ne pleure pas. Je vais m'occuper de toi. Ici, les gens sont gentils avec les enfants, et le docteur Poulin ne te fera aucun mal. Tu vas voir. Il se met rarement en colère comme il l'a fait hier ; c'est qu'il veut te protéger. Bientôt ta maman va être là.

Conrado ne saisit pas le détail de ce qui s'était passé, et il ne sut jamais si Elvira, la femme de ménage, leur avait raconté qu'il comprenait ce qu'on lui disait. Mais ils le détachèrent, l'aiguille avec le long tube fut écartée de son bras, et ils ne lui firent aucun reproche. Les infirmières étaient toutes très amicales, même les vieilles, et elles ne paraissaient pas avoir de mauvaises intentions. Bientôt il put se promener à sa guise parmi les autres enfants.

Le vieux médecin, le docteur Poulin, était gros, avec une voix grave qui faisait peur, mais il n'était pas méchant. Il s'adressait à Conrado comme s'ils étaient des amis, sans jamais exiger de réponse :

— T'as passé proche, petit. Mais les gens du Sud sont costauds, t'en fais pas. Tu en as peut-être vu d'autres. T'es un peu maigre, et on va s'occuper de tes dents. Allez, amuse-toi. On va en vacances chez toi, tu viens en vacances à Justine Beach, c'est normal. La grosse vache qui t'a fait ça, elle va en entendre parler, la maudite ! Allez, le grand garçon, tâche de manger pendant que tu es ici.

Il s'habitua vite à la place même s'il ne croyait pas tout à fait qu'il s'agissait d'un hôpital. Il y avait des enfants malades, bien sûr, mais ils n'avaient pas l'air trop malheureux. Leurs mères étaient avec eux, très attendries, et plusieurs avaient reçu des cadeaux. Ça pleurait parfois, jamais longtemps. Dans la salle de jeu, Conrado pouvait s'amuser ou regarder la télévision sans que les gens se fâchent. Fait étonnant, il ne vit aucune baffe ni coup de pied aux enfants pendant toute la durée de son séjour. Puis, on y mangeait bien, et beaucoup si on le voulait. Une fois, Elvira et le docteur Poulin l'amenèrent en cachette au restaurant de l'hôpital pour lui donner des frites et du Coca-Cola. Il ne fallait pas qu'on le sache à l'étage car les enfants malades n'avaient pas droit à ces choses.

Natividad ne vint pas le voir, mais Elvira lui apporta un ourson en cadeau. Conrado pensa que peut-être elle l'amènerait chez elle, vu qu'il comprenait sa langue. Elle était du Salvador ; comme le pays-dimanche de sa mère, le Salvador était aussi un endroit merveilleux qu'Elvira regrettait beaucoup.

Il resta deux semaines entières à l'hôpital, d'abord parce qu'il avait été empoisonné, puis placé en observation car le vieux médecin voulait savoir s'il profiterait de la bonne nourriture. Mais aussi parce qu'ils lui préparaient une farce d'un goût bien douteux.

Un matin, alors qu'il avait cessé de se méfier de tout, on le réveilla de bonne heure pour lui donner à boire. Il se rendormit. Ensuite, il se retrouva, sans savoir pourquoi, dans une salle étrange, la tête lourde, et très ensommeillé. Les gens allaient et venaient autour de lui, de bonne humeur, et des médecins inconnus vinrent le saluer en riant. Conrado comprit vaguement qu'ils lui avaient fait quelque chose, même s'il ne ressentait aucune douleur. Sa bouche paraissait cependant pâteuse, pleine, avec un drôle de goût.

Plus tard, de retour à sa chambre, il tâta ses dents qui étaient devenues curieusement lisses comme des billes de verre. Ce n'était pas une sensation désagréable malgré les traces lointaines de douleur lorsqu'ils les frappait les unes contre les autres. Plus d'aspérités ni d'irrégularités comme auparavant. Il courut au miroir pour se regarder. Quelle ne fut pas sa surprise de constater qu'on lui avait changé toutes les dents pour des nouvelles, en acier cette fois, qui brillaient désormais d'un éclat agressif comme celles des monstres de l'espace.

Incapable de savoir s'il les aimait ou pas, tant elles étaient inusitées, il s'imagina être devenu un de ces robots énormes, méchants, et se mit à examiner ses articulations et ses pieds à la recherche des pinces et des engrenages. Le vieux médecin le surprit juste à ce moment-là.

— Hé, Conrad, montre-moi le nouveau râtelier qu'ils t'ont fait.

Silence et lèvres serrées.

— Si, mon grand, n'aie pas honte. Tu es beaucoup plus beau avec tes chicots pourris recouverts d'amalgames. Tu pourras mordre dans la vie. Les maudites vaches vont peut-être avoir peur de toi, maintenant.

À cette dernière phrase du docteur, qu'il l'avait déjà entendu prononcer à quelques reprises, Conrado ne put s'empêcher de sourire.

— Oh, monsieur! s'exclama le médecin. Voilà ce qu'on peut appeler un sourire blindé! Conrad le silencieux, au sourire blindé. Les filles vont frissonner à ton passage, mon gars.

Le sourire s'ouvrit davantage, encore hésitant mais avec les yeux pétillants de plaisir. Dommage que bientôt ils allaient le renvoyer. Il aurait bien voulu rester pour toujours dans ce havre de paix.

— Courage, mon petit, lui dit le docteur Poulin la veille de son départ. Il faut que tu apprennes à te battre. Écoute-moi bien, Conrad, car je sais que tu me comprends. À l'avenir, si ça va mal, essaie d'appeler la police. La police, tu m'entends ? Ils te ramèneront ici. Tu es mon patient. Je vais m'arranger pour que tu sois obligé de venir me voir, entendu ? Ces travailleuses sociales ne fonctionnent qu'avec un coup de pied au derrière. Toutes des mal-baisées !

Avec sa grosse main de boxeur, il lui serra la petite menotte comme si Conrado était quelqu'un d'important.

8

À l'est de l'Éden

Est-ce à cause de ses dents en acier ou de l'attention qui lui porta le vieux médecin, son nouveau foyer, en tout cas, était un endroit très agréable, plein de vie. Conrado avait désormais une ouverture spectaculaire sur cette ville qu'il ne connaissait pratiquement pas. Ces Francine n'auraient-elles pas pu l'envoyer dès le début dans cette famille où il faisait bon vivre ? Le docteur Poulin avait raison, pensait-il souvent, elles ont toujours besoin de quelqu'un de plus malin pour leur dire quoi faire.

Il se sentit aussitôt accepté, et tout à fait à l'aise ; Julie, sa nouvelle maman, ne semblait pas penser du mal des enfants qu'elle recevait. C'était une femme âgée qui aimait beaucoup s'habiller et se maquiller de façon cocasse. Vue de dos, avec sa chevelure blonde, on aurait dit une jeune fille grassette. Très coquette de sa personne, parfumée et pleine de bijoux, elle avait l'air de trouver la vie bien drôle. Ce n'était pas difficile de lui faire plaisir :

il suffisait de rire de ses manières, de s'étonner de ses nombreux chapeaux, et voilà qu'elle se ramollissait immédiatement au point de se mettre à chanter avec de petits cris. Ça marchait à tout coup, même lorsque les enfants avaient fait un dégât ou cassé quelque chose. L'ordre et la propreté des lieux n'étaient pas sa principale préoccupation, loin de là, ce qui ajoutait au charme de la place. Magela, son mari, semblait l'adorer; et il n'avait d'ailleurs pas le choix car c'était elle qui menait tout et qui contrôlait le budget. Même s'il n'était pas un enfant, Magela vivait aussi des allocations, et c'est à cause de ça qu'il n'avait pas besoin d'aller travailler. Et puis, il avait tant de choses à faire que sa journée était passablement occupée. C'était un homme costaud et tranquille, et ça ne paraissait pas qu'il était malade du cœur. Julie disait qu'il avait un gros cœur à force de l'aimer. Quelque chose comme ça. Il n'était pas acariâtre et ne se plaignait jamais.

Il y avait aussi Carole, la nièce de Julie, une jeune fille assez curieuse. Conrado eut peur d'elle au début, à cause de son apparence de sorcière et de ses vêtements déchirés; il crut qu'elle était méchante. Mais non, elle s'avéra être très gentille et le prit aussitôt sous sa protection car elle trouvait formidables ses dents en acier. Il fut vite renseigné et comprit alors ce que c'était être punk. Tous les amis de Carole étaient comme elle, punks, et Julie elle-même paraissait parfois faire partie de leur confrérie. La seule différence était que sa nouvelle maman s'habillait de préférence avec des vêtements amples, colorés, avec une abondance de velours, d'écharpes et de dentelles, et qu'elle ne tolérait pas de déchirure sur ses bas de nylon. Carole et ses copains punks préféraient le noir, et ils portaient presque tous des boucles d'oreilles ou des boucles de nez. Mais Julie et sa nièce se maquillaient de la même façon, et pouvaient passer des heures à se maquiller l'une l'autre, ou à se déguiser. Julie en vraie punk faisait vraiment peur, tandis que Carole en large robe décolletée devenait comme une princesse.

La famille hébergeait deux autres enfants, Steve et Mimi. Steve était un peu plus vieux que Conrado, plus grand aussi, et quand il serait adulte, il deviendrait policier. C'était un enfant très doux, intelligent, qui avait toujours vécu chez Julie, car sa mère naturelle était folle. Vraiment folle, de celles qui font des crises épouvantables et qui sont enfermées dans des asiles jusqu'à ce qu'elles se calment ou qu'elles meurent. Malheureusement pour le pauvre Steve, sa mère finissait toujours par se calmer, et la police la laissait ressortir. Elle n'avait pas le droit de le reprendre, d'autant plus qu'elle vivait en compagnie d'un fou barbu qu'elle avait connu durant un de ses nombreux internements. Mais la travailleuse sociale obligeait le garçon à visiter sa folle de mère chaque semaine, et même à sortir avec elle en public. Steve avait beau rouspéter, il devait malgré tout se soumettre à ces humiliations car les mères, même folles, elles ont des droits. C'est bien pénible, avait-il confié à Conrado, d'avoir une telle sorte de mère. Mais, allez donc expliquer cela aux Francine. Steve subissait ces rencontres, humilié et craintif, puisqu'en plus d'être parfois agitée et agressive, la folle n'était pas très intelligente. Et ça se voyait lorsqu'ils allaient manger un hamburger.

— Elle ne sait pas commander elle-même les choses, avait expliqué Steve après être rentré d'une de ces sinistres sorties. Ensuite elle se plaint à voix haute. Elle ne sait même pas tenir le sandwich avec ses deux mains ; ça tombe de partout, elle fait des dégâts et ensuite elle ramasse ce qui est par terre et elle le mange. Les gens me regardent, naturellement, car de nous trois, il n'y a que moi qui n'ai pas l'air d'un fou. Si les gens la regardent, ou s'ils regardent son ami barbu, elle leur montre la langue et leur crie des insultes.

— Ils devraient la piquer pour l'endormir, comme on fait avec les chats, avait répondu Carole.

— Arrange-toi pour t'égarer au cours de tes sorties avec elle, avait conseillé Magela. Ou bien va-t'en dans le

Vieux-Montréal, dans le port, et pousse-la à l'eau. On ne la croira jamais si elle t'accuse ; les fous ne sont pas responsables de leurs actes et deviennent tous paranoïaques. Deux ou trois saucettes dans l'eau froide, et elle ne demandera plus de sortir avec toi. Même un chien apprendrait.

— Dommage que tu n'aies pas d'argent, Steve, avait répliqué Frenchie, l'ami de Carole. Ou si cette folle avait du fric... Il te suffirait de passer une commande aux Hells Angels, et tu pourrais hériter sans aucun problème. Ils pourraient aussi s'occuper de la travailleuse sociale, tant qu'à faire...

De Mimi, la fille, Conrado ne pouvait pas dire qu'elle était intelligente, ni belle, ni même drôle. À dix ans, elle était l'aînée des enfants du foyer mais ça ne paraissait pas de prime abord. Elle était petite, avec une étrange manière d'être, solitaire et portée à parler toute seule. Mimi ne s'occupait que de sa propre personne et elle ne tentait jamais de mener les autres ou de s'imposer. Lorsqu'elle n'allait pas à l'école, elle jouait seule avec ses poupées et ses livres ; et elle s'agitait souvent même si Julie et Magela n'avaient pas l'habitude de savonner son zizi. C'était une fille énigmatique, un peu perdue dans son propre monde, qui courait partout sans but apparent ni méchanceté. Elle s'intéressa un peu aux cheveux de Conrado, pour les caresser, mais retourna vite à ses propres affaires. On ne peut pas dire qu'ils étaient des amis.

La routine de ce nouveau foyer était plus libre. Julie laissait aux enfants et à sa nièce l'initiative d'occuper leurs journées. Elle-même, Magela et Carole étaient plutôt nocturnes, et les journées débutaient tard sans que personne cherche à donner des ordres ni à emmerder. Ils s'affairaient à un semblant de ménage lorsque la visite de la travailleuse sociale était annoncée ; sinon, ça ressemblait plutôt à ce que Conrado avait connu chez Natividad. Sauf que la maison était littéralement encombrée de meubles lourds, de lampes sur pied avec des abat-jour tarabiscotés, de tapis et d'épais rideaux. Une légion de bibelots de toutes sortes, de souvenirs de voyages et de pots avec des fleurs séchées complétaient le bric-à-brac. Une légère odeur de graisse de cuisson, d'humidité et de vêtements d'hiver planait partout, particulièrement en été lorsque le chauffage suffocant était arrêté et que l'air venant de l'étage inférieur circulait dans les couloirs. On y mangeait bien, sans compter que les chips, le pop-corn, les frites, les pointes de pizza et d'autres friandises étaient toujours disponibles sur la table, abandonnés depuis la veille par les amis de Carole. Le frigidaire ne manquait jamais de Coca-Cola pour tout le monde. Julie et Magela raffolaient des steaks.

Comment fait-elle pour arriver à ce que ce soit rentable ? se demanda un jour Conrado, sans toutefois s'attarder trop à cette question. Elle savait se débrouiller, voilà tout. Julie et sa sœur Jacqueline étaient associées dans l'affaire du foyer pour vieux fous qui occupait tout le rez-de-chaussée et le sous-sol de la maison. Ces vieux-là rapportaient beaucoup d'argent car ils étaient trop mous pour faire quoi que ce soit, et Jacqueline devait s'occuper elle-même tant de leurs chèques d'allocation que de toutes les pilules qu'ils recevaient de l'hôpital. Une grosse infirmière visiteuse, sorte de travailleuse sociale pour vieux fous, venait de temps à autre pour aider et pour prendre le café avec les deux sœurs.

Ces vieux-là ne mangeaient presque pas, à peine une pointe de pizza ou un sandwich ; ils préféraient se gaver à longueur de journée de Coca-Cola et de gâteaux au sucre. Ils ne se plaignaient jamais. D'ailleurs, ce foyer était toujours rempli de vieux, entassés dans les chambrettes comme des sardines en boîte, et heureux d'y être. Leur seule crainte était de devoir laisser leur place à quelqu'un d'autre et de retourner vivre dans la rue. Conrado se fit vite ami avec quelques-uns d'entre eux, les plus actifs, ceux qui se promenaient en pyjama dans le couloir pour pouvoir fumer. Ils avaient tous été très dangereux dans le passé, plusieurs même jugés meurtriers, et finissaient paisiblement leur vie chez Jacqueline après avoir passé une éternité à l'hôpital. Mais là, ils étaient devenus tranquilles, à peine capables de bouger, et ils avaient tous peur de sortir dans la grande ville. Ce n'était d'ailleurs pas un foyer mais une maison de chambres ; Jacqueline insistait sur ce détail car tous ses hôtes étaient là de leur propre gré. Elle n'admettait pas les critiques ni la mauvaise humeur. Quelques-uns regrettaient leur vie à l'hôpital, et pouvaient parfois menacer de mettre le feu à la maison pour être de nouveau internés. Mais un seul d'entre eux l'avait fait, dans le passé ; il avait mis le feu à une cabane du voisinage et la police l'avait arrêté. Ça avait servi de leçon aux autres.

Il y avait une bonne ambiance dans l'appartement de Julie et de Magela, mais pas d'agitation. Les postes de télévision et de radio étaient toujours allumés, ce à quoi s'ajoutaient les disques de Carole et les chants des fous venant du couloir d'en bas. Un enfant comme Conrado, habitué à l'ennui et à la routine, s'émerveilla dès le premier jour de cette ambiance fraternelle. Julie savait qu'il ne parlait pas, et cela ne paraissait pas la déranger outre mesure, surtout après qu'elle eut vu qu'il comprenait bien et qu'il n'était pas dépourvu de débrouillardise.

— Très bien, mon petit, dit-elle en l'examinant avec le sourire. Parce que, ici, tu verras, chacun se débrouille comme il peut, à commencer par les enfants. Et tu tombes bien : tu parais bien et je suis sûre que tu t'entendras bien avec Steve. Il te dira comment on vit ici sans déranger les autres.

Conrado et Steve partageaient la même chambre. S'ils ne faisaient pas de bruit, ils pouvaient regarder la télé jusqu'à très tard, bavarder ou jouer. Steve possédait une énorme quantité de pièces de jeu Lego, que sa mère n'oubliait pas de ramener chaque fois qu'elle devait aller à l'hôpital. C'étaient des pièces dépareillées qui avaient servi à amuser les fous, mais qui produisaient des effets remarquables entre les petites mains expertes des deux garçons.

Steve lui montra comment rouler des cigarettes à l'aide d'une petite machine très pratique, et bientôt Conrado s'était mis aussi à cette tâche relaxante et très rentable. Julie et Jacqueline revendaient ensuite les cigarettes aux pensionnaires d'en bas, et il en restait toujours assez pour les troquer avec la mère de Steve contre des pièces de Lego. Les copains punks de Carole en profitaient à leur tour pour avoir des cigarettes déjà roulées contre de l'argent ou des bandes dessinées.

Leur chambre était ainsi à la fois lieu d'habitation, salle de jeux et entreprise de fabrication de cigarettes ; cela donnait un cachet spécial à l'endroit, qui faisait la fierté des deux enfants. Steve avait longtemps rêvé d'un compagnon pour l'aider à augmenter sa production et pour écouter ses histoires ; il ne cachait pas sa joie d'avoir trouvé un interlocuteur aussi silencieux et intéressé que Conrado. Il commença en outre à lui apprendre à dessiner des figurines schématiques pour que Conrado soit en mesure de répondre aux questions les plus courantes sans devoir faire trop de gestes. Ça ne marchait pas très bien, mais avec le temps ça irait mieux. De toute façon, c'était un plaisir nouveau, celui de dessiner pour le simple plaisir d'essayer les couleurs ou de tenter de copier les personnages des bandes dessinées. Steve se promit aussitôt d'avertir sa mère que dorénavant il lui faudrait ramener aussi des crayons de couleur de son hôpital, sinon elle n'aurait plus de cigarettes.

— Qu'est-ce qu'il y a d'autre dans un hôpital de fous que je pourrais lui demander ? fit-il sans attendre de réponse comme c'était devenu son habitude. Peut-être des pilules. On pourrait les échanger avec les amis de Carole. Ça vaut de l'argent, les bonnes pilules. Tu vois, Conrad, Jacqueline ramasse toutes les pilules des vieux d'en bas et Magela les revend au garçon de la pizzeria. On pourrait faire la même chose, qu'en penses-tu ? Les fous n'aiment pas toutes les sortes de pilules ; ils préfèrent celles pour dormir, et l'infirmière voit à ce qu'ils n'en manquent jamais. Les autres, celles contre la folie, ils s'en fichent. Ils en étaient gavés à l'hôpital... Je vais le lui demander. Mais d'abord des crayons de couleur et de la peinture ; je sais qu'ils en ont là-bas. Les fous passent leur temps à dessiner et à bricoler. C'est pour oublier les mauvaises pensées... Ils feraient mieux de leur apprendre à rouler des cigarettes, tu ne trouves pas ?

Conrado le suivait avec des sourires et des mimiques faciales de plus en plus abondantes à mesure que le temps passait. C'était bon de l'entendre ; Steve savait beaucoup de choses intéressantes sur la ville, les gens et la vie en général. Il avait été à l'école durant l'hiver, et ce qu'il racontait sur cet endroit paraissait vraiment fabuleux. Un tas d'enfants qui s'amusent ensemble, des jouets à profusion et des adultes pour les aider et leur raconter des histoires. On leur donnait aussi à manger et on leur apprenait à lire et à écrire, sans jamais les frapper. Voilà qui était quelque chose de tout à fait inconcevable. Conrado regrettait de ne pas pouvoir y aller, lui aussi. Julie avait dit que c'était encore trop tôt, qu'il était trop jeune, et qu'il fallait attendre son tour. C'était une bien mauvaise nouvelle, pensait-il, car il craignait fort que son tour n'arrive jamais. Ce foyer de maman Julie était trop bon pour que ça dure.

❑

Mais ça durait, cette fois, et aucune Francine ne vint s'interposer entre Conrado et l'été de la ville. Ses premières sorties furent timides, hésitantes ; si on ne les lui avait pas interdites, il n'avait pas non plus reçu de permission. Peu à peu, cependant, il allait s'habituer à cette liberté nouvelle et il apprendrait à se débrouiller tout seul.

Il alla d'abord chez les vieux fous dans leur pension d'en bas. Victor, le géant qui chantait dans le couloir, l'invita à le faire d'une manière très cordiale après que Steve l'eut présenté comme son nouvel assistant dans la fabrication de cigarettes. Victor était le fou le plus sympathique, même si sa figure pouvait paraître effrayante. C'était quand même un bon gars, et il aidait souvent Magela dans toutes sortes de travaux. Il était énorme, gros, avec une gigantesque bedaine et une chevelure débraillée qui lui arrivait jusqu'aux épaules. Sa folie, c'était de se prendre pour un chanteur country ; la journée durant, les couloirs retentissaient de sa voix cassée répétant inlassablement la chanson du soleil qui se levait sur la montagne. Il paraît qu'autrefois, il avait chanté au club *Gaspésien*, avant de se faire mettre à la porte. Victor n'avait jamais travaillé de sa vie, si ce n'est que quelques petites occupations ici et là, comme « videur de taverne » ou comme homme fort dans une cour à ferraille. Il ne pouvait jamais rester pour de vrai dans un travail car il s'enthousiasmait vite et revenait à ses lubies de chanteur. Naturellement, les patrons en avaient peur, la police aussi, et il aboutissait à l'hôpital même s'il n'était pas méchant. Il lui arrivait aussi de se prendre pour l'enfant Jésus ; une fois, il s'était présenté en pleine nuit, flambant nu, dans la chambre de Julie pour l'exhorter à se repentir. C'est à cause de cet incident que Magela se décida à changer la serrure de leur appartement ; ça évitait aussi que d'autres fous ne viennent s'y faufiler en croyant que c'était chez eux. Ils n'étaient pas dangereux, assurait Steve, mais ils étaient souvent malpropres ou trop endormis. Lorsque l'un d'entre eux s'installait sur le canapé du salon, il était difficile de le faire redescendre. Ils chipaient aussi des choses, tout ce qui leur tombait sous la main, pour les ramener en bas.

Le foyer avait l'air d'une ruche d'abeilles, tant il était rempli de pensionnaires agglutinés dans les petits recoins divisés par des cloisons de contreplaqué. Il y régnait continuellement une pénombre et une chaleur humide propices au calme et au sommeil. La plupart ne sortaient presque pas de leur lit. C'étaient des lits superposés, et si entassés qu'il ne restait d'ailleurs pas de place pour flâner. Les plus actifs sortaient pour fumer dans le couloir, à cause du danger d'incendie. L'endroit puait, mais d'une puanteur de corps chauds qui ne sembla pas offensante à Conrado, et qui lui rappelait le tas de vêtements sales dans la garde-robe de Natividad. Une odeur presque familière donc, reposante s'il la comparait à celle des endroits trop propres qui sentaient l'eau de Javel.

Un petit salon avec téléviseur leur servait aussi de salle à manger. Les vieux qui ne dormaient pas y restaient à se balancer et à marmonner, à rire tout seuls ou à fixer l'écran de la télé d'un regard absent.

Conrado s'étonna de leur grande ressemblance ; à part ceux qui avaient un talent particulier, il n'arrivait jamais à bien les distinguer. Ils étaient gros et gris, aux chairs flasques saupoudrées d'une sorte de pellicule poussiéreuse, leur visage était inexpressif, et leurs yeux paraissaient regarder très loin devant. Quelques-uns bavaient et arboraient des taches des derniers repas de la semaine sur la chemise, mais aucun n'avait le droit de faire dans ses culottes. Jacqueline était très stricte là-dessus, plus encore que pour l'interdiction de fumer au lit, sinon l'air serait devenu irrespirable. Magela et Victor veillaient à la propreté ; dès qu'un pensionnaire commençait à faire des siennes, ils le mettaient dehors sans hésiter. Cela assurait le bon roulement et, selon Steve, un rendement accru des allocations, car ceux qui devenaient incontinents ne se souvenaient généralement plus qu'ils avaient des chèques à encaisser. L'infirmière faisait attention pour n'amener que des nouveaux pas trop dangereux ni trop dégueulasses.

Steve, au contraire, avait un don certain pour reconnaître les vieux ; il se souvenait bien de leurs noms puisqu'il avait aussi la charge de distribuer les cigarettes roulées. Il en profitait ainsi pour faire ses propres échanges contre des petits objets que les fous avaient encore avec eux en arrivant. Dans une cachette sous son lit, derrière les innombrables boîtes de tabac vides, il gardait son trésor de montres, bagues, lunettes, briquets, pipes, tasses et médailles religieuses qu'il comptait échanger plus tard chez un brocanteur des environs. Les fous aussi le connaissaient, et quelques-uns le saluaient avec le sourire ou en faisant des gestes obscènes. Il avait alors des mots pour chacun d'entre eux; des choses simples, à peine des interjections dépourvues de sens, mais qui avaient l'air de leur faire grand plaisir.

— Les pieds, Picard ?

— Pas pire, grognait la voix de sous les couvertures.

— Paul-Émile, mon oncle...

— Oui ! répondait un visage grimaçant aux yeux écarquillés.

— Puis, Gratien ?

— Hé ! gémissait un autre depuis son trou.

— Ça crosse, Ménard ?

— J'comprends ! crachait une bouche édentée sur une chaise berçante.

— Lâche pas, Euphège !

— Envoie, bonhomme ! exhortait Euphège depuis sa Bible crasseuse, toujours ouverte à la même page.

Cet Euphège était l'un des personnages importants de la place. On disait qu'il avait été curé, et qu'il avait tué ou violé des religieuses dans sa jeunesse. Il savait raconter des histoires saintes sans même avoir besoin de tourner les pages de son livre. Victor avait d'ailleurs un grand respect pour lui, et les deux s'entretenaient souvent de choses sacrées. Il savait aussi chanter des hymnes et il disait parfois la messe dans une langue que personne ne comprenait. Les autres vieux l'appelaient « mon père » lorsqu'ils avaient besoin de sa bénédiction.

Il faisait continuellement noir du côté des chambrettes du fond, proches de la cuisine, et on y entendait des râles et des ronflements. C'était un endroit des plus paisibles, pour ceux qui dormaient à longueur de journée et qui n'avaient donc plus besoin de surveillance. Arrivés à ce stade, ils étaient près de s'en aller à la rue puisqu'ils devenaient malpropres et trop malades. Jacqueline était fière du fait qu'aucun de ses pensionnaires n'était jamais mort sous ses soins.

La cuisine sentait la soupe aux légumes, forcément, car les vieux n'avaient plus de dents pour manger des choses dures. Sauf Victor, qui exhibait fièrement quelques chicots, et Colin, qui avait été homme fort dans les foires à la campagne.

Ce Colin n'avait pas l'air très fort ni très en santé, même s'il était l'un des plus jeunes. Mais il avait toutes ses dents, qu'il n'hésitait d'ailleurs pas à montrer en grimaçant. Steve prétendait qu'il avait déjà été très costaud, et qu'il était capable de lever des tables et des poids avec sa mâchoire. Autrefois, quand il faisait des crises de folie à l'hôpital, les gardes devaient se mettre à plusieurs pour le contrôler, et gare aux morsures. Mais là, il était devenu très calme, et ne faisait que gratter son crâne chauve couvert de cicatrices, en souriant à la ronde. Colin ne savait pas parler mais il était bon cuisinier ; Jacqueline s'occupait particulièrement de lui car il était une aide précieuse à la cuisine. Mimi, la petite fille un peu demeurée, elle aussi, aimait Colin ; et Jacqueline la laissait venir souvent pour bavarder avec lui pendant qu'il faisait la vaisselle.

Jacqueline ne ressemblait pas du tout à sa sœur Julie. Elle ne s'habillait pas avec soin et ne portait jamais de chapeau. Ses cheveux étaient blancs, elle était maigre et sèche, et ne souriait que devant les choses vraiment très drôles. C'est une femme d'affaires, disait Steve, une poignée de fer pour tenir tout son monde sous contrôle. Magela, qui filait déjà doux avec Julie, était un vrai petit chien en présence de Jacqueline. Il devenait alors très actif et laborieux.

Jacqueline n'avait pas de mari et ne semblait pas en avoir besoin. Elle n'était pas méchante. Elle approuva d'ailleurs aussitôt la présence de Conrado et félicita sa sœur du fait que, pour une fois, elle avait su choisir quelqu'un de présentable. Elle n'avait rien contre les nègres non plus, d'autant que l'unique pensionnaire noir qu'elle avait jamais accueilli, un Anglais, s'était bien comporté. Mais elle insista pour que l'infirmière examine la chevelure de Conrado car, on ne sait jamais, ce genre de boucles attire les poux et la vermine. Réconfortée par le résultat de l'examen, elle se montra gentille et l'invita à descendre au rez-de-chaussée aussi souvent qu'il le voulait.

L'effet de nouveauté passé, cependant, et maintenant qu'il était habitué aux visages ravagés, Conrado commençait à trouver que la place des fous n'était pas si intéressante que ça. Tout y était vraiment pareil chaque fois qu'il y allait comme prétendait Jacqueline avec fierté, et même les histoires saintes racontées par Euphège se répétaient inlassablement. C'était toujours des récits sur des martyrs de la foi, et si leurs noms changeaient parfois, ils finissaient tous par mourir atrocement et être mangés par les sauvages. Quelques-uns étaient cuits dans la soupe, d'autres étaient transformés en grillades sur des barbecues, ou ils étaient déchiquetés pour être plus facilement avalés par les vieux Indiens édentés. Ça ne variait pas beaucoup, sauf dans le cas des bonnes sœurs, lesquelles préféraient plutôt se dévergonder et devenir des sauvagesses ; à la fin, elles étaient quand même martyrisées à leur tour par l'envahisseur anglais. La présence de Conrado parut d'abord stimuler l'homme de foi, et il inclut quelques nègres dans ses récits à la place des Indiens. Mais ce fut de courte durée. Après avoir béni l'enfant à diverses reprises, et après avoir pardonné les péchés de tous les nègres, Euphège retourna définitivement au texte original de ses hagiographies, où les Indiens étaient l'unique incarnation du mal.

Victor chantait toujours la même chanson, et ceux des fous qui tentaient de faire peur à Conrado ne savaient que répéter les mêmes grimaces, les mêmes coups de langue et les mêmes gestes obscènes. En peu de temps, beaucoup d'entre eux le confondaient déjà avec Steve. C'était comme s'il n'existait pas. Il pouvait même éteindre le poste de télévision sans obtenir de réaction palpable de leur part. Jusqu'à leur senteur, qui au début avait ramené tant de souvenirs dans son esprit, et qui paraissait désormais s'évanouir parmi les odeurs générales de la maison tout entière.

Steve l'avait bien averti :

— Tu verras, Conrad, c'est une place calme, où même les plus fous deviennent endormis. Dommage que je ne puisse pas convaincre ma mère d'en trouver une pareille. Elle oublierait que j'existe, et j'empocherais moi-même ses allocations.

Voilà pourquoi Conrado se décida enfin à accompagner Mimi dans ses randonnées. Il faisait beau et chaud, et la fillette avait l'air de bien connaître les environs ; elle faisait des courses pour Julie et Magela sans jamais se perdre. Steve, qui n'aimait pas Mimi, tenta immédiatement de le dissuader, sans être toutefois explicite :

— Tu ne vas pas te mettre à sucer, n'est-ce pas ? Sinon, je ne veux plus t'avoir dans ma chambre.

Conrado ne comprit pas la remarque et suivit Mimi. Ils allèrent à l'épicerie et se promenèrent dans la grande rue pour regarder les vitrines. La fillette ne s'était pas opposée à sa présence, mais elle allait son chemin sans même le remarquer. Lui, il trouvait que c'était beaucoup mieux qu'autrefois, lorsqu'il allait chez Latina et au centre commercial. Dans ces rues du centre, il y avait plus de gens, un mouvement incessant et plein de choses intéressantes. Ils s'arrêtaient pour observer le jongleur qui faisait tourner la pâte à pizza, se délectaient devant la vitrine de la boulangerie et celle du marchand de poulets et de lapins, et passèrent de longs moments à scruter les étalages de la gigantesque poissonnerie. Ils virent aussi un homme qui aiguisait des couteaux et qui s'amusait à faire des clés avec une machine compliquée. Et puis, il y avait les clients attablés dans les cafés, les mannequins aux poses étranges et si bien habillés dans les boutiques de vêtements, les petits chatons en cage qui s'amusaient ensemble, sans compter le trafic des rues, les passants, les chiens qu'ils croisaient et les crottes qu'il fallait éviter.

Une belle promenade somme toute, et sans danger car Mimi connaissait les gens et était bien reçue partout. La grosse boulangère leur avait même donné des petits pains à goûter.

De retour à la maison, il se sentit examiné par Steve comme s'il avait fait quelque chose de mal, et ne comprit pas sa nouvelle remarque :

— Attention de ne pas te faire enculer, Conrad. Attention...

Une autre fois, Conrado suivit Mimi dans un magasin d'antiquités où ils passèrent un bon moment à regarder toutes sortes d'objets hétéroclites : de vieux jouets et des bijoux, des livres, des bibelots, une collection de parapluies aux manches en forme d'animaux, des lampes et des petits bateaux miniatures. Au fond de la boutique il y avait des étalages de pièces de monnaie et de médailles militaires. Conrado se perdit ensuite dans la contemplation des sabres, des baïonnettes et des casques anciens. De bien belles choses, qui ne ressemblaient à rien qu'il avait pu voir jusqu'alors. Il était si absorbé qu'il oublia de surveiller Mimi. Tantôt, elle était en train de parler avec le propriétaire du magasin, un monsieur sérieux, cravaté, qui paraissait sympathique et qui ne s'était pas fâché de les voir là. L'enfant fit alors le tour des grands comptoirs sans trop s'inquiéter, s'arrêtant encore pour examiner les poupées anciennes qui semblaient aussi vivantes que des bébés. Il se baissa pour voir les pierres transparentes et les coquillages exotiques que la lumière faisait scintiller adorablement. Soudain, la boutique lui parut vide, silencieuse, et il éprouva une angoisse abrupte à l'idée que Mimi pouvait être repartie en l'oubliant tout seul dans cet endroit étrange. Il courut à la porte, secoua la poignée, mais la serrure était fermée à clé. Paralysé par la peur, il pensait uniquement au fait qu'il ne saurait pas retrouver la maison de maman Julie. La face collée contre la vitre, il scruta la rue ; il sentit ses yeux se brouiller, avec un serrement de gorge accompagné de colère. Comment avait-il pu être si insouciant au point de ne pas remarquer le chemin ? Les filles... Carole, Steve, les gens allaient sans doute s'inquiéter, ils viendraient le chercher, peut-être que le monsieur de la boutique saurait...

Il attendait là, sans savoir quoi faire, tenant la poignée de la porte entre ses deux mains sans se soucier des larmes, et fut si surpris qu'il sursauta lorsque Mimi revint en compagnie du monsieur. Celui-ci se contenta de caresser les cheveux du garçon et leur ouvrit la porte pour les laisser partir. Mimi avait l'air toute contente, fière, et ne put s'empêcher de taquiner Conrado en lui montrant la pièce de vingt-cinq cents qu'elle avait dans son poing serré. Si elle n'avait été si grande, il lui aurait donné une bonne baffe pour se venger.

Steve les attendait une fois de plus. Mimi lui fit une grimace, lui montra la langue et fit sauter en l'air la pièce de monnaie. Steve la poussa, très fâché, en menaçant de lui casser la gueule si jamais elle entraînait une autre fois Conrado dans ses sorties.

— C'est mon ami, sale pute ! Carole va le savoir, tu verras... Dans le cul ! Suceuse de bites !

Bien fait pour elle, pensa Conrado encore bouleversé par la frayeur dans le magasin. Faire exprès pour l'effrayer... Mais Steve avait quelque chose d'autre à lui raconter, quelque chose de si étonnant qu'il ne comprit qu'au bout de beaucoup d'explications, croquis à l'appui.

— Je t'assure, Conrad, ça se fait... La salope a un bocal de beurre d'arachide rempli de vingt-cinq cents.

Avant que tu arrives ici, je l'ai vue sucer plusieurs garçons de l'école secondaire. Ils étaient là, assis en rang, chacun avec sa pièce de monnaie dans la main, et Mimi allait de l'un à l'autre, l'écœurante, et les suçait tous. Je l'ai vue, je te jure ! Ce n'était pas la seule fois. Tout le monde le sait. Avant, elle apportait des jouets et des bonbons ; mais depuis qu'elle s'est mise à collectionner les vingt-cinq cents, elle ne pense qu'à ça pour remplir son bocal... Carole est au courant, et elle l'a déjà punie une fois ; ses copains punks ont enculé Mimi comme il faut pour qu'elle prenne peur. Mais ça n'a rien donné. Elle aime trop sa collection, l'idiote. Débile mentale ! Mongole ! Des vingt-cinq cents, tu t'imagines ? Un *blow job* vaut au moins dans les dix dollars. Dollars ! Pas des cents...

Steve était si survolté que Conrado ne put comprendre si c'était à cause de la saleté des bites et du pipi, ou du prix trop bas que Mimi chargeait pour le faire. C'était dégoûtant, bien sûr, boire du pipi, et si insolite qu'il ne put s'empêcher de faire un geste de défense avec sa main et son bassin pour protéger son propre zizi. Sans doute que ça faisait mal... Et il se promit de ne plus jamais l'accompagner.

Carole se mit aussi en colère lorsque Steve l'informa que Mimi voulait que Conrado apprenne à sucer des bites.

— Il ne connaît rien, Conrad ; il est comme un bébé, insista Steve. Et c'est mon copain, pas un enculé. Tu dois faire quelque chose.

— C'est mon bébé aussi, Conrad, répliqua Carole. Et la salope n'a pas le droit de le vouloir pour elle. N'est-ce pas, Conrad ? Tu es un bébé punk, et je vais m'en occuper. Elle ne recommencera plus ! Sinon, on la fout dehors. Julie n'aura pas le choix : c'est Mimi ou moi. Suce tant qu'elle voudra, mais pas Conrad, conclut-elle en embrassant le petit sur la bouche avec son rouge à lèvres qui goûtait les cerises.

Il est vrai que Carole aimait beaucoup Conrado, depuis le premier jour, et pas uniquement à cause de son sourire blindé. Elle l'aimait tout entier, surtout ses cheveux, et elle s'était opposée radicalement lorsque Julie avait suggéré de raser le petit pour régler une fois pour toutes la question des poux. Carole l'avait aussi pris sous sa protection, et Conrado avait le droit de venir dans sa chambre, de se coucher avec elle dans le lit pour écouter de la musique, et même de la voir se déguiser. Son ami, le grand punk Frenchie, qui s'était déjà fait arrêter et qui ne craignait pas la police, avait donné son accord pour que Carole adopte Conrado en tant que bébé, même en tant que leur bébé. Frenchie avait aussi promis d'amener Conrado en promenade, pour qu'il voie comment était belle la vie des punks.

Carole décida alors de s'occuper plus attentivement du petit garçon et de l'inviter à ses sorties pour contrer la mauvaise influence de Mimi.

— Si quelqu'un doit te sucer, Conrad, ce sera moi, mon amour, dit-elle en tenant sa petite tête entre ses mains. Et je vais le faire si tu deviens grand et beau. Mais pas un enculé. Steve a raison, il faut t'apprendre un tas de choses, il faut que tu grandisses vite. Ce n'est pas en allant au marché avec Julie que tu apprendras à te débrouiller dans la vie. Être punk, c'est plus que seulement piquer. Piquer, c'est facile ; tout le monde sait le faire. Mais la vie, mon amour, c'est dans la rue qu'on la voit. On va te faire un baptême de rue. En attendant, Steve va continuer à t'expliquer. Les garçons expliquent mieux ces choses-là.

Carole était soucieuse, car elle le trouvait trop crédule, incapable de se défendre. Conrado avait peut-être vu beaucoup de choses dans sa courte vie, mais il était trop jeune pour en tirer lui-même les bonnes conclusions. Elle avait pensé vaguement à l'initier à toutes ces choses au fur et à mesure qu'il grandirait, et n'eût été l'incident avec Mimi, peut-être que les choses se seraient déroulées spontanément, doucement, et Conrado serait devenu tout entier à elle. Mais cela aurait pris trop de temps. Lorsqu'elle l'embrassait sur la bouche, il ne savait même pas comment réagir, et restait là, avec ses grands yeux étonnés et amoureux, plus intéressé à la saveur de cerises qu'à tout le reste. Trop innocent, il n'avait pas l'air de se rendre compte de la vraie vie. Certes, il volait très habilement lorsqu'il accompagnait Julie dans ses courses. Steve, qui était un vrai expert, lui avait montré comment faire. Mais savait-il au moins que c'était défendu ? Peut-être pas. Et, laissé sans surveillance, sûrement qu'un de ces jours il se ferait enculer. Cette face adorable de petit ange...

Conrado savait très bien cependant, et il comprenait vite les choses. Les premières fois qu'il avait accompagné Julie et Steve dans leur ronde des supermarchés, il avait hésité parce qu'il trouvait bête de voler uniquement des steaks, des paquets de viande fumée, du salami ou des boîtes de crabe en conserve. Lui, il aurait plutôt choisi les étagères à bonbons et à chocolats, qui étaient non seulement plus à sa portée, mais aussi moins salissantes. Julie allait par ailleurs dans des supermarchés loin de la maison, en banlieue, à cause de leur achalandage et de leur taille imposante. On surveillait moins bien dans ces endroits-là qu'au centre-ville. Et elle changeait chaque fois de circuit pour passer inaperçue. Or, ces voyages en métro fascinaient trop le petit Conrado, ces quartiers inconnus offraient trop de nouvelles stimulations, et ces supermarchés si beaux le déconcentraient littéralement. Voilà pourquoi il avait été si distrait, et qu'en sortant il n'avait presque rien dans les sacs qu'elle avait cousus sous son petit manteau. Elle et Steve avaient déjà pris tellement de steaks et de charcuterie, pourquoi en voulaient-ils encore plutôt que des bonbons ? Mais ça avait l'air si important qu'il finit par s'y mettre aussi, comme dans un jeu. Dès lors, il était capable de faire sa part, sans toutefois jamais oublier une ou deux tablettes de chocolat ou des emballages géants de gomme à mâcher.

Il ne s'avouait impuissant que face à ces histoires de sucer, d'enculer et de zizis. L'affaire de Mimi l'avait pris au dépourvu, surtout qu'elle semblait le faire de son propre gré, sans avoir au préalable reçu des coups. Cela était bien nouveau à ses yeux. L'amour et les filles avaient encore beaucoup de secrets insondables, à commencer par Carole. Conrado aimait beaucoup la façon tendre qu'elle avait de le caresser, surtout sa façon de jouer à lécher et à mordiller ses lèvres. Au bout d'un certain moment, cependant, il avait envie de bâiller, de se coucher sur la bedaine ronde de la jeune fille et de s'endormir, la tête enfoncée dans son nombril. N'était-ce pas mieux comme ça, l'amour ?

9

Sodome

Au début, Julie hésita un peu face aux sorties de Conrado avec les punks. Voyant qu'il revenait toujours sain et sauf, l'air heureux, et comme il semblait vraiment avoir été adopté par les jeunes gens, elle laissa alors à Carole le soin de s'en occuper. Il fallait seulement ne pas oublier les jours consacrés aux achats dans les supermarchés ni la corvée des cigarettes, bien sûr. C'était mieux de sortir pour s'instruire que de vivre enfermé en bas, à écouter les histoires des pensionnaires. D'ailleurs, Mimi sortait souvent et ça lui donnait des couleurs. Steve, quant à lui, était casanier, toujours absorbé dans ses livres et dans ses jeux, et si au fait du roulement de la maison de chambres que Julie et Magela n'avaient aucun souci concernant son avenir.

Julie et sa sœur comprirent que la compagnie des fous n'était pas la meilleure influence pour un petit comme Conrado. Fallait pas qu'il devienne ivrogne...

Cela devint évident après l'épisode du cidre de Victor. Celui-ci fabriquait son cidre depuis longtemps en crachant dans les boîtes de jus de pomme, qu'il laissait ensuite à fermenter sous son lit. Il avait appris à bien le faire en prison, et n'en consommait jamais trop car le breuvage était traître et pouvait parfois donner une de ces chiasses... Dans le passé, quelques-uns des vieux les plus fous avaient abusé de ce cidre, et il avait fallu les mettre dehors en plein hiver. Non seulement ils étaient devenus incontinents, mais ils avaient perdu le peu de bon sens qu'il leur restait et ne cessaient plus de réclamer à boire. Un jour, Victor en avait offert un peu à Conrado. Malgré son jeune âge, l'enfant avait manifesté un tel appétit envers la boisson, et le fou de Victor un tel enthousiasme pour son millésime du moment, qu'ensuite le petit s'était mis à vomir et à se vider par le bas. Sans compter qu'il ne se tenait plus debout et qu'il croassait comme un corbeau. Avant qu'on découvre la cause de son état, Steve avait cru que c'était la fin et qu'il finirait à l'asile.

Carole s'était découvert une vraie vocation de maman ; il fallait que Conrado soit toujours en sa compagnie, partout. Son groupe d'amis avait accueilli l'enfant comme une mascotte, presque un symbole de leur manière d'être. Son sourire en acier laissait jaloux même ceux qui arboraient une multitude de boucles et d'épingles de sûreté disséminés sur tout le corps. Ils regrettaient qu'il soit encore impossible de percer les dents comme on perçait la peau ou la langue ; ce blindage magnifique exhibé à chaque sourire ou ricanement de l'enfant leur paraissait le comble de la modernité. Le fait aussi qu'il n'avait pas de parents, qu'on ne savait pas son âge ni sa date de naissance, tout cela joint à son mutisme éloquent et à ses cheveux moutonneux leur faisait penser qu'il était destiné à un avenir singulier, anarchiste et en marge du monde bourgeois pourri. Suzie La Bitch, une des filles du groupe qui les accompagna à l'hôpital, fut si jalouse de la façon respectueuse avec laquelle le vieux médecin s'était adressé à Carole et à Conrado qu'elle se fit mettre enceinte peu après par plusieurs garçons de la bande. Elle ne cessait plus d'évoquer son propre bébé punk, qu'elle voulait au moins sourd et muet ; elle rêvait aussi que les dents du nouveau-né seraient aussitôt affublées de boucles d'oreilles et d'amalgames multicolores.

— Il faut encore qu'il ne pourrisse pas avant de naître, répliquait Carole, blessée dans son orgueil. Et qu'on voie sa gueule après le cocktail que les gars ont foutu dans ton sale con. Pour les dents, il faudra attendre, Suzie. Tu seras déjà vieille, moche et grosse.

Conrado put alors connaître un peu la ville, sans craindre de s'égarer car Carole n'était pas de celles qui sucent. Non, elle aimait seulement le grand Frenchie, et ils ne se disputaient pas autant que les autres couples. Il est vrai, quand même, que Frenchie était parfois un peu énervé, survolté et méfiant comme s'il était poursuivi par quelqu'un. Dans ces moments-là, il pouvait faire le fou, sauter parmi les autos au milieu de la rue, crier ou se montrer agressif. Pas contre Conrado, jamais, mais Carole recevait parfois quelques coups perdus. C'est qu'au lieu de le laisser s'exprimer, elle tentait de le retenir, de le raisonner, et ses façons paraissaient exacerber la panique de Frenchie. Sans doute qu'il était en attente d'une agression imminente, ou qu'il surveillait la police. Difficile à dire puisqu'il pouvait aussi bien éclater de rire ou se mettre à danser comme si tout ça n'était qu'une simple blague. Il fallait cependant faire attention, surtout lorsque d'autres punks étaient dans ce même état d'agitation. S'ils avaient mis la main sur des pilules, alors ça pouvait cogner sec, tant sur les gueules que sur les pare-brise des autos stationnées, sur les poteaux ou sur les vitrines. Un soir où ils étaient tous très turbulents, Conrado apprit, en courant, comment on brise les vitres des abribus pour effrayer les gens qui attendent.

Le plus souvent, la bande se promenait paisiblement pour voir la vie, pour rencontrer d'autres copains, pour quêter et pour boire de la bière dans les parcs. Conrado n'aima pas la bière, mais pas du tout, au contraire des prévisions générales de Carole, qui s'était vantée de l'épisode du cidre. Elle se contenta par la suite de lui donner une canette de Coca-Cola enveloppée dans un sac de papier ; ça faisait le même effet clochard, sans le goût amer de la bière.

De toutes les places qu'ils avaient l'habitude de visiter, le salon de tatouage était l'endroit le plus fascinant. Conrado adorait les dessins exposés sur les manteaux de cuir et sur les murs, les têtes de mort et les aigles, les monstres, mais surtout ses personnages préférés en accoutrements inhabituels. Il y avait Bugs Bunny en smoking, Miss Piggy en sous-vêtements sexy, la grenouille Kermit en habit de camouflage, Sylvester en punk, le coyote dévorant le Bipbip, Astérix et Obélix nus se chatouillant, Elmer en skinhead, et même Tweety avec un gros zizi. C'était très drôle. Il pouvait aussi regarder l'artiste qui dessinait sur le corps des clients, et il s'absorbait dans la contemplation des machines nickelées pleines d'encres colorées, parmi les effluves d'encens. Le perçage de la peau, au contraire, lui faisait peur ; il n'arrivait pas à comprendre pourquoi ces gens acceptaient ainsi de souffrir. Ça saignait pour de vrai, et les trucs qui pendaient ensuite, eux aussi paraissaient faire mal. N'empêche que c'était curieux, et ça remplissait sa tête de nouvelles expériences.

Carole lui acheta un *dog-tag* avec son nom et son adresse, au cas où il se perdrait. Mais à la place de Conrado, il était écrit dessus : Conan. C'était comme ça qu'ils l'appelaient, « Conan le barbare ». Frenchie avait inventé ce nouveau nom et il le répétait en criant très fort. Conrado pensa d'abord qu'il s'agissait d'une moquerie, d'un quolibet qui signifiait qu'il n'était pas intelligent. Il bouda en faisant la lippe, et Steve lui montra alors une photographie du vrai Conan, le barbare. Le petit fut aussitôt rassuré. De fait, ces gens-là l'aimaient bien et ils pensaient qu'un jour il serait fort et beau. Hélas ! Comme pour les dents du bébé de Suzie La Bitch, c'était bien long d'attendre, le temps ne passait pas vite lorsqu'on était un enfant.

❑

Souvent, le soir, avant de s'endormir, il serrait son *dog-tag* dans la bouche en rêvant de devenir grand et costaud comme le vrai Conan. Les gens auraient peur en le voyant. Pour le moment, c'était lui qui avait peur. Pas tout le temps, non ; les sorties avec Carole étaient d'habitude agréables, originales. Mais parfois il ressentait une grande insécurité dans certains endroits étranges, surtout la nuit, entouré de gens qui lui rappelaient les fous du rez-de-chaussée. Des gens qui n'étaient cependant pas endormis ni ralentis, et dont même Carole avait peur. Frenchie pouvait disparaître à l'improviste avec ses amis, en les laissant seuls parmi des inconnus ; ou encore il était lui-même trop gelé et ne se souvenait plus de ce qu'ils étaient venus faire là. Ces sorties-là pouvaient être longues.

Une nuit, par exemple, ils étaient allés dans un endroit désert, où les maisons étaient cassées, vides, pleines d'ordures. Frenchie avait rencontré de nouveaux copains bizarres et, soudain, Conrado, Carole et la grande sœur de Suzie se retrouvèrent seuls. Carole et la sœur de Suzie attendaient en buvant de la bière, apparemment sans se rendre compte que les hommes assis par terre les regardaient d'une drôle de façon. Conrado trouvait qu'ils le regardaient trop et qu'ils chuchotaient entre eux. Carole était très nerveuse, mais elle tentait de le cacher. L'un des hommes reconnut la sœur de Suzie et l'invita à l'accompagner dans un coin plus isolé, pour fumer en paix. Carole la pria de rester mais l'idiote préféra s'en aller avec le gars. Un autre des hommes, un barbu, s'approcha alors pour demander la bière que Carole faisait semblant de boire. Après avoir bu quelques gorgées, il tenta de l'embrasser. Elle ne voulait rien savoir, et commença à se débattre et à dire des injures. L'homme attrapa alors Conrado par le cou et menaça de le voler si elle ne se laissait pas faire. Ce fut un moment horrible ; le vieux serrait très fort sa gorge, presque en le hissant du sol. Carole était paralysée, comme si elle hésitait entre embrasser l'homme ou partir en l'abandonnant là, avec ces fous. Les autres gens riaient ; l'enfant eut l'impression qu'ils allaient tous sauter sur eux pour les tuer. Il se débattit du mieux qu'il put, mais ça faisait trop mal et il commença à tousser. Carole se mit à crier comme une déchaînée, en appelant la police et au secours tellement fort que le vieux hésita ; il desserra son étreinte et Conrado put se dégager. Carole et Conrado coururent cette nuit-là, effrayés, s'écorchant les mains et les genoux sur les décombres car il faisait noir partout.

Le lendemain, Carole riait avec les autres en se moquant de la grande sœur de Suzie qui avait fait l'amour avec un clochard. Elle raconta leur fuite d'une façon plus héroïque, que le vieux était trop ivre pour se défendre et qu'elle lui avait cassé la gueule ; elle ajouta aussi que Conan avait fait usage de ses dents d'acier sur le poignet du clochard. Conrado répliqua par un simple sourire timide et baissa les yeux avec modestie. Il se souvenait pourtant très bien de la peur de Carole, de leur fuite, et qu'ils étaient arrivés sans le souffle à la maison, éreintés ; aussi, comment elle l'avait serré fort cette nuit-là dans son lit, en l'embrassant sur les lèvres et en maudissant l'écœurant de Frenchie.

Non, certaines des sorties n'étaient pas très divertissantes. Carole crânait. Elle lui faisait parfois penser à Natividad, ce qui n'était pas du tout rassurant. Puis, elle était devenue hantée par l'idée que son bébé Conrado risquait d'être enculé un de ces jours. Toutes les filles avaient des histoires à raconter où elles avaient été prises de force, quelques-unes par plusieurs gars à la fois, spécialement les nuits de grande fête. Qu'elles se mêlent aux groupes ou qu'elles tentent de jouer aux dures, tôt ou tard cela ne marchait plus et elles se retrouvaient seules, incapables de refuser de peur de perdre la face. Se soumettre en faisant mine de n'y attacher aucune importance signifiait appartenir. Puis, c'était la honte ; et dans un effort pour effacer l'humiliation individuelle, elles avaient envie de voir les copines subir le même sort. Elles pouvaient évoquer ces choses de façon ouverte, en blagues pour se vanter, mais le plus souvent elles entretenaient des haines cachées les unes envers les autres. Le groupe comptait davantage et cela pouvait devenir oppressant. Il était essentiel de se faire accepter, de jouer le jeu, de ne pas se faire exclure. Être punk était la seule bonne chose qui comptait dans leur vie.

Chaque fille était donc acculée au mur, et chacune survivait en tentant d'être la plus désabusée, la plus détachée de tout souci ou intérêt, la plus punk possible. C'était une sorte de pente glissante, Conrado l'avait ressenti sans toutefois le comprendre. Depuis qu'il était entré dans sa vie, Carole avait continuellement peur de le perdre. Elle ne pouvait pas cacher son appréhension que les autres chercheraient à le ravager, son beau bébé, pour qu'une fois encore ils soient tous égaux. Mais elle avait aussi peur pour elle-même, car la suite de la glissade, toute seule, l'épouvantait. Ses tentatives de récupérer Frenchie s'avéraient entièrement illusoires ; il était trop distant en avant de la pente, ses nouveaux copains jouaient trop dur, et Carole avait de plus en plus peur des demandes qu'elle ne pourrait pas refuser. Elle s'accrochait donc au petit garçon comme un naufragé s'accroche à une épave sans se poser de questions pour savoir où dérivent les débris.

Les confidences nocturnes de Carole, ses réactions de panique et ses accès d'amour augmentaient la peur du petit garçon.

La renommée de Conrado, qu'elle-même avait contribué à créer, ajoutait sans cesse à son angoisse. Suzie avait donné l'idée d'utiliser l'enfant pour mieux quêter aux sorties de métro, aux terrasses des bars et dans les files d'attente des cinémas. D'habitude, elles mendiaient assises, passives. Si cela fonctionnait un peu en hiver, en été, au contraire, les passants ne les regardaient simplement pas. Lorsqu'elles étaient seules, entre filles, les passants leur demandaient plutôt des *blow jobs* ou les invitaient à monter à l'hôtel, quand ce n'étaient pas les vraies putes et leurs pimps qui les chassaient violemment. Deux autres copines avaient obtenu un certain succès avec leurs chiots ; quelques clochards aussi commençaient à se faire accompagner de chiens paisibles et affamés pour attirer la pitié. Pourquoi pas Conrado ? Il faisait beau, les nuits étaient chaudes, et les copains avaient bien besoin d'argent pour leurs fêtes. C'était aux filles de se débrouiller. Normal.

Carole accepta d'essayer. Malheureusement, cela marcha à merveille. Les passants trouvaient le petit original, ils se souvenaient de l'avoir vu sur les plages du Sud l'hiver précédent, et l'enfant faisait une de ces mines adorables lorsqu'il était fatigué et qu'il s'endormait debout. Même que Carole et Suzie recevaient désormais des regards attendris, voire respectueux de la part des hommes ; jusqu'aux femmes âgées qui s'arrêtaient pour leur donner quelque chose.

Suzie La Bitch passa le mot aux autres : il fallait partager Conrado avec tout le monde, le petit était une mine d'or. Carole dut se fâcher, elles en vinrent aux poings et aux cheveux, et la quête fut interrompue. Mais le signal avait été donné au groupe, Carole s'était trahie en dévoilant ses attitudes bourgeoises, son attachement à la propriété privée de Conrado ; dorénavant, son amour exclusif envers l'enfant ne pourrait plus être caché. Mauvais signe.

Voilà pourquoi elle s'acharnait à instruire Conrado sans arrêt de tous les dangers possibles, dont celui qu'elle craignait le plus, être enculé. Ou être kidnappé pour ensuite se faire enculer, ce qui revenait au même.

Steve fut encore mis à profit pour expliquer à Conrado cette pratique étrange que le petit n'avait pas tout à fait l'air de concevoir. Il le fit verbalement et à l'aide de croquis obscènes. Si l'élève paraissait en saisir le sens propre, on n'avait cependant pas l'impression qu'il y attachait l'importance qu'il aurait fallu. En fait, Conrado trouvait toujours que ces choses bizarres des grandes personnes ne le concernaient pas, et il s'amusait davantage de l'acte même de dessiner ou des drôles d'efforts de son professeur. Carole pensa que s'il était témoin d'un enculage en règle de Mimi par les punks, cette vision constituerait un apport pédagogique de taille pour le convaincre de l'horreur de la pratique. Mais Mimi se montrait revêche, méfiante ; il était devenu difficile de l'approcher et impossible de l'entraîner ailleurs. Frenchie suggéra qu'on lui montre tout bonnement comment cela se passait au parc La Fontaine, la nuit, où les garçons se faisaient enculer par de beaux bourgeois. Ça le dégoûterait de bonne heure, si jamais il avait dans l'idée de gagner sa vie en se prostituant.

— Hé, Conan ! fit-il. Tu verras, ce n'est pas bien de se faire mettre jusqu'au trognon toutes les nuits. Ça ne paie presque pas. Trop de garçons se font la concurrence. Entre nous, ce n'est pas pour te blesser, mais les clients préfèrent les blancs, tu vois ? Et tu meurs du sida en moins de deux... Tu ferais mieux de vendre de la came, comme courrier. Pas de danger, tu es mineur. Avec une bonne protection, Carole, ce petit aurait de l'avenir. J'ai des copains qui seraient intéressés à l'essayer. Pas bête, Conan ; et bouche cousue comme il est, pas de problème.

Carole préférait qu'il regarde d'abord l'enculage. On verrait ensuite pour d'autres projets. C'est clair, pensa-t-elle, il serait mieux défendu, son petit bébé, si les gens du milieu s'intéressaient à lui. Fallait y penser, peut-être...

Mais l'observation des gens qui s'enculaient ne permit pas à l'enfant de mieux apprécier la chose. Il avait vu des hommes qui parlaient ensemble, très amicalement, pour aller ensuite s'embrasser dans les sous-bois du parc. Il était peut-être trop loin, il n'avait pas distingué les détails, le fait est que l'expérience ne l'impressionna pas outre mesure. Il fit tout de même plein de signes d'assentiment avec la tête, l'air soucieux, et des moues de dégoût, pour signifier que oui, il avait vu et cela lui paraissait réellement affreux. Pendant tout le temps, cependant, il pensait plutôt aux écureuils qui devaient dormir paisiblement dans leurs nids chauds et douillets, en haut des arbres, tout près des oiseaux et des étoiles.

Frenchie et Carole parurent satisfaits de cette leçon, et Steve ne revint plus sur le thème du suçage ou de l'enculage. Conrado avait tout compris et n'avait désormais aucune intention de faire la pute, ni de sucer, ni de se chatouiller, ni d'aimer, ni de rien du tout. Il était simplement trop confus devant ce monde où des choses si petites comme un zizi ou un trou de cul pouvaient prendre de telles proportions. Ça paraissait important même pour une fille douce comme Carole, qui visiblement avait peur de se faire violer, ou pour Steve, qui trouvait tout cela écœurant. Voilà bien un phénomène étrange que sa petite tête n'arrivait pas à intégrer. C'était quelque chose de mauvais, qui avait le pouvoir d'assombrir le monde et l'avenir. Mais n'était-ce pas ce même amour qui l'avait jeté dans cette vie d'errance ?

Conrado avait beau chercher autour de lui, chez tous les adultes qu'il admirait, nulle part il ne trouvait de traces de zizi. Par contre, les mains, les yeux, les muscles du corps étaient tellement plus capables de révéler de belles choses, d'émerveiller… Mais personne ne semblait leur donner de l'importance, c'étaient de pures évidences sans prestige ni secret. L'homme qui faisait tourner la pâte à pizza dans ses mains derrière la vitrine, par exemple : c'était un expert, et il était si heureux de son travail qu'il avait l'air de simplement jouer, de s'amuser pour ravir les passants. La pâte obéissait, docile, elle s'étalait et s'arrondissait chaque fois de la même façon, comme par magie, pour s'aplatir enfin sur le comptoir, prête à recevoir les choses colorées qui la transformeraient en pizza. En le faisant, avec bonheur, cet homme-là n'enculait pas, aucune fille ne le suçait, et ses gestes ne provoquaient ni peur ni larmes. L'enfant pouvait le regarder longtemps et ce n'était jamais ennuyant. Pour la première fois de sa vie, il concevait qu'un travail comme celui-là pourrait lui plaire, lorsqu'il serait grand ; passer ses journées à s'amuser avec la pâte de cette façon devait sans doute être agréable, comme le prouvait la bonne humeur constante de cet homme. Conrado craignait seulement de ne pas être capable de bien la faire tourner en l'air, ou de l'échapper par terre. Ça devait être très difficile...

Il aimait aussi les énormes trous dans les rues. Les ouvriers qui y travaillaient ne semblaient pas non plus s'occuper d'enculer qui que ce soit. Leur métier était trop beau, et Conrado pouvait constater leur fierté lorsqu'ils contemplaient le chantier d'un air sérieux, ou qu'ils nettoyaient soigneusement les abords du trou avec une attitude méprisante envers les passants. Ceux-ci, craintifs, déviaient leurs pas avec hésitation devant la majesté des trous, non sans jeter des regards surpris aux tuyaux rouillés et les câbles sinistres que l'excavation avait mis au jour, vers les formidables marteaux pneumatiques ou les bras musclés qui les maniaient. Voilà encore un spectacle digne d'être dégusté, exaltant, même si les gens ne semblaient pas le trouver aussi honorable que l'amour ou le suçage. C'était à n'y rien comprendre. L'enfant se laissait ainsi traîner à contrecœur par Carole et ses amies vers d'autres choses bien moins belles à voir, mais qui paraissaient autrement plus sérieuses aux yeux des adultes.

Un musicien de rue, le camion des ordures, les ambulances et les voitures des pompiers, les ouvriers perchés sur les poteaux, les gens qui lavaient les fenêtres des gratte-ciel, les immeubles en construction ou les jardiniers captivaient trop son regard. Il aurait voulu les suivre, se plonger dans ces vies-là, car il soupçonnait d'une façon confuse que derrière ces gens pouvait exister une réalité meilleure, rassurante, de laquelle la naissance ou le hasard l'avaient irrémédiablement séparé.

Le cul ou les fous, ou encore l'ennui mortel des familles nourricières qui l'avaient hébergé ; ça commençait à paraître trop peu, même pour une petite tête comme la sienne. Mais que faire d'autre s'il ne trouvait pas d'issue ? Il revenait sans cesse, dans ses rêveries, au seul individu de son milieu qui paraissait s'illustrer, se dégager de la grisaille par une passion personnelle : le tatoueur. C'était aussi celui qu'il connaissait le mieux, pour l'avoir étudié à diverses reprises, suffisamment pour apprécier son talent. Cet homme-là n'avait pas l'air de se soucier de ce qui se passait alentour et se concentrait uniquement sur le travail en cours. Que ce soit sur le bras d'un homme, sur la fesse d'une grosse femme ou sur le mou de la cuisse d'une jeune fille, juste à côté du zizi à peine voilé, ça ne changeait pas son attitude ; le tatoueur travaillait aussi absorbé, perdu dans son monde d'encres, d'aiguilles et de dessins magiques. Carole, Suzie et les autres le connaissaient bien ; Conrado savait qu'elles feraient n'importe quoi pour lui, qu'elles le craignaient tout en l'adorant en cachette, qu'elles rêvaient toutes de se laisser prendre entre ses bras, pourvu qu'il accepte de les transformer par ses dessins. Elles en parlaient souvent, sans aucun scrupule, parmi des rires nerveux, avec d'étranges fantaisies morbides qui mélangeaient les zizis et les aiguilles, les baisers et les lames de rasoir. Lui, le tatoueur, il ne les regardait presque pas, ni elles ni les autres qui attendaient là, tous semblables et si peu intéressants. Courbé sur le corps du client, sans rien dire, il travaillait, sans préférer l'un à l'autre, sans les distinguer, passionné uniquement par les traces lumineuses que laissait son instrument.

Mais c'était un monde distant, auquel l'enfant ne participait que comme spectateur, tout comme le monde des rues, celui des vitrines ou de la vie en général.

❑

L'été avançait. Conrado avait déjà vu beaucoup de choses de la ville, surtout la nuit, et rien de mal ne lui était arrivé. Il sortait moins depuis déjà deux ou trois semaines, plus précisément depuis la fois où Carole était arrivée en pleurs et blessée au visage, et qu'elle avait dû rester couchée une journée entière. Elle n'avait rien voulu dire sur cet incident, mais depuis elle préférait sortir seule, et ne l'amenait que pour faire des courses. Ce ne fut d'ailleurs pas un mauvais changement car elle décida aussi de l'amener voir les animaux et les plantes en compagnie de Steve ; ils allèrent aussi regarder les insectes, et une autre fois ils passèrent la journée à s'amuser dans les manèges du parc d'attractions. C'étaient des sorties autrement plus agréables, même si la pauvre Carole n'arrivait pas à cacher son ennui. Elle ne se sentait pas bien sans la présence de ses amis punks. Mais peut-être qu'elle les évitait expressément... Julie avait répondu à Frenchie que Carole était partie en voyage, même si elle était simplement cachée dans sa chambre ; Suzie aussi était venue la chercher et elle n'avait pas voulu se montrer. Ou elle était peut-être malade, et c'est pour ça qu'elle avait dû aller à l'hôpital. Julie se plaignait que Carole ne mangeait pas, qu'elle allait devenir anorexique et qu'elle finirait par mourir. Ce n'était qu'une exagération, bien sûr, car elle mangeait quand même, mais seule dans sa chambre en écoutant ses disques. Curieusement, elle était malgré tout plus calme, plus douce avec l'enfant, moins empressée de le serrer comme s'il allait s'évaporer.

Un après-midi, Carole l'amena voir les hommes qui se déguisaient en femme. Un des gars qui travaillaient dans ce bar-là les reçut en cachette pour leur donner un paquet de vêtements usagés à l'intention de Julie. Il ne fallait pas se montrer car ce n'était pas un endroit pour un enfant, et ils durent entrer par une porte arrière dans une sorte de cour infecte, et passer par une cuisine. Ces hommes étaient tous des artistes, très sympathiques, et ils paraissaient contents de la présence de Conrado. Carole ne semblait pas très à l'aise, car ils ne se gênaient pas pour lui dire, étonnés, comment ils la trouvaient mal habillée. Mal coiffée et mal maquillée aussi, insistaient-ils avec des grimaces; et plus d'un s'offrit pour lui apprendre à mieux s'occuper de sa personne. Elle finit par se prêter au jeu malgré la gêne.

Après une première réaction de surprise devant tous ces visages poudrés, ces sourires exagérés et ces yeux qui semblaient danser dans les orbites, Conrado s'émerveilla du savoir-faire de ces artistes déguisés. Le résultat sur le visage de Carole était très beau, elle ressemblait tout à fait à une fille; d'ailleurs, plusieurs de ces hommes paraissaient mieux en femme que la plupart des femmes qu'il avait connues. Et ils étaient drôles dans leurs sous-vêtements rembourrés, avec des attitudes de maman à l'égard de Conrado, et ils avaient l'air de s'amuser beaucoup en imitant les mimiques féminines. Non pas pour faire peur, au contraire, mais pour rire uniquement, de la même façon que Julie lorsqu'elle se déguisait en chantant.

En ressortant par la ruelle, Carole ne put éviter la présence du policier qui les attendait. Elle ne sembla pas surprise ni agressive cette fois, et Conrado eut même la vague impression qu'elle n'était pas mécontente de le trouver là. S'étaient-ils donné rendez-vous ? Cela avait-il quelque chose à voir avec les hommes déguisés ? Bizarre, parce que ce type était un sale flic, un cochon et un matraqueur de jeunes gens. En tout cas, c'est ce que

Conrado avait entendu dire par tous les punks, Carole y compris. Ce Jean-Paul était en outre un policier qui ne s'habillait pas en uniforme, ce qui le rendait d'autant plus dangereux, car on ne le voyait pas venir.

À ce moment-là cependant, il avait simplement l'apparence d'une jeune homme costaud, souriant, qui ne cacha pas son plaisir de la voir mieux maquillée. Carole fut flattée. Conrado ne comprenait plus rien. Les deux avaient l'air d'amoureux qui se rencontrent. Jean-Paul l'embrassa, lui caressa les seins, mais Carole ne cria pas d'injures. Elle se laissa faire et lui présenta l'enfant en souriant. Ce Jean-Paul, qui était censé être un monstre, se limita à lui faire un clin d'œil accompagné d'un « salut, petit » bien chaleureux, innocent. Il alluma une cigarette et ils se mirent un peu à l'écart pour bavarder.

Tout en examinant les tas d'ordures accumulés dans la ruelle, et les stalactites brunes de graisse qui sortaient des conduits d'aération du bar, Conrado ne put s'empêcher de les surveiller du coin de l'œil, non sans une certaine appréhension. Carole se laissait encore embrasser et, visiblement, elle y mettait du sien. C'était drôle à voir puisque Jean-Paul était trop grand pour elle ; Carole avait beau se mettre sur la pointe des pieds, le flic devait se baisser quand même pour l'embrasser et pour caresser ses cuisses.

Leur jeu dura un peu, sans toutefois aller plus loin. Ils se quittèrent ensuite sans coups, sans cris ni arrestation. Chemin faisant, pour toute explication, elle se limita à dire à Conrado de ne pas s'en faire et de ne jamais montrer qu'il connaissait Jean-Paul. Cela pouvait être très dangereux… Très ! L'enfant, au contraire, avait trouvé le flic sympathique, et il avait remarqué que Carole s'était laissé embrasser bien différemment de quand c'était Frenchie ou les autres punks qui tentaient de lui empoigner les seins. Les filles… Peut-être que Carole se marierait avec Jean-Paul et qu'ils l'emmèneraient vivre dans leur maison. Mais non, c'était bête de penser à des choses du genre, il le savait bien. Combien de fois déjà ne s'était-il pas inventé une nouvelle famille, et combien de papas n'avait-il pas choisis pour peupler ses rêves ?

Le plus étrange, se souvenait-il, c'est que Carole s'était déjà fâchée violemment contre ce même Jean-Paul. Elle avait alors crié qu'il était une ordure d'enculé qui abusait des putes. Avait-elle simplement été jalouse ? Possible, car Jean-Paul était beau garçon et elle l'avait vu en train d'embrasser Pelotte sur la bouche, dans une ruelle pas loin de là. Pelotte était une pute jeune, ronde comme une boule et à la peau très blanche. Elle recevait ses clients dans une camionnette stationnée dans la rue. Tout le monde savait ça, et il paraît qu'elle était la protégée de Jean-Paul. Lorsque Carole les avait vus s'embrasser et ensuite entrer dans la camionnette, elle s'était mise dans une telle rage que Frenchie n'avait pu s'empêcher de lancer sa bouteille de bière contre le véhicule pour effrayer le flic et sa pute. Il avait fallu ensuite courir, au risque de se faire renverser par les autos, car Jean-Paul était toujours armé, sans compter que les pimps alentour détestaient les punks et le désordre.

❏

Un jour, tout à fait inopinément, Conrado fut réveillé de bonne heure : une travailleuse sociale était là pour le chercher. Julie et Carole paraissaient très énervées malgré l'heure matinale, et Magela s'affairait à préparer le café avec des sourires et des courbettes. Le premier moment de panique passé, l'enfant comprit que la Francine ne venait pas pour l'emmener dans une autre famille, mais uniquement pour l'accompagner quelque part. Pas la peine de ramasser ses choses, son *stock* comme les Francine disaient dans leur jargon. Julie et Carole viendraient aussi pour le raccompagner à la maison.

Il s'habilla, le cœur serré, car ce n'était pas la première fois que les adultes se mettaient d'accord pour mentir lorsque venait le moment de l'arracher à une famille. Le moment semblait grave, les regards étaient lourds, la travailleuse sociale avait l'air méchante, et Carole préféra s'habiller plus discrètement, moins punk. Steve tenta de l'encourager :

— Bonne chance, Conrad. Tu verras, ça passe vite, il n'y a rien là. Ne pleure surtout pas. Rappelle-toi qu'ils sont tous des menteurs.

Le voyage dans l'auto de la Francine augmenta la nervosité ambiante puisqu'elle conduisait d'une façon agressive, avec des coups de frein et des reprises brusques, et qu'elle se fâchait en marmonnant contre les autres chauffeurs. Le vieux médecin avait bien raison, pensa Conrado enfoui dans le siège arrière.

Le Centre des services sociaux, quartier général de toutes les Francine du monde, était une sorte de château ancien aux longs couloirs. Il fallait marcher en faisant attention ; les planchers résonnaient dangereusement et les gens affairés jetaient des regards sévères sur les visiteurs. Conrado était persuadé que tout était en quelque sorte de sa faute et il cherchait à se faire le plus petit possible pour éviter les baffes.

Dans une salle, assis autour d'une longue table, plusieurs personnes les attendaient pour décider de son sort. Il hésita avant d'entrer, se raidit et faillit s'enfuir en courant. Carole vint alors à son secours et le conduisit tendrement vers un siège, en face de la femme maigre qu'il n'osait pas regarder. Celle-ci tenait un bébé dans ses bras et paraissait à son tour éviter de se tourner dans sa direction.

Trop d'émotions, trop d'envies contradictoires et trop de souvenirs se bousculaient en même temps dans la petite tête de Conrado et l'empêchaient de se concentrer. Des serrements de gorge, des poings serrés et la peur des coups, tout ça ensemble accompagné de frissons et du frottement de ses plombages les uns contre les autres lui donnait l'impression de trembler et de flotter. Mais il ne bougeait pas, bien au contraire ; il était figé. Tête basse, pelotonné en boule, Conrado ressemblait plutôt à la pâte molle de la pizza avant que le rouleau ne vienne l'aplatir.

Ils parlaient entre eux, ils parlaient sans arrêt et échangeaient même des rires. Julie racontait des choses drôles, il percevait la voix claire de Carole, la voix rauque et hommasse de la Francine, les *r* trop roulés et pédants d'une vieille sèche qui était là, ainsi que les remarques trop lentes, interminables de l'homme barbu. Seule la femme avec le bébé ne disait rien ; peut-être qu'elle aussi avait la tête basse ou qu'elle avait peur de ce qui pouvait lui arriver.

Carole vint l'embrasser au bout d'une éternité.

Pourvu qu'elle ne dise rien, pourvu que ça finisse vite, pourvu qu'elle disparaisse, pensait Conrado en tentant de se réveiller du cauchemar.

Le souvenir de la voix de Steve lui venait au secours : ce sont tous des menteurs, ne te laisse pas attendrir, ne te fais pas d'illusions, t'es pas mieux qu'un chien, une guenille sale qu'on jette. Grandis, Conrad, pour les écraser tous, pour te venger. Il faut être fort, ne rien montrer, ne rien sentir. Conan, le barbare, souviens-toi, il ne se laisse pas faire. Ce n'est pas un enculé. Ne les laisse pas te voir pleurer…

De très loin, Frenchie lui rappelait d'être punk, de chier sur leur monde, de tout casser, de vomir et de se révolter.

Mais il n'osait toujours pas lever les yeux.

Carole insista avec douceur, comme elle seule savait le faire ; il se sentit aussitôt envahi par la senteur apaisante de son rouge à lèvres aux cerises. Il se laissa conduire en répétant dans sa tête le conseil de Steve : pas pleurer, Conrad, pas pleurer sinon ils t'enculent ; tu pleures pas, tu regardes droit devant toi, tu penses à rien d'autre que de bloquer les larmes.

Natividad était très changée, élégante, mais il la reconnut quand même. Le bébé ressemblait toujours à un singe maigre, surtout maintenant qu'il avait la tête velue et noiraude. La peau de son corps était d'un jaune gris, sale, et les veines bleues paraissaient plus nombreuses encore.

Elle l'embrassa de loin en faisant attention de ne pas bousculer l'avorton qui dormait, et tenta avec ses doigts d'entrouvrir ses lèvres pour voir son sourire d'acier. Il se raidit en fixant uniquement le bébé, et elle n'insista pas. Surtout, ne pas la regarder ; trop de choses tristes étaient là, qui se bousculaient et tentaient d'envahir son esprit. Pas pleurer, Conrad, t'es pas un enculé. Ils sont tous des menteurs.

Conrado fit le voyage de retour les yeux fermés, plongé dans un nuage de cerises et blotti dans les bras de Carole. Natividad était restée en arrière, très loin, dans une sorte de brume, et il n'avait plus envie de la voir étripée. Elle devenait simplement un mauvais rêve ; valait mieux ne pas y penser. Un rêve dangereux car sa voix cristalline, presque infantile, dans une langue sucrée aux accents mélodieux, avait le pouvoir de tout gâcher autour de lui. Et il tenait à survivre, à ne pas pleurer, à ne rien sentir, à ne rien montrer.

❑

Carole eut l'idée de fêter immédiatement l'anniversaire de Conrado, sans attendre le retour de la travailleuse sociale. Ils avaient oublié de demander sa date de naissance ; ils étaient quand même certains qu'il avait quatre ans. Donc, dorénavant il aurait encore quatre ans, mais il viendrait de les faire ; on corrigerait le tout l'année suivante. Il fallut expliquer au petit garçon ce qu'était un anniversaire, car il ne paraissait pas savoir que cela pouvait s'appliquer aussi à lui, en dehors des émissions de télévision.

Elle insista pour que la fête ait lieu le plus vite possible, en toute hâte, comme si un danger quelconque menaçait l'enfant. Était-ce à cause de l'entrevue avec

Natividad ? Pourtant, Steve, qui savait toujours tout, ne lui avait rien dit concernant cette visite au siège des services sociaux. Julie non plus ne semblait pas préoccupée. Carole, au contraire, était animée d'une sorte de frénésie qui se traduisait par des élans brusques de tendresse, par une surprotection accrue et par un désir insolite de le mettre au courant de toutes les méchancetés possibles auxquelles pouvaient être exposés les petits garçons. Comme le vieux médecin, elle insistait pour qu'il se souvienne de faire appel à la police au moindre soupçon. Il fallait qu'il apprenne à composer le 911 en gémissant, ou encore comment s'y prendre pour s'échapper en catimini d'une maison. L'usage des clés et des serrures fit l'objet de plusieurs exercices ; Carole ne cachait pas son désarroi lorsque les doigts de l'enfant s'avéraient trop faibles pour déverrouiller une porte. Le champ des méchancetés devint soudain très vaste, allant des éternels suçages et enculages jusqu'aux brûlures, aux coups de fouet ou à la pendaison. Il fallut aussi apprendre à faire fonctionner la cuisinière à gaz, au cas où il se trouverait seul et menacé par une explosion.

Carole n'expliquait pas le motif de tant de zèle, et Steve conclut qu'elle commençait à présenter des signes avant-coureurs de paranoïa. Sa propre mère, disait-il, était aussi une fanatique de la sécurité, comme toutes les folles, même si elle était incapable d'appliquer elle-même ses propres conseils.

— Elle sait même reconnaître des extraterrestres dans la rue, dit-il. Mais son copain fou, qui a l'air d'un martien, elle le trouve normal. Et beau, imagine-toi ! Si tu voyais, Conrad, comme il pue...

Un petit problème se posa lorsque vint le moment de choisir son cadeau d'anniversaire. Steve et Carole tentaient de le persuader qu'un jouet électronique de poche serait le meilleur achat, et qu'il suffirait de se décider entre les molécules mangeuses de chair, les fusées ennemies à abattre, ou les monstres qui avalaient les petits nains. Conrado préféra orienter la promenade dans une autre direction; son attitude paraissait si opiniâtre qu'ils le suivirent par pure curiosité. Une fois devant le salon de tatouage, ils comprirent enfin; amusés, ils lui laissèrent le temps de choisir parmi les dessins accrochés aux murs. Après mûre réflexion, Conrado opta pour un énorme Yosemite Sam habillé en pirate et portant un large sabre. Mais, hélas! Il le voulait tatoué sur sa poitrine...

Steve et Carole tentèrent de le dissuader en lui proposant toutes sortes de compromis, y compris des boucles d'oreilles, et ils lui offrirent de lui acheter une copie du dessin, même de plusieurs dessins, mais rien n'y fit. Il voulait un tatouage, un vrai; et que ce soit fait par l'artiste tatoueur de la même façon qu'il le faisait sur tous les clients.

Carole finit par accepter de parlementer avec le maître tatoueur. Naturellement, celui-ci ne voulait même pas en entendre parler. Il était défendu de tatouer des mineurs, surtout un mineur si petit, aux goûts si extravagants. Pas question non plus de lui tatouer des cœurs ni des fleurs, rien. C'était défendu, voilà tout. Il aurait son Yosemite Sam lorsqu'il serait adulte, pas avant.

Le retour à la maison fut triste car tant Steve que Carole s'étaient persuadés que Conrado avait droit au moins à un petit tatouage, quelque chose de discret, un souvenir, quoi. Sa peau était si basanée que ça ne se remarquerait pas. Qu'on refuse de le tatouer leur paraissait une atteinte aux droits des enfants. Une honte. Sans doute que les enfants des riches se faisaient tatouer tant qu'ils le voulaient, tout au moins aux États-Unis. Et avec cette discussion, ils avaient fini par écarter la possibilité d'un cadeau d'anniversaire plus prosaïque.

Le tatouage sur le bras de Conrado scella sa fraternité avec Steve et Carole, et il fut presque mieux réussi que s'il avait été fait par le tatoueur. Ils le firent le soir, très tard, religieusement, en présence de bougies et d'encens, à l'aide d'une aiguille et d'encre d'écriture.

— Ça va faire très mal, Conrad. Es-tu certain que tu le veux ? demanda Steve pour la forme après que Carole eut stérilisé l'aiguille dans de l'eau de Javel et puisqu'ils avaient tous hâte de vivre l'expérience.

Il répondit par un sourire.

Ça faisait très mal mais il ne bougea pas. Carole travaillait lentement, trou par trou à la verticale sur la peau tendue que Steve tenait entre ses pouces. Elle s'arrêtait pour bien humecter d'encre à l'aide de Q-tips, pour bien frotter, et reprenait ensuite à la même place tout en épongeant les gouttelettes de sang. Conrado faillit dormir entre ses cuisses tant le petit C fut long à exécuter.

Puis, ce fut le tour de Steve, qui endura son petit S d'une façon tout autant courageuse. Enfin, Carole se contenta d'un minuscule grain de beauté sur son propre avant-bras gauche. Mais elle promit que ce n'était que le début d'un large tatouage en forme de papillon. Elle le ferait faire par le tatoueur lorsqu'elle aurait suffisamment d'argent, et elle demanderait d'y inclure deux C entrelacés dans un cœur.

Steve était si exalté qu'il en vint à considérer que le métier de tatoueur était plus intéressant que celui de policier. Conrado rêvait de son Yosemite Sam, en costume de Conan le barbare cette fois. Plus tard, un jour…

La fête d'anniversaire eut lieu un vendredi soir dans l'intimité de la petite famille. Les seuls invités de l'extérieur étaient Jacqueline, Victor, le père Euphège et, curieusement, le policier Jean-Paul. Magela avait fait venir des pizzas, des mets chinois et des sorbets ; Conrado eut droit à un beau gâteau avec quatre chandelles. Victor chanta le soleil se levant sur la montagne d'une voix presque claire après quelques verres de bière. Euphège bénit tout le monde et il pardonna une fois de plus les péchés des nègres et des étrangers qui n'étaient pas anglais. Il raconta ensuite comment saint Conrad avait une fois avalé une araignée qui était tombée dans le calice pendant la messe. Il conseilla même au petit Conrado d'en faire autant, que ce soit avec une araignée, un papillon ou une mouche. L'effet de sainteté serait pareil, quel que soit l'insecte choisi. Puis, après qu'il eut appris que Julie s'appelait en fait Julienne, Euphège se moqua d'elle en disant qu'elle avait été torturée et décapitée à cause de ses relations avec Belzébuth. Cela ne fit qu'exciter davantage la joie de Julie ; ne réussissant pas à entraîner Jean-Paul à danser, elle se mit alors à tourner autour du pauvre Magela, en l'appelant Belzébuth. Tout ça, naturellement, sous les cris de Victor, qui tentait de surpasser les chanteurs du stéréo.

Jean-Paul offrit un livre de Schtroumpfs à Conrado, Steve lui donna un sac de pièces Lego ; Jacqueline, Julie et Magela lui offrirent des souliers neufs. Mimi, toute gênée, lui déposa une pièce de vingt-cinq cents dans la main. La veille, entre les couvertures et parmi beaucoup de baisers, Carole lui avait donné une énorme boîte de crayons de couleur.

La fête avait été si belle, si émouvante, que Conrado ne fut même pas jaloux quand il vit Carole et Jean-Paul s'enfermer dans la chambre, en amoureux. Steve était si bavard et si content de la cicatrisation de leurs tatouages qu'il passa une bonne partie de la nuit à parler à Conrado de leur avenir.

Trois jours plus tard, on vint le chercher. Il passa devant un juge endormi, il entrevit de loin Natividad et, le soir même, il repartit avec son *stock*, vers une nouvelle famille nourricière. Carole sanglotait, Steve l'exhorta à être dur, Julie et Magela promirent d'aller le visiter bientôt. Mais il ne les revit plus jamais.

10

Le quatrième sceau

Il était impossible de saisir ne fût-ce qu'une bribe de cohérence dans ces changements brusques de vie.

Conrado avait beau être habitué aux ruptures, aux chocs et aux pertes, chaque nouveau départ constituait une surprise messagère de vide. Pour la première fois cependant, il laissait derrière lui des liens très vivants, des espoirs conscients et une existence dont il commençait à saisir le sens. Il avait autrefois perdu une partie de son corps en perdant Natividad ; c'était quelque chose d'irrationnel qui resterait à jamais caché dans son esprit. La cicatrice était en voie de formation ; elle serait plus ou moins solide et flexible selon ce que le reste de sa vie viendrait ajouter à la plaie. La perte de Carole et de son copain Steve était d'une nature différente, plus réelle et plus humaine. Plutôt que la mélancolie qui paralyse, Conrado éprouva alors un sentiment plus intense, confus, bouleversant et révoltant à la fois, mélangé de rage et de mort, et qu'on appelle la tristesse. Un sentiment porteur d'avenir. Cette fois-ci, s'il ne s'éteignait pas aussitôt, il en ressortirait trempé. Quel usage ferait-il de cet acier de l'âme, deviendrait-il battant, maillet, rasoir ou enclume, chaîne ou poignard ? Ça restait à voir.

Pour le moment, il s'agissait de ne pas couler, de flotter en tentant de forcir. De toute façon, il ne pouvait pas savoir que ces pertes étaient définitives. Le souvenir, l'espoir de tout retrouver comme avant sont de puissants élixirs, et s'ils ont des vertus dormitives, ils servent quelquefois de stimulants. On ne peut jamais prévoir comment réagira un être humain, car le métabolisme qu'il effectue de toutes ses rencontres est trop mystérieux et complexe. Plusieurs l'appellent destinée, quelques-uns liberté ; les élus l'appellent vengeance. Mais son heure n'était pas encore venue.

Il souffrait donc en silence, les poings fermés, en prétendant qu'il était un barbare, un exclu et un punk, même s'il savait désormais que ces masques-là ne servent qu'à cacher la peur. Son petit tatouage s'ajoutait à ses dents d'acier ; et, si dès le premier soir sa nouvelle mère nourricière lui avait confisqué son *dog-tag*, elle ne pouvait rien contre l'image du vrai Conan ni contre la tendresse moite de l'odeur de cerises sous les couvertures.

Avaient-ils expliqué le pourquoi de ce nouveau foyer ? Possible. Le juge avait marmonné des choses, les messieurs de la cour avaient regardé dans la direction de l'enfant, la Francine à la voix d'homme avait lu des pages et des pages de son dossier. Conrado n'avait pas prêté attention aux détails. Sinon, il aurait su qu'il s'agissait d'un placement définitif, à long terme, pour toujours, chez une famille expérimentée dans ce type de choses, laquelle saurait protéger à la fois l'intérêt de l'enfant et celui de la société. Il y serait d'autant plus à l'aise que ces nouveaux parents avaient de l'expérience avec les étrangers et d'autres cas difficiles. D'ailleurs, ils hébergeaient depuis longtemps une enfant de même provenance que le pupille en question, et celle-ci, une fillette âgée de onze ans, se débrouillait déjà assez bien en français.

Le foyer nourricier de Denise et Réal était dans un quartier situé très loin. Mais, pour un apatride, qu'est-ce que cela veut dire, loin ? Loin de quoi ? Loin de la berge ? Loin de la vie, de l'amour, loin de la mort ?

C'était une maison calme, ordonnée, propre, silencieuse, tout à fait propice à la rêverie et aux projets d'avenir.

Le soir de son arrivée, Conrado fut baigné et examiné avec soin par Denise. Cette femme sévère et efficace n'était pas méchante cependant, et elle ne le frappa pas lorsqu'elle découvrit son tatouage. Se souvenant qu'il ne savait pas parler, elle se limita à secouer la tête et gratta la croûte de la plaie dans l'espoir d'effacer l'inscription. Elle tenterait sans succès la même manœuvre à diverses reprises, mais cela ne ferait que raviver la fierté de l'enfant : Carole savait s'y prendre pour tatouer, ce n'était pas cette idiote qui arriverait à tout détruire. Ça faisait mal ? Tant mieux ; c'était la preuve qu'il avait toujours son petit C. Il lui arrivait de raconter cela à Steve et à Carole en pensée, histoire de rire, ou à Frenchie, pour l'entendre pester contre les trous de cul.

Après le bain, habillé d'un pyjama neuf, il fut présenté à Réal, un monsieur d'âge moyen en savates avec une grosse bedaine, sans qualités ni défauts apparents. Il n'avait pas l'air méchant, lui non plus, seulement effacé, davantage préoccupé par la partie de hockey à la télé que par l'arrivée du nouveau venu. Guadalupe, qu'ils appelaient Gada, était une petite fille boulotte, timide, assez grande pour son âge, à la peau olivâtre et aux merveilleux cheveux noirs très épais. Elle regarda Conrado avec un sourire discret, caressa ses cheveux et lui dit :

— Bonjour, Conrado...

— Conrad, s'empressa de corriger Denise. Il s'appelle Conrad. Souviens-toi, Gada. Le petit garçon veut apprendre le français, et je compte sur toi pour l'aider. Faudrait pas que tu te mettes à parler d'autres langues avec lui, après tous les progrès que nous avons faits, n'est-ce pas ? Il a quatre ans et ne sait pas encore parler. On va donc commencer de la bonne façon.

— On est au Québec, Gada, pas dans ton île, cracha Réal sans les regarder.

— Il ne faudra pas non plus prendre la mauvaise habitude de toujours lui faire des signes. Sinon, on finira tous par ressembler à des sourds-muets. Il apprendra. Paraît-il qu'il comprend déjà assez bien ; ce n'est qu'un caprice, ou un blocage. Ça va passer. On lui fournira de bons modèles. Sa travailleuse sociale va me donner un programme de stimulation destiné à le préparer à la classe d'accueil pour les étrangers.

Ils mangèrent en silence pendant la partie de hockey. Conrado put alors les examiner discrètement, et il constata aussi qu'on y mangeait bien, malgré l'abondance de légumes cuits à l'eau. Il laissa d'ailleurs ceux-ci sans les toucher et fit mine de ne pas comprendre lorsque Denise tenta de le convaincre de tout manger. L'enfant la regarda droit dans les yeux, il fronça les sourcils en imitant Frenchie, et elle céda.

Steve avait raison : il fallait s'imposer dès le début, montrer qu'on n'était pas un enculé.

— Tout ce qu'ils peuvent te faire, Conrado, c'est te punir, avait-il dit au moment de se quitter. Ce ne sera jamais aussi douloureux que le tatouage. S'ils ont peur de toi, ils te laisseront en paix. Sinon, mieux vaut en finir tout de suite. Montre-leur tes dents, ça fera une bonne impression.

— Gada, tente un de ces jours de lui montrer à manger la bouche fermée, veux-tu ? demanda Denise. Il est affreux lorsqu'il expose ses dents.

— Ces immigrés... reprit Réal. Tu parles d'une façon d'arranger les dents. Il ressemble à Touco. Te souviens-tu, Denise ? Le Mexicain drôle, un peu débile, dans ce film, *Le bon, la brute et le truand* ? Hé, Touco ! Fais voir tes dents, ajouta-t-il en riant, sans toutefois remarquer les sourcils froncés du petit garçon.

La routine du foyer de Denise et Réal était simple et, comme partout, il s'agissait en premier lieu de ne pas déranger les autres, surtout la maman. Denise passait le meilleur de son temps enfermée dans sa chambre devant sa télévision, parmi une multitude de pots de crème et de lotions contre les rides. Elle regardait seule ses émissions et ses vidéocassettes en attendant la disparition des rides, des vergetures, des poches de graisse et des cheveux blancs. Réal, quant à lui, s'affaissait sur le canapé du salon devant le gros poste de télévision et ne rejoignait la chambre conjugale que pour dormir. Guadalupe faisait ses devoirs d'école sur la table de la cuisine, elle aidait au ménage et à la cuisine, et elle regardait les émissions choisies par Réal, sans préférence aucune, se contentant de ce qui apparaissait à l'écran. Sinon, elle restait tranquillement dans sa propre chambre. Conrado allait s'habituer à ce style de vie et, l'ennui aidant, il se retrouverait très souvent seul à seul avec Guadalupe pour l'entendre parler espagnol.

Effacée, n'ayant l'air de rien, la fillette était cependant une artiste du déguisement. Elle comprit vite que le garçon aimait sa langue et elle ne se gênait pas pour la parler en faisant montre aussi de ses qualités de traductrice. Si ça dépendait d'elle, Conrado serait bilingue.

— Tu me comprends, n'est-ce pas ? Ta maman te parlait comme moi, je sais. Mais ne laisse pas Réal et Denise s'en rendre compte. Ils n'aiment pas les langues des nègres ni l'anglais. Ils ont peur qu'on complote, c'est tout.

Elle n'était pas jolie ou sensuelle comme Carole, et il n'était pas question de baisers ni de caresses. Mais elle avait une façon de l'aimer comme une grande sœur qui était très agréable. Elle était aussi complice et copine, plus à la façon de Steve, rassurante. Dès qu'elle se rendit compte que Conrado avait aussi une double nature, qu'il savait bien se déguiser, elle se mit à la tâche de le renseigner et de l'instruire.

Curieusement, cependant, il y avait chez Guadalupe une sorte de barrière ou de pudeur qui s'installait de temps à autre sans motif apparent, et qui la rendait distante, renfermée et boudeuse, parfois même très irritable. À ces occasions, elle se retirait dans sa chambre, elle ne se laissait pas approcher et renvoyait le petit garçon avec des gestes brusques. Elle pouvait aussi bouder à table, sans rien manger, la tête basse et l'air idiot. Ces façons énigmatiques étaient d'ailleurs acceptées sans commentaire par Denise et par Réal, qui y étaient habitués.

Tout comme Conrado, Guadalupe ne savait pas pourquoi elle avait été placée. Elle ne parlait pas de sa propre famille et ne questionnait jamais l'enfant sur son passé. Apparemment, pour toute identité, sa langue seule lui était restée, et elle y tenait en cachette avec une singulière insistance. Ses tentatives de s'exercer à la parler avec Conrado prenaient des allures de devoirs d'école, où elle faisait la maîtresse. Elle voulait le faire parler, mais en espagnol uniquement, et s'efforçait de le bombarder en répétant tout ce dont elle se souvenait, en traduisant les conversations, les émissions de télé ou simplement en nommant les choses et les parties du corps. C'était sa lubie à elle pour ne pas sombrer dans le vide, de la même façon que Conrado avec ses histoires, Mimi avec sa collection ou Steve avec sa mère. Ce n'était pas désagréable, loin de là, car la fillette inventait sans cesse des jeux pour que cela ne devienne pas lassant. Conrado aimait l'écouter, les yeux fermés, pour ensuite pointer de mémoire les objets mentionnés ou pour mimer les choses qu'elle avait décrites. Et toujours sur le qui-vive pour ne pas que les adultes s'en aperçoivent.

Réal ne vivait pas d'allocations comme la plupart des autres papas, mais Conrado ne l'entendit jamais parler de son travail. Il sortait chaque matin avec son sac à lunch et son thermos de soupe, et revenait le soir pour se planter devant la télévision. Ses autres sorties étaient d'aller au marché ou de changer l'auto de place dans la rue, à cause des contraventions. Les fins de semaine, il dormait, il lavait son auto, il balayait les feuilles du jardin ou la neige de l'entrée, et il prenait des Cuba libre en regardant la télévision. C'était vraiment un homme tranquille.

Lorsqu'elle n'était pas enfermée dans sa chambre à se beurrer le corps et les cheveux, Denise faisait le ménage, elle lavait le linge et cuisinait, mais sans chanter ni danser. Elle se déguisait uniquement avec ses bigoudis sur la tête. Son plaisir était de sortir avec ses amies le samedi soir. Elle n'aimait pas non plus les chatouilles, et si Réal lui frôlait les fesses en passant, ou s'il s'approchait d'elle avec des intentions, comme elle le disait, sa réaction sèche était assez claire pour le dissuader. C'était peut-être à cause de ça qu'ils n'avaient pas d'enfants, et qu'ils devaient se contenter des enfants étrangers.

Conrado se réveillait le matin pour que Denise fasse les lits. Elle ne tolérait pas le désordre. Il se changeait, il prenait son bol de céréales, et restait devant la télévision jusqu'au retour de Guadalupe. Il mangeait et il retournait devant la télévision, ou il jouait avec des Lego et ses crayons de couleur en attendant le soir. Il ne se passait rien dans la rue, pas la peine de regarder par la fenêtre. Puis, ils mangeaient tous les quatre devant la télévision du salon; Guadalupe faisait ses devoirs, elle lui donnait ses leçons d'espagnol, il prenait son bain et ils allaient dormir.

Cette routine changerait, on l'avait bien averti, lorsque viendrait le moment d'aller à l'école. En attendant, il vivait comme un zombi.

Conrado avait ainsi tout le temps pour rêver et ne s'en privait pas. Son monde intérieur, autrefois peuplé uniquement de personnages fictifs, était devenu beaucoup plus flexible après ses expériences de la rue et les récits de Steve. Ceux des fous aussi. Il s'amusait à imaginer les nombreux martyrs si chers au père Euphège, mais en variant les figurants d'une façon bien personnelle. Il savait désormais mettre en scène des narrations selon des thèmes, et plus d'une Francine fut ainsi enculée par des bandes de punks, suppliciée par des sauvages et des nègres, ou encore obligée par des policiers à travailler comme pute en plein hiver. Il créait des mamans suceuses, des accidents et des meurtres formidables, des chantiers de construction colorés en forme de blocs Lego, des tatouages magnifiques et des monstres hybrides. Il y avait des papas qui se déguisaient en femme ou qui devenaient clochards, des escadrilles de pizzas volantes attaquant les passants, des hordes de chiens affamés parcourant la ville à la recherche des méchants, ou simplement des villages schtroumpfs où les petits enfants trouvaient refuge. Denise était parfois enfermée nue dans la pension de Jacqueline, où les fous l'empoignaient en bavant, et ils dansaient autour de son corps pour se moquer de ses rides. Il s'amusait en particulier lorsqu'il offrait de grosses quantités de cidre à tous les fous ; ceux-ci se mettaient alors à chier jusqu'à faire déborder la maison dans la rue tel un gigantesque cloaque. L'inondation qu'il avait vue un jour d'été devenait alors un torrent de merde et charriait les gens, les autos et les arbres, pendant que les punks faisaient du ski nautique sur d'énormes pizzas. Les personnages de la télévision se mélangeaient aux gens réels sans aucun scrupule, et ses histoires devenaient si baroques qu'il ne voyait presque pas le temps passer. À d'autres moments, cependant, au beau milieu d'une histoire amusante, voilà que surgissaient soudain Natividad, Carole, Steve ou Krishna, même Bugs Bunny, et que des choses horribles leur arrivaient, pleines de sang et de cris. Ce n'était pas drôle du tout. Il ne s'en rendait pas compte aussitôt car, lorsqu'il rêvait de la sorte, il ne contrôlait pas entièrement le mécanisme de la chose. C'était comme une espèce de cauchemar ; tout à coup, il se trouvait dedans sans savoir comment, et se débattait, effrayé, en cherchant à tout effacer. Il avait ainsi été le spectateur de viols successifs de la petite Carole, il avait suivi Mimi dans son étrange quête de vingt-cinq cents, et Steve se faisait torturer par sa mère folle... Jusqu'à Pelotte, qu'il avait suivie tant de fois pour regarder tout ce qu'elle devait subir dans sa camionnette fermée.

Cette suite sinistre de souvenirs imaginaires commençait d'ailleurs à le fasciner davantage que les histoires de la télévision ; il avait l'impression d'y apprendre le côté concret de certaines choses d'une vie qui était jusqu'alors restée trop lacunaire. Étaient-ce des inventions ou des souvenirs ? Ça commençait à ne plus avoir d'importance. Le résultat de cet exercice était quelquefois singulièrement apaisant ; il laissait le gamin dans une sorte de stupeur qui annihilait le monde et qui effaçait toute implication affective de sa part. Par un effet d'accoutumance, l'itération de l'horreur banalisait même l'inconcevable : ce n'était donc que ça, et dans la mesure où il savait les reproduire, les pires choses gagnaient la même lassitude endormante de la routine quotidienne et des émissions télévisées.

Conrado arrivait aussi à jouer même avec les choses tristes, en innovant les images ou en superposant les scènes comme dans les vidéoclips. Il faisait parler les gens en espagnol, ou il leur donnait le timbre de voix et les mouvements comiques des dessins animés. Les viols, les meurtres ainsi représentés devenaient parfois si cocasses qu'il éclatait de rire sans s'en apercevoir. Lorsque les autres le surprenaient dans cet état, hilare, effrayé ou hébété, ils faisaient semblant de ne pas le remarquer. Mais c'était évident qu'ils en avaient peur.

— Touco est encore dans les nuages, gelé, commentait Réal. Il a l'air camé, ce petit. Les Noirs sont pas mal forts sur le vaudou... Hé, Touco ! Raconte-nous ce qui t'amuse tant.

— Laisse-le Réal, ça peut empirer, répliquait Denise à voix basse. C'est apeurant ; il a l'air d'halluciner. Pourvu qu'il ne fasse pas de crises d'épilepsie... Gada, occupe-toi de lui, veux-tu ?

Guadalupe n'avait pas peur de Conrado. Elle pouvait aussi le consoler lorsqu'il paraissait trop triste ; elle l'invitait alors à dessiner ou à regarder ses livres d'images pendant qu'elle répétait ses leçons. Le petit garçon, au contraire, encouragé par son effet sur l'entourage et chaque fois plus absorbé par sa passion, se réjouissait de la solitude ainsi obtenue.

Le temps passait sans avoir l'air de passer, la tristesse se voilait dans la brume ambiante, et Conrado refaisait ses forces. Il s'habituait à cette famille inconnue et rêvait à l'école, dont Steve lui avait dit tant de bien.

❏

Certaines choses se gardent difficilement cachées dans une petite maison, même la nuit. Et puis, la routine et l'encroûtement aidant, les gens oublient leurs précautions du début, ils baissent la garde et finissent par se trahir. Conrado était déjà devenu un objet familier, silencieux, bien commode ; même les crises que les parents avaient appréhendées ne s'étaient pas matérialisées. Il ne parlait toujours pas, mais il y avait peut-être du bon dans cela. S'il suivait si bien la vie de la maison, s'il était tranquille et peu encombrant, pourquoi s'en faire ? Il parlerait à l'école, si jamais il était capable de parler. Ou il était tout bonnement muet, auquel cas il s'exprimerait par signes, comme les muets à la télé. De toute façon, quelle différence cela pouvait faire, entre parler par signes ou parler avec l'accent affreux de Guadalupe ? Malgré ses bonnes notes à l'école, la fillette parlait toujours le français avec son terrible accent, dont elle ne se débarrasserait sans doute jamais. Quant à Conrad, qui avait en outre l'air un peu demeuré, il ne fallait pas trop espérer.

— Il ne s'appelle pas « con » pour rien, disait Réal, lorsque le petit, faisant mine de ne rien comprendre, ajoutait en plus une des mimiques d'idiot qu'il avait apprises autrefois chez les fous. Hé, Touco, fais voir tes dents... Un vrai sauvage, mais un bon diable quand même... Viens ici, ici, à côté de moi, là, comme ça, au chaud...

Conrado s'était bien rendu compte de la façon qu'avait Réal de chercher les contacts corporels. Cela l'avait étonné, car d'habitude c'étaient les femmes qui avaient les mains baladeuses. C'étaient elles aussi qui aimaient les accolades chaudes, les baisers impromptus, les intimités insolites ou les fouilles allant jusqu'aux clystères. Sauf les fous exhibitionnistes et masturbateurs impénitents, l'enfant n'avait jamais vu un homme montrer ses parties expressément. Mais combien de fois n'avait-il pas été en présence de fesses, de seins et de zizis de mamans pourtant à l'apparence prude, rigides ou franchement trop vieilles ? Elles trouvaient toujours de vagues prétextes, comme ça, par hasard, en passant, pour un « Gratte-moi ici, veux-tu ? Ça me démange », un « Regarde voir comme j'ai la chair de poule », un « Viens donc me savonner le dos », ou, le plus fréquent, un « Est-ce que tu me trouves belle, dis ? ». Ça n'allait pas plus loin, mais ça se répétait trop souvent pour passer inaperçu. S'il n'avait pas changé de foyer, sans doute qu'à un ou deux endroits au moins ça aurait fini comme chez Ruth. On se souvient bien de ce genre de choses, surtout de celles interrompues sans qu'on sache pourquoi, ou des mamans languissantes qui promettaient tant.

Denise détestait les contacts physiques. Son mari, en contrepartie, les cherchait activement, à tout propos, comme si sa main avait un besoin continuel de tâter distraitement des chairs douces, des cheveux ou la chaleur des vêtements. Seul sur le sofa, il n'hésitait pas à se caresser sous son survêtement, ou à se gratter longuement en faisant mine de s'examiner. Le plus souvent, c'était

Guadalupe qui lui servait d'ourson en peluche ; elle se laissait faire, passive, le regard distant et sans expression, collée à lui « pour faire plus chaud », pendant qu'il parcourait ses cheveux, ses jambes, le lobe de son oreille ou les bourgeons précoces de sa poitrine.

Peu après son arrivée, Réal tenta la même manœuvre avec Conrado, et ne s'étonna pas du refus brusque de l'enfant. Il renouvela ses avances à quelques reprises mais sans trop insister. Il garda ensuite l'habitude taquine d'inviter l'enfant à s'approcher, à la façon d'une blague, en se moquant de son attitude farouche, « sauvage ».

Guadalupe était plus obéissante et s'y pliait chaque fois qu'elle voulait regarder la télévision. Denise ne semblait pas porter attention à ces choses ; elle s'enfermait tout le temps dans sa chambre et n'avait d'ailleurs jamais l'occasion de voir les caresses le plus intenses que Réal savait faire. Quand elle était au salon, il se limitait à se coller contre la fillette, sa « grande belle toutoune » comme il l'appelait, sans trop dépasser les limites de ce que pouvaient faire les papas très, mais très, très amoureux et distraits.

Ça n'allait jamais trop loin, et si Guadalupe devait faire ses devoirs ou si elle restait dans sa chambre, Réal ne l'importunait pas.

Or, les nuits étaient devenues plus longues au fur et à mesure que Conrado passait ses journées à rêvasser. Il lui arrivait parfois de ne pas s'endormir, ou de ne s'endormir qu'à moitié à force de poursuivre ses histoires imaginaires. Il surveillait aussi le bruit que faisaient les autres en allant aux toilettes, leurs routines avant de s'endormir, et ensuite les grincements de la maison, les rares ronrons de la rue et le gémissement du vent dans les fenêtres. Chaque maison a des bruits différents, savait-il déjà, et il se divertissait distraitement à les comparer les unes aux autres, à s'en souvenir et à scruter la nuit.

Denise faisait sa ronde de surveillance de façon méthodique et se retirait dans sa chambre. Réal tardait à se coucher, particulièrement les fins de semaine lorsqu'il pouvait prendre quelques verres de bière de plus, ou de rhum avec du Coca-Cola. Il avait enseigné à Conrado comment le servir, et se faisait un plaisir de lui commander comme s'il était au bar.

— Touco ! Une blonde bien servie... faisait-il en claquant les doigts. Attention de ne pas la secouer.

Conrado trouvait ce jeu amusant ; lorsqu'il lui servait des Cuba libre, l'enfant se permettait toujours quelques gorgées de Coca-Cola, en cachette, car Denise trouvait que cela n'était pas bon pour la santé.

— Touco ! Un Cuba libre bien tassé ici, pour le monsieur Réal, sur le sofa. Apporte aussi des cacahuètes, garçon ! Je t'en donne quelques-unes, avant de te brosser les dents. Allez ! Pour la demoiselle aussi...

Lorsqu'il continuait à boire très tard, en regardant la télé, Réal se promenait doucement du canapé aux toilettes, il rotait et pétait, et il démontrait un zèle particulier à surveiller le sommeil de Guadalupe. Conrado s'en rendit compte et, depuis son lit, les yeux fermés, il commença à s'y intéresser. Les événements étaient rares dans cette maison, et la moindre nouveauté était la bienvenue. C'est ainsi que, au milieu de l'hiver, l'enfant finit par connaître le secret des sautes d'humeur de Guadalupe.

Est-ce que Denise était au courant de la nature de ces visites nocturnes ? Elle ne le montrait pas, en tout cas, et paraissait régler ses allées et venues de façon à ne jamais devoir s'en rendre compte. Cela n'avait pas l'air d'être nouveau ni inhabituel : Guadalupe savait quoi faire et ne s'opposait jamais, et Réal ne semblait pas trop soucieux de se cacher. Les premières fois, certes, il était venu voir si Conrado dormait vraiment, et avait paru hésiter. Peu à peu, il avait abandonné les précautions au point d'amener Guadalupe sur le canapé, un soir, lorsque Denise était sortie.

Conrado fut d'abord fasciné par la vision illuminée du salon, mais vite un sentiment étrange et nauséeux l'envahit lorsqu'il se concentra sur la passivité endormie de la fillette. Son petit corps rondelet à la peau olivâtre faisait un drôle de contraste avec la nudité poilue et flasque de l'homme. Steve l'avait bien dit, se souvint-il, ça se faisait vraiment. Ce n'était pas beau à voir car le visage de Réal paraissait transformé, hideux, et son expression indiquait quelque chose se situant entre la douleur et la folie. Guadalupe semblait éprouver des douleurs suivies de crispations et de rictus d'étouffement, l'air écœurée comme si elle allait vomir.

Depuis son coin sombre, Conrado attendait pour voir la suite. Ils étaient peut-être morts, tous les deux. Ou viendraient-ils ensuite pour l'attraper ? La peur le paralysait. Autrefois, lorsqu'il avait été témoin de la méchanceté de Chris et de ses copains sur une jeune fille, tout avait semblé une sorte de jeu, une danse ou une bagarre ; ils étaient tous au moins vivants, y compris la jeune fille. Cette fois-ci c'était différent : Réal et Guadalupe ne paraissaient pas humains, leurs corps se frottaient et bougeaient avec une lenteur visqueuse, à la manière des bêtes molles du fond de la mer. Ils avaient l'air malades. La bave, les grimaces, la langueur soumise et endormie de Guadalupe, les frissons de gélatine sur la bedaine de Réal et ses ronflements animaux avaient quelque chose de fantasmagorique, d'irréel.

Ils se levèrent au bout d'une éternité sans rien dire. La fille alla aux toilettes et retourna dans sa chambre. Réal se servit un autre Cuba libre et continua à regarder la télé comme si de rien n'était.

Le lendemain, Guadalupe était dans une de ses phases de mauvaise humeur et bouda toute la journée.

❑

Il était très pénible de concilier l'image des deux Guadalupe, la fillette sympathique qui était sa complice, avec cette autre-là, la mollusque. Conrado ne tarda pas à revoir la même scène. Serait-ce Denise qui lui avait appris à se comporter de cette manière étrange ? Sinon, pourquoi ne se plaignait-elle pas ? Ça semblait si douloureux…

Tant de questions difficiles, et pas de réponses. Les images dans la tête du petit garçon se mirent alors à tourner d'une façon amère, entre la rage et le mépris, entre le dégoût et l'envie de faire souffrir la fillette. Cette histoire de culs et de zizis était beaucoup plus grave qu'elle n'en avait l'air, et Conrado se sentait désormais très menacé. Il commençait à avoir peur pour sa propre peau en se souvenant des deux enfants grabataires chez la grosse vache qui l'avait empoisonné. Ça devait être pareil là-bas ; eux aussi avaient cette apparence de bêtes molles…

La nuit, lorsqu'il entendait les pas de Réal ou de Denise, il n'arrivait plus à s'endormir ni à rêvasser. Cette double vie entre le jour et la nuit, entre les adultes et leurs grimaces, entre les deux Guadalupe était trop angoissante et exigeait des éclaircissements.

Un jour, avec une mimique éloquente, Conrado fit comprendre à la fillette qu'il était au courant de tout ; et qu'il voulait des explications. Guadalupe répondit par une grimace de répugnance, impuissante. Il insista en la secouant, et elle se mit à pleurer, la tête entre les mains.

— Je ne peux pas lui refuser, finit-elle par avouer entre les larmes. Il le veut, ça ne sert à rien… Ce n'est rien, Conrado. Tu ne devrais plus nous regarder.

Les fois suivantes, peut-être parce qu'elle se savait espionnée, la chose lui devint plus pénible, et elle se confia au petit garçon sans rien cacher de son humiliation. Guadalupe avait peur, elle était paralysée, voilà tout. Elle n'avait jamais appris à se défendre ni à refuser quoi que ce soit. Cette sorte de jeu entre les hommes et les filles faisait partie de la vie, ce n'était pas uniquement

Réal. Elle craignait aussi d'être envoyée ailleurs, où ce serait pire.

— Au moins il est gentil... Denise ne frappe jamais... Ça fait un peu mal, mais ça passe. Ils me laissent aller à l'école, ils donnent des cadeaux... Tu sais, Conrado, c'est partout pareil pour les filles... Tu as de la chance d'être un garçon. Ce n'est pas ma faute. Ne me regarde pas avec ces yeux-là. Tu es mon petit frère, tu me pardonnes...

Hélas ! Avec un petit frère aussi imaginatif, les choses ne pouvaient pas en rester là. L'idée du meurtre vint toute seule, comme un jeu, et elle se solidifia avec la honte croissante de Guadalupe devant son petit regard obstiné. Conrado n'était pas mû par l'idée de sauver ou de protéger Guadalupe ; c'était son propre monde qu'il voulait apaiser, sa propre peur. En fait, il était devenu impossible de continuer à vivre dans cette maison en sachant que ces choses-là se passaient impunément, que tôt ou tard ça risquait d'être son tour.

Tu fous le feu et les pompiers arrivent, lui avait expliqué Carole. Ou tu t'enfuis dans la rue et tu hèles une auto de police. Tu composes le 911 et tu te limites à gémir ; en moins de deux la police est là.

Durant le jour, lorsqu'il ne se passait rien, il se souvenait bien de tous ces conseils. La nuit, par contre, il perdait ses moyens, il redevenait le tout petit garçon effrayé qui ne savait pas quoi faire. Et puis, la police, le 911, n'étaient-ce pas des entités dangereuses ? Ils risqueraient même de l'emmener en enfer s'il n'arrivait pas à s'expliquer comme il faut. Après tout, Denise et Guadalupe ne souffraient pas, et Réal ne l'avait pas encore attaqué... Et si vraiment ces choses-là étaient normales, et si les filles étaient bel et bien faites pour ça ? Mais Carole avait pourtant dit le contraire, Steve aussi, et ils savaient que ce n'était pas bien...

Heureusement, Denise avait d'elle-même montré à l'enfant la façon de bien réussir le coup. Une fois que l'on sait comment exécuter une chose, ça nous démange quasiment de la tenter, ça devient un jeu et ça semble si facile. Elle avait attiré son attention sur la bouteille contenant un beau liquide bleu clair, qu'elle utilisait dans son réchaud pour faire fondre la cire à épiler :

— Touche jamais à ça, Conrad. C'est un poison. Dis-lui, Gada, que c'est un poison. Ça ressemble à de la boisson, mais ça tue si on le boit. Ne te trompe jamais lorsque tu verses le rhum pour le Cuba libre de Réal ; ça le tuerait raide… Dis-lui ça, Gada, veux-tu ?

❑

Samedi soir, après le souper. Denise était sortie et elle n'allait pas revenir de sitôt. Il tombait une neige fine, légère qui faisait scintiller joliment le monde dehors. Réal se caressait seul sur le canapé, ennuyé parce qu'il n'y avait pas de partie de hockey à la télévision. Il avait déjà dit à Guadalupe de finir vite la vaisselle et de venir se mettre au chaud à ses côtés.

La fille s'éternisait en prolongeant son travail, indécise, sachant très bien ce qui allait arriver, et honteuse sous le regard du petit garçon. Conrado lui fit un geste obscène qu'il avait vu faire ailleurs ; elle faillit le frapper mais se résigna à faire une simple grimace. Il lui montra alors un large couteau de cuisine, avec la mimique de quelqu'un qui poignarde un corps par terre. Guadalupe esquissa un sourire énigmatique, suivi d'un froncement de sourcils, et parut réfléchir. Il insista, pour jouer, pour voir comment elle réagirait, peut-être aussi par jalousie ou par simple désir de l'humilier. Elle le regarda attentivement, sérieuse, et lui fit non de la tête en portant un doigt à sa bouche pour demander le silence. Puis, elle ouvrit l'armoire et dévissa la bouteille de liquide bleu en l'enjoignant de faire attention de ne pas la revisser. Sur le verre de Cuba libre, elle indiqua la quantité d'alcool bleu qu'il devait verser à chaque mélange. Avec un large sourire et en lui tirant la langue, elle alla rejoindre Réal sur le canapé.

Conrado resta seul à la cuisine, entièrement seul avec la décision : soit qu'il faisait quelque chose d'utile, soit qu'il ne la taquinait plus jamais.

— Touco ! Viens ici, ordonna Réal une fois que la fille se fut blottie contre lui, complice et passive à la fois. Un Cuba libre bien servi pour monsieur Réal, garçon. Et ça presse !

L'enfant n'éprouva pas la moindre hésitation. Une fois le Coca-Cola versé, ça paraissait tout à fait normal.

— Hé, bonhomme ! s'écria Réal après la première gorgée. Touco ! T'as la main lourde ce soir.

— C'est pour mon papi Réal, dit Guadalupe d'une voix câline en se collant davantage. Touco sait ce que tu aimes, papi chéri.

— Touco... Bon diable de nègre. Tu feras un garçon formidable, fit-il en buvant à grosses goulées pour impressionner les deux morveux.

Conrado fit la révérence comme il le lui avait appris pour ces occasions et, avec un sourire jovial, il attendit que l'homme vide le verre. Il approuva ensuite avec une mimique d'admiration, refit une révérence, et l'interrogea du regard d'une façon si mignonne que Réal ne put s'empêcher de répondre :

— Oui, Touco ! Un autre, et bien servi. Ce soir, on fait la fête.

Le deuxième verre arriva pendant que Réal et Guadalupe s'embrassaient et, au troisième, ils étaient déjà déshabillés. Guadalupe agissait sans crainte, avec des gestes languissants, et se frottait à l'homme comme si elle éprouvait une envie continuelle de s'étirer. Elle lui disait des choses douces à l'oreille et Réal paraissait transfiguré.

— Apporte un verre de Coke pour la fille, Touco, balbutia-t-il d'une voix pâteuse.

Réal souriait, hébété, les yeux brillants, pendant que Guadalupe glissait le long de ses jambes. Les mains de l'homme, qui avaient jusqu'alors tenu serrées les chairs de la fillette, gisaient abandonnées sur le canapé. Elle l'aida à boire lentement, en tenant son troisième verre contre sa bouche comme on fait avec un bébé. Ça coulait un peu par le coin des lèvres, mais Réal souriait toujours.

Conrado vida le restant de la bouteille d'alcool méthylique dans le quatrième verre. Il commençait à craindre que cette histoire de poison ne soit qu'un mensonge, et pour la première fois il ressentit un grain de doute et eut peur.

Étendu, Réal paraissait dormir. Guadalupe réussit tout de même à lui faire encore boire quelques bonnes gorgées parmi des rots stertoreux, et ne cessa d'insister qu'aux premières menaces de vomissement.

Les deux enfants attendaient là, debout, en contemplant le large corps flasque et sans savoir que faire. À travers les poils roux, Conrado pouvait distinguer de longues stries sur la chair rosée de l'homme, ainsi que des milliers de petits points foncés suintant. Ces visions lui venaient à l'esprit d'une façon très précise, isolées de toute pensée, et il s'appliquait à examiner cette masse de chairs abandonnées avec une curiosité presque perverse. Réal était là, tout près, et l'enfant se sentait étrangement calme. La respiration de l'homme s'accélérait d'une drôle de façon mais sa poitrine paraissait trop lourde, incapable de bouger, et c'était comme s'il suffoquait. Soudain, sa bite molle se mit à pisser toute seule dans un sursaut, et il lâcha un très long pet qui les fit sourire nerveusement.

Guadalupe se souvint alors qu'elle était nue et s'empressa de se rhabiller. Puis, assise par terre, avec Conrado entre ses bras, elle se mit à chanter des berceuses en espagnol. Le petit garçon pensait à des images douces, à des champs très verts parsemés de champignons et de Schtroumpfs, à la senteur de cerises de la petite Carole, et crut entendre la voix de Natividad. Il était presque en train de dormir…

Réal ne bougeait pas mais il transpirait abondamment et sa respiration devenait plus irrégulière, avec des ronflements striduleux. Les heures passaient, les images défilaient à l'écran de la télévision et se reflétaient sous la forme d'éclairs multicolores sur les murs du salon. Le corps de l'homme frissonnait par moments, ses pieds et ses mains s'étiraient et sa colonne s'arquait comme s'il allait se relever, pour retomber ensuite dans la même position affaissée. D'autres frissons, d'autres spasmes se succédaient, de moins en moins perceptibles, à peine des ondulations nerveuses à la surface de ses poils. Un long râle grave sortit de sa mâchoire béante, et ce fut l'immobilité.

Tard dans la nuit, Denise les retrouva là, endormis par terre à côté du canapé. Elle parut étrangement calme à la vue de l'homme, de la bouteille en plastique vide sur le comptoir, et des petites mains de Conrado parsemées de taches bleues.

Les policiers emportèrent Réal enveloppé dans une housse. D'autres policiers arrivèrent, la maison fut soudain pleine de gens qui fouillaient partout et qui tentaient d'interroger les enfants. Conrado et Guadalupe demeuraient silencieux, blottis l'un contre l'autre, la tête baissée, les yeux fermés. Ils paraissaient si calmes qu'on aurait dit qu'ils dormaient.

Tôt le matin, Conrado et Guadalupe furent emmenés au poste de police et séparés pour toujours.

— *Adios, hermanito,* fit-elle avec un sourire en s'en allant.

11

La folie

Conrado se retrouva dans un endroit rempli de fous. Ça ne ressemblait pas à la pension de Jacqueline, et il n'y était pas en visite.

Les policiers avaient d'abord tenté de le faire parler, avec des airs amicaux, et ils trouvèrent même un collègue qui savait parler l'espagnol. Conrado fut déshabillé, ses mains furent soigneusement photographiées et épongées par une jeune femme dans une sorte de laboratoire, et il eut droit à un examen corporel minutieux et à un nouveau pyjama trop grand. On lui donna à manger de bonnes choses, y compris des frites et du gâteau, et on l'enferma dans une chambre. Il ne vit aucun bandit. Il faut aussi dire que personne ne le maltraita et qu'on le laissa dormir longtemps, sans cris ni mauvaise humeur. D'autres gens vinrent ensuite le questionner, mais sans succès ; il remarqua alors comment les policiers étaient fiers de son silence. Avant de le transférer à la maison des fous, il reçut des sourires de leur part, des tablettes de chocolat et même un joli baiser d'une jeune policière aux cheveux blonds. Le voyage dans l'auto-patrouille, escorté comme un vrai bandit, se déroula par une belle matinée ensoleillée. Il mangeait son chocolat en buvant le paysage urbain rempli d'automobiles et de fumée blanche. Dommage que le policier au volant ne fit pas fonctionner la sirène pour ouvrir leur passage. Conrado pensait à Carole, à Steve, à Jean-Paul, et il se souvint du visage amical du vieux docteur Poulin. Il se dit qu'après tout c'était vrai, les policiers ne détestaient pas les enfants. Guadalupe leur avait-elle tout raconté ? Il ne le saurait jamais.

La maison des fous était un building énorme au beau milieu d'un parc enneigé. On le reçut gentiment, sans le frapper ni tenter de l'obliger à parler. Ça ressemblait un peu à un hôpital.

Dès l'après-midi, sans rien expliquer, on l'enferma en compagnie d'un homme dans une salle remplie de jouets. Conrado trouva cela curieux et il crut d'abord qu'il s'agissait d'un fou, comme ceux qu'il avait vus se promenant le long des couloirs. Pourtant, c'était un homme bien habillé, avec une barbiche taillée en pointe et aux manières délicates ; il se limita à pointer les jouets d'un air ennuyé et se plongea dans la lecture des papiers qu'avaient apportés les policiers. Conrado explora la pièce en faisant mine d'être distrait, mais sans cesser de surveiller l'inconnu. Il se regarda longuement dans le grand miroir pour constater la beauté de son sourire, et finit pas s'asseoir pour examiner les jouets. Au bout d'un certain temps, l'homme vint le rejoindre avec des marionnettes et se mit à parler dans un jargon difficile à comprendre ; ça faisait un peu infantile et, visiblement, il tentait d'imiter les gens de *Sesame Street*. Conrado s'éloigna en direction du carré de sable, discrètement pour ne pas effaroucher cet individu aux allures bizarres. Il n'avait pas l'air méchant, ses réactions n'étaient ni brusques ni agressives, mais un comportement aussi insolite de la part d'un adulte ne promettait rien de bon. Que voulait-il au juste ?

L'enfant accepta de jouer lorsque l'homme lui lança le ballon. C'était sans doute un fou ; il ne fallait pas le provoquer ni trop s'en approcher. Mais il avait l'air content avec son ballon ; il avait repris sa voix normale et paraissait parler l'espagnol. Les sourires de Conrado l'avaient sans doute rassuré, et l'individu se comportait presque normalement malgré des relents infantiles dans la voix et de petites exclamations déplacées.

Ils s'assirent ensuite à une table basse pour dessiner. Conrado s'extasia devant les crayons-feutres et ne put rien entreprendre avant d'avoir essayé chacune des couleurs pour voir ce qu'elles donnaient sur le papier. Il y en avait tellement, les tonalités étaient si merveilleuses et variées, qu'il remplit ainsi entièrement la grande feuille avant d'épuiser tous les crayons. Le résultat était très beau, on aurait dit une image de télévision. Il attendit une autre feuille pendant que l'homme s'attardait à la contemplation du gribouillis.

— C'est ce que tu ressens, Conrado... fit-il sans cesser de regarder la feuille. La confusion, le chaos, n'est-ce pas ? Tu peux le dire. C'est bon de le dire... Je te donne la permission de te laisser aller. Il n'y a aucun danger à t'exprimer ici...

Surpris, Conrado le regarda avec un petit sourire. Il ne fallait pas le provoquer. S'il continuait à dire des bêtises incompréhensibles, il risquait de s'exciter comme Victor.

— Tiens, Conrado. Voici une autre feuille, dit le fou, visiblement rassuré. Tente maintenant de me dire quelque chose, n'importe quoi... Je veux être ton ami...

Pourvu qu'il ne montre pas son zizi, pensa l'enfant devant le ton mielleux avec lequel l'homme parlait d'être son ami. Conrado fronça les sourcils, lui exhiba ses dents serrées, et se remit à l'exercice d'essayer le restant des crayons sur la nouvelle feuille.

— Ah ! Nous avançons, Conrado, s'exclama-t-il en examinant le résultat. C'est très bien... Chaos et désarroi, et tout est si compartimenté... Il faut que ça sorte, que ça devienne parole. Bien, c'est très bien, mon petit ami. Continue à te laisser aller. Il n'y a aucun danger. Tiens, en voilà une autre.

Ce fou-là aimait les couleurs bigarrées et paraissait bien doux devant le sourire de l'enfant. Conrado lui fit signe de dessiner lui aussi ; comme l'homme hésitait, l'enfant déchira la nouvelle feuille de papier en deux et lui en donna une moitié.

— Je sais, je comprends, répondit l'homme d'un air triste. Nous sommes encore séparés. C'est trop tôt, je comprends. L'important, c'est de ne pas rompre ce contact, cette relation, même si elle demeure brisée pour l'instant. Je sais bien, mon petit, qu'il est question de déchirure...

Conrado attendait que l'autre se mette à dessiner, mais il ne se décidait pas. L'homme ne savait peut-être pas dessiner, et c'est pour ça qu'il avait l'air abattu. Il fallait quand même l'encourager, sinon il pouvait devenir violent. Ses paroles étaient confuses, et il risquait de parler de martyrs ou de commencer à se masturber. Dommage que Steve n'ait pas été là ; il aurait su comment rassurer ce pauvre type, l'encourager un peu.

L'enfant finit pas dessiner des bonshommes bleus s'agitant autour d'un feu de camp, au milieu d'un paysage vert avec des champignons rouges. Il aurait voulu que ce soit des Schtroumpfs, car c'était à eux que les couleurs vives des crayons-feutres lui faisaient penser. Le résultat final n'était pas parfait, bien sûr, mais l'effet chromatique était là, tout à fait.

Il lui tendit le dessin.

— Bien, Conrado, très bien... rétorqua l'homme avec un regard d'illuminé.

Reconnaissait-il les Schtroumpfs ? se demanda l'enfant. Il fallait peut-être lui faire des Big Bird ou des Cookie Monster puisque ce monsieur aimait les marionnettes.

— Veux-tu m'en parler ? demanda-t-il avec un sourire hypocrite en tentant de toucher le bras de l'enfant.

Conrado fronça ses sourcils et lui montra les dents.

— D'accord, d'accord, prends ton temps... Rien ne presse. Je sais que c'est difficile, toute cette agressivité, cette scène que tu viens de vivre... C'est horrible ce que l'autre Conrado en toi a été obligé de faire. N'est-ce pas ? Mais c'est déjà très bien que tu arrives à représenter la scène. Il est parti, Conrado méchant est parti. N'aie pas peur... Tu as le droit de me montrer ce qui s'est passé. Tout ce feu, ces rouges, ces couleurs éclatantes... C'est très bien, Conrado, très bien même... L'autre Conrado en toi, celui que tu n'aimes pas, il faudra aussi lui laisser prendre la parole. Il ne peut rien te faire de mal.

Le fou commence à s'agiter, pensa Conrado en renonçant à lui faire un Big Bird. C'est préférable de s'éloigner, de baisser les yeux. Pourvu que les gens viennent, qu'on ne le laisse pas seul avec ce type. Pourquoi les policiers m'ont-ils abandonné ?

❏

Le monsieur des marionnettes n'était pas le plus cinglé de l'endroit, loin de là. En fait, c'était un médecin pour les fous, avait compris Conrado avec soulagement. C'était à cause de ça qu'il était bizarre, ce docteur Merino. D'abord, il était étranger ; puis, à force de fréquenter les fous, il avait perdu un peu de ses esprits. Mais il n'était pas dangereux, et pouvait même être drôle à l'occasion, au contraire des autres médecins, tous plus ou moins déséquilibrés. Leur manière de parler était tellement curieuse que Conrado se demanda s'il n'était pas en présence d'une langue inconnue. Les mots sonnaient familiers à son oreille, mais leur arrangement d'ensemble n'avait pas de sens. D'ailleurs, il crut ainsi un peu trop vite qu'il avait compris l'essence de la folie : ça lui paraissait être simplement le fait de dire des choses étranges, de ne pas parler comme il faut, et de crier en courant partout. Les étrangers sont alors plus nombreux à souffrir de folie, forcément, conclut-il, plus portés à la chose si l'on peut dire…

En tout cas, personne dans cet asile ne savait s'exprimer de façon compréhensible. Le fait de se taire était donc un atout majeur puisqu'il permettait de ne pas se trahir et de passer pour fou. Chose curieuse, pensa l'enfant, ce docteur Merino est tout autant incompréhensible en espagnol qu'en français. Il a l'étrange habitude de mélanger les deux langues sans aucun scrupule, et sans l'aptitude qu'avait Guadalupe de bien traduire.

Les premières journées furent les plus difficiles car l'enfant s'attendait au pire à chaque nouvelle rencontre. Et certains des enfants enfermés avec lui étaient si fous qu'on les aurait pris pour des bêtes. Quelques-uns se mordaient et devaient rester attachés, d'autres tombaient à tout moment et se blessaient, certains couraient sans but au risque de renverser les plus petits; il y en avait qui bavaient, qui faisaient dans leurs culottes, qui se grattaient jusqu'au sang ou qui cherchaient continuellement la bagarre. Les pires, cependant, étaient ceux qui aimaient embrasser, ou jouer dans les cheveux de Conrado, ou même se coller à lui en se frottant comme pour l'enculer. Il fallait éviter ceux-là, les trop affectueux, car non seulement ils bavaient et lui faisaient mal en le serrant trop fort, mais aussi parce qu'en leur présence il devenait impossible de se consacrer à quelque activité que ce soit. Et la place était si remplie de jouets que c'était dommage de ne pas en profiter.

Conrado pensait souvent à Steve, à cause des caisses pleines de blocs Lego, mais aussi parce qu'on y mangeait très bien. Et Steve aimait tant les hamburgers et les frites, les tartes au sucre, les biscuits au chocolat… Carole, au contraire, n'aurait pas aimé être là. C'est que les filles folles étaient trop folles, méchantes, de vrais paquets de graisse ambulants, et elles attaquaient les moins laides avec une furie incontrôlable. Celles qui osaient se maquiller, surtout les plus maigres, devaient alors fuir continuellement les folles et les fous masturbateurs.

Comme Conrado était d'un naturel calme et gentil, il ne fut pas mis en contact avec les plus dangereux de l'endroit. Il s'habituait peu à peu, à mesure qu'il arrivait à prévoir la suite des événements, la routine des journées, et qu'il se rendait compte qu'on n'avait rien contre lui en particulier. S'il recevait un coup, ce n'était pas qu'on en voulait à sa personne, mais uniquement qu'il avait été au mauvais endroit au mauvais moment. Il s'agissait de se surveiller davantage, de faire un peu plus attention, et ça se passait bien. Il y avait tellement d'enfants fous dans cet asile qu'il arrivait toujours à trouver des copains de jeu pas trop sauvages. La présence de plusieurs Noirs et d'une multitude de basanés lui permettait en outre de passer inaperçu, surtout depuis que sa chevelure floconneuse avait été trimée au ras du crâne par souci d'hygiène. Quant aux sourires d'acier, ils étaient la norme.

À bien y penser, la vie chez les fous n'était pas si mauvaise que ça, et Conrado comprit alors pourquoi certains des vieux de chez Jacqueline regrettaient leur temps à l'hôpital. En fait, il n'y avait pas d'obligations définies et, tant qu'on se comportait bien, on était oublié. Les surveillants détestaient les fous agités ou trop sales, les agressifs aussi, ce qui paraissait naturel aux yeux de Conrado. Mais ils étaient gentils envers les autres, et ils s'amusaient vraiment à jouer avec eux, à regarder la télévision ou des films en leur compagnie. Les gens en charge du bricolage et de l'école reconnurent immédiatement que Conrado n'était pas fou ni dangereux ; ils furent cependant discrets et ne rapportèrent rien aux médecins pour permettre à l'enfant de rester là en toute tranquillité. D'autres surveillants étaient des sportifs et, pour la première fois de sa vie, Conrado s'essaya sur un tricycle, glissa sur la neige et apprit à jouer au ballon-chasseur.

La piscine fut sa plus grande découverte. Au début, il ne voulait pas s'approcher de l'eau; non pas parce qu'il ne savait pas nager, mais à cause de sa couleur bleu pâle, en tous points semblable à celle d'une certaine boisson très efficace. Mais voyant les petits fous qui y pataugeaient allégrement sans pisser ni ronfler, il accepta avec crainte d'y mettre le pied. Oh! Délice... Tandis qu'il frissonnait déjà dans son maillot trop large, l'eau était chaude comme celle d'une baignoire. Il décida d'entrer. Ah! Que c'était bon... Mais... Attention! Voilà que tout détendu, il se mit à pisser le plus spontanément du monde. Effrayé, il s'empressa de sortir et resta à sautiller dehors, tremblotant et violet, curieux de savoir pourquoi les autres ne mouraient pas. Une monitrice s'approcha de lui doucement, lui accrocha de beaux flotteurs jaunes aux bras, et l'invita d'une main ferme à replonger en sa compagnie. Il accepta son sort et se laissa guider comme un petit canard, de plus en plus joyeux et émerveillé par ce miracle. C'était un plaisir si grand qu'il eut beau boire des tasses, puis pisser et repisser, il ne voulait plus sortir de l'eau. Il devint un habitué enthousiaste des leçons de natation.

Le soir, après le souper, ils pouvaient regarder des livres en écoutant de la musique; certains moniteurs savaient aussi lire et raconter des histoires, et ils paraissaient le faire de bon gré. Conrado était toujours attentif, curieux, et il prit l'habitude de choisir lui-même les livres pour la lecture. De cette façon, il devenait évident qu'il comprenait aussi bien, sinon mieux que les agités; une fois encore, les moniteurs ne rapportèrent rien. D'ailleurs, plusieurs des moniteurs s'habillaient un peu à la manière des punks, avec des boucles d'oreilles, des coiffures bizarres et des bottes. Ils étaient presque tous barbus, drôles; les jeunes hommes et les jeunes filles se taquinaient cordialement, et ces dernières ne s'effarouchaient pas devant une chatouille ou un bec en passant. Les infirmières étaient vieilles pour la plupart mais elles ne détestaient pas les enfants ; puisque Conrado ne recevait pas de pilules, au moment de distribuer des médicaments, elles avaient toujours soit un jus, soit un bonbon à lui donner.

Son tatouage sur le bras ajouta un charme supplémentaire à sa personne, tout au moins auprès des membres du personnel les plus sympathiques. Dès que son petit C fut découvert, plusieurs d'entre eux vinrent l'examiner, non pas pour tenter de gratter l'inscription mais pour le féliciter. C'étaient sans doute de vrais durs, comme en témoignaient leurs propres tatouages, et ils se faisaient ensuite un devoir de le saluer et de s'occuper de son bien-être. Les médecins, au contraire, n'appréciaient pas son petit C à sa juste valeur, et il fut même question d'une consultation en chirurgie pour effacer ce qu'ils percevaient comme une agression contre l'enfant. Conrado fronça les sourcils et il porta sa main dans un geste de défense pour protéger son tatouage, tandis que les médecins le regardaient avec étonnement.

— Ça doit être une sorte d'objet transitionnel, de substitut maternel, proclama le docteur Merino dans sa prononciation riche en postillons.

— Pauvre enfant... laissa échapper une jeune résidente.

— Pas du tout, interrompit le docteur Laurier, celui à l'épaisse chevelure blanche, qui commandait le respect chaque fois qu'il ouvrait la bouche, même si le plus souvent c'était pour bâiller. Pas du tout... insista-t-il. Les scarifications rituelles jouent un rôle identitaire majeur dans les cérémonies d'initiation chez plusieurs peuplades des Caraïbes. C'est leur façon d'imprimer le nom du père pour éluder la forclusion, une sorte de castration symbolique si l'on veut, où la scène primitive est jouée au niveau de l'image fantasmatique du corps mais déjouée au niveau du phallus ancestral... C'est extrêmement efficace là-bas, mais trop subtil pour faire face au désir lorsqu'ils émigrent. Ce patient est encore trop jeune mais, regardez, il appréhende la valeur symbolique de cette empreinte pénienne sans savoir quel investissement libidinal lui attribuer au juste...

— Tous à fait ! échappa la résidente, la langue entre les dents et le regard admirateur posé sur le vieillard.

Cette petite va finir par lui demander des vingt-cinq cents, pensa Conrado en se fiant uniquement à la mimique des gens qui l'entouraient. Il ne saisissait rien de ce qu'ils disaient mais ils parlaient sans doute en mal de lui.

— Le blocage du discours, la fracture du dire face à la béance du non-dit, voilà ce qui me préoccupe le plus, insista le docteur Merino, visiblement jaloux.

Mais seule une vieille grosse l'approuva d'un hochement de tête illuminé, ce qui l'encouragea quand même à continuer :

— L'horreur abyssale de la scène primitive ne me semble pas ritualisée, pas du tout... Son passage à l'acte sur la figure paternelle est d'une actualité effrayante, tant au niveau du réel concret qu'au niveau temporel, ne l'oublions pas. Quelques jours à peine... Le sacrifice récent auquel il s'est livré avec une absence totale d'aperception dysphorique ou de désintégration idéatoire oriente plutôt vers des hypothèses relevant des organisations anankastiques, des états crépusculaires ou des troubles envahissants du développement de type autisme.

Le docteur Laurier caressait ses cheveux blancs en se donnant à voir à la jeune résidente avec un air de souffrance intellectuelle. Les autres paraissaient moins distraits, et même bouche bée devant ces paroles savantes, ce qui encouragea encore docteur Merino à poursuivre :

— L'absence d'investissement du langage, une certaine autosuffisance conative, et le bouillonnement chaotique du cours de la pensée tel qu'il se manifeste dans ses productions graphiques, abondent dans le même sens. D'ailleurs — vous en êtes témoins derrière le miroir —, dans nos séances d'investigation préliminaire, le sujet paraît plutôt absorbé dans un univers mutilé, non formulable, pendant que son corps habite l'espace avec une sorte de détachement, avec un affect émoussé. Je crois que nous sommes très loin de la métaphore et de la métonymie, auquel cas le tatouage pourrait constituer une figure extrême de la lettre volée dont parle Lacan… La castration de Chronos, voilà le sens de l'acte à mon avis, bien plus que le rapport civilisateur de l'angoisse œdipienne. Non, non, je ne me sens pas du tout à l'aise avec ce patient… Et le pronostic me paraît des plus réservés. La dangerosité peut avoir l'air d'imploser avec l'arsenal pulsionnel dans l'exécution du phallus, certes, qui, au demeurant, j'insiste, n'avait rien de symbolique. Mais le temps seul nous dira ce qu'il en est. J'envisage sérieusement de le garder en observation constante, au moins jusqu'à l'éclosion pubertaire.

— Croyez-vous vraiment ? demanda la résidente.

— Ça reste à voir, reprit empressé le docteur Laurier pour ne pas laisser échapper la petite suceuse vers son confrère Merino. Mais je n'en suis pas convaincu. Je ne suis pas convaincu… Les aspects ethniques sont trop présents dans le cas qui nous concerne ; le *modus operandi,* la xénophobie du sujet envers la famille d'accueil, cela ne peut pas vous avoir échappé, n'est-ce pas, cher Merino. Vous en connaissez quelque chose, je veux dire, vous, vous avez une vaste expérience avec les membres des communautés culturelles, n'est-ce pas ? Les rites africains, les incantations…

Merino accusa le coup par un toussotement suivi d'un grattage compulsif de sa barbiche. Le vieux docteur Laurier reprit alors, en se concentrant sur les seins de la résidente, laquelle paraissait désireuse de tout avaler :

— Je vous rappelle la présence d'un complice femelle durant le rite sacrificiel d'empoisonnement ; je veux faire mention de la jeune fille qui seconda l'exécutant même si celui-ci était apparemment son cadet en âge. En âge, uniquement, comme on peut facilement le déduire si l'on sait interpréter les éléments avec un tant soit peu de profondeur. Sa présence comme substitut maternel et tribal aura pu évoquer chez le jeune mâle la verge du père ancestral… La seule qui confère un sens, qui donne la vie et aussi la mort. Quel rôle a joué ce que vous qualifiez un peu trop vite de petite scarification sans importance ? Revenons justement à la lettre volée de Lacan, de laquelle, j'en conviens, nous ne saurions nous écarter… Ce qui a tout l'air de n'être qu'une lettre *c* mal dessinée pourrait avoir d'autres significations, vous me suivez ? Et même si — je dis si uniquement pour le plaisir d'argumenter —, si c'était une lettre, quelle pourrait être sa signification ? Son prénom ? Ce serait trop banal, mon cher, que de se tenir à cette hypothèse superficielle lorsque nous sommes en plein dans l'herméneutique de l'inconscient… Ne trouvez-vous pas, cher Merino ? Non… Nous sommes face à quelque chose de plus complexe, d'abyssal. Seule la prise de la parole par les instances surmoïques du sujet viendra peut-être jeter une première lumière sur cet acte transculturel. Mais j'en doute. Quel qu'en soit son sens apparent, son sens pulsionnel se dérobera, comme toujours. Les célébrations linguistiques privées auxquelles se livraient les deux acteurs du drame peuvent sans doute avoir des saveurs libidinales, j'en conviens… Tout n'est que pulsion, désir…

La résidente approuva avec un soupir, en rêvant sans doute à la verge du père ancestral, et se croisa les jambes. Le docteur Laurier entreprit alors, magnanime et hypocrite, de faire la paix avec Merino :

— Nous sommes tous pendus à vos lèvres, docteur Merino. Votre avantage linguistique et interethnique vous permettra peut-être de pénétrer le jeune patient que voici. Je vous souhaite bonne chance. Cette voie d'évitement systématique du verbe qu'il a élue — de la voix du père, donc de la castration — pourrait signifier que la voie du passage à l'acte est déjà cristallisée en carapace caractérielle. La littérature rapporte des cas d'espèce chez d'autres immigrants ; je ne vous apprends rien. Nous verrons. Je suis d'accord avec vous sur le fait que la cure fermée doit être maintenue jusqu'à ce que les vicissitudes de l'accès au stade phallique puissent être appréciées comme il se doit. Il est donc ici pour un très long séjour, et nous aurons amplement le temps d'en discuter. La cour sera du même avis, bien sûr...

— Mais s'il ne présente pas de symptômes ? protesta la résidente, soudainement effrayée par la sévérité de la sentence.

— Cher docteur... répliqua Laurier avec une condescendance sensuelle dans la voix, avez-vous déjà vu un patient sans symptômes ? Le fait qu'il se trouve sous nos soins prouve bien qu'il en a besoin, ne croyez-vous pas ? Nous sommes dans un hôpital psychiatrique, que je sache... Alors, attendons. Les évolutions insidieuses, à bas bruit, constituent le vrai défi pour le clinicien de l'âme. S'il était fou à lier, même le personnel du ménage serait capable de poser le diagnostic. La parole du psychiatre ne doit intervenir que face à l'apparence de normalité.

— Oui ! fit-elle en inspirant avec surprise, ce qui évoqua un souvenir obscène dans l'esprit de Conrado.

❏

L'enfant s'habitua vite à ces propos ésotériques et merdoyants, et il n'y prêta plus attention. D'ailleurs, ça devenait très répétitif car les séances avec le docteur Merino avaient lieu chaque jour. Le psychiatre avait trouvé quelque chose d'intéressant chez le petit garçon et, malgré la foule de fous qui encombrait l'asile, seul Conrado avait droit à ses assiduités. Cela l'obligeait à rater de bonnes émissions à la télé, et même des cours de natation; Merino était devenu si dépendant qu'il pouvait convoquer le patient à toute heure, sans préavis. La réputation de Conrado commençait ainsi à en prendre un coup, naturellement, et les surveillants s'échangeaient déjà de petits sourires moqueurs chaque fois que l'infirmière annonçait:

— Conradô Calvariô, consultation avec docteur Merinô...

Ce n'était pas tout. Ce médecin-là trébuchait dans les langues, il était l'objet de moqueries dans tous les postes d'infirmières parce qu'il confondait patients et pilules, et qu'il paraissait parfois désorienté. Le petit garçon trouvait injuste qu'on lui eut attribué justement ce docteur Merino, pendant que d'autres médecins costauds et respectables se promenaient entièrement désœuvrés. Conrado était étranger, d'accord, sans parents, d'accord, mais il ne fallait pas en abuser en lui collant toujours l'étiquette de façon désobligeante... Voilà pourquoi, et aussi à cause du dévergondage, il décida de monter d'un cran son mépris envers Merino.

Les séances se passaient dans la salle de jeu au grand miroir. Merino le laissait d'abord jouer, en faisant mine d'être occupé avec ses propres papiers; dès que l'enfant s'absorbait dans une tâche, il s'approchait dans l'espoir d'y participer. Sauf qu'il ne savait pas jouer, ni dessiner, ni raconter des histoires; c'est Conrado qui devait s'occuper de tout. Et puis, au lieu d'apprendre docilement, Merino tentait toujours de déranger le jeu, de dévier l'activité vers ses éternelles lubies qu'il n'arrivait jamais à expliquer. Le mélange d'espagnol et de français paraissait un vice trop ancré chez cet homme; cela obligeait l'enfant à des efforts mentaux de traduction qui lui gâchaient son plaisir. Merino était en outre obsédé par certaines choses impossibles à comprendre, comme la « scène primitive », la « castration », « l'œdipe », le « phallus du père », etc. À diverses reprises déjà, Conrado avait dessiné des images banales où le médecin, enthousiaste, avait reconnu soit l'œdipe, soit la scène primitive. La même chose pouvait se passer durant les jeux avec les blocs Lego ou avec les marionnettes. Pour ne pas trop le provoquer et pour le voir un peu moins abattu, l'enfant n'avait pas protesté, se contentant d'un sourire innocent. Il était même allé jusqu'à dessiner sur commande, après qu'il eut compris que Merino appelait Big Bird « phallus du père » ; Oskar ou Dracula s'appelaient « castration » ou « scène primitive », suivant la couleur du crayon-feutre. Conrado s'était alors amusé à créer diverses scènes primitives, ainsi qu'une vaste collection de phallus, au grand plaisir du psychiatre.

Quel ne fut donc pas son étonnement lorsqu'un jour, pour le remercier de ses gentillesses, Merino tenta d'introduire des dévergondages, avec l'intention évidente de dévier sinon vers l'enculage, tout au moins vers le suçage. Il avait déjà montré un certain penchant pour ces choses-là, que le garçon feignait d'ignorer. Mais lorsqu'il apporta des poupées avec de grosses bites et des zizis poilus, et qu'il voulut mettre en scène des viols, Conrado dut prendre des mesures appropriées. Que Big Bird s'appelle « phallus », soit, mais l'enfant n'avait jamais vu des poupées aussi laides et obscènes. Il les jeta donc au loin dans un premier temps, avec un air de dégoût. Merino insista, avec à son tour des mimiques lubriques et une petite voix de marionnette. De toute sa force, Conrado lui planta un crayon sur le dos de la main et sortit en courant de la pièce, disposé à vendre très cher son petit cul.

L'incident n'eut apparemment pas d'effet ; Merino était sans doute trop rusé pour se plaindre. Conrado décida alors de le mépriser et de ne plus lui apprendre de jeux. Il cessa aussi de comprendre ce que tentait de baragouiner le psychiatre, et se mit à oublier parfois de se rendre aux séances. L'asile était si grand qu'il pouvait se promener longtemps avant qu'on se rende compte de son absence. Il suffisait de ne pas courir, d'avancer en se promenant avec à la fois un air gentil et celui de quelqu'un qui sait où il s'en va.

Le résultat de son changement d'attitude, outre la tristesse évidente de Merino, qui tomba à son tour dans un silence pathétique, fut la consultation avec la psychologue. C'était une vieille grosse femme serrée dans des vêtements étroits qui lui donnaient l'apparence d'une saucisse prête à éclater. Son maquillage épais faisait apparaître les poils de sa moustache comme de l'herbe givrée. Malgré ses manières de fillette, elle était d'une mauvaise humeur évidente, très pressée, nerveuse et impatiente. Conrado crut qu'elle voulait vite lui apprendre de nouveaux jeux, et il tenta de suivre son rythme. Elle avait dans sa valise une collection de cubes et de casse-tête miteux, des poupées primitives et des petites automobiles estropiées. L'enfant était curieux de tout voir, certes, mais avec le souci de ne pas provoquer la colère de la vieille. Elle sortait un jeu après l'autre, sans les mélanger, méthodiquement, un chronomètre à la main ; s'il se dépêchait, il arrivait à les étudier un peu avant qu'elle passe au jeu suivant. Docile, sans jamais la regarder, il comprit la procédure et elle ne se fâcha pas. C'était la même routine dans le cas des dessins ; la vieille ne savait dessiner que des figures géométriques, mais Conrado s'y plia comme si de rien n'était. Il se rebiffa cependant lorsqu'elle voulut le faire parler, et fit alors semblant de ne rien comprendre. Elle réagit avec une très grande exaspération, d'ailleurs inutile car l'enfant savait déjà que le silence était la meilleure stratégie pour mettre fin aux entretiens désagréables. Il refusa aussi de dessiner des bonshommes, histoire d'éviter les intimités gênantes ; ça risquait de finir par des cochonneries car cette vieille à la voix de fillette pouvait très bien être une vicieuse.

❑

Sa vie devint très agréable à partir du moment où les entrevues avec Merino s'espacèrent jusqu'à cesser complètement. Il pouvait déjà nager sans flotteurs, il savait distinguer entre les bonnes activités et celles qu'il devait éviter, et son petit corps maigrichon d'autrefois commençait à profiter de la bonne nourriture asilaire. Les sorties au grand air lui avaient redonné un sommeil sans rêves ni cauchemars. Le meilleur de tout, c'est qu'il arrivait déjà à lire et à écrire un petit peu ; la femme professeur avait accepté de lui montrer les lettres dans les livres sans l'obliger à parler. Cette histoire de lecture était une sorte de révélation ; il pouvait désormais s'amuser à déchiffrer l'écriture, et les livres d'images gagnaient une dimension insoupçonnée.

Malgré cette variété d'expériences, il ne s'était pas privé de regarder les autres fous avec un intérêt sans cesse renouvelé. Il savait maintenant que la folie est une chose trop complexe même pour les psychiatres, et qu'il ne suffit pas d'être un peu déséquilibré pour en comprendre la nature. Le fait de côtoyer tant de scélérats, chaque jour, enfants et médecins, lui permettait d'apprécier l'extension de ce phénomène insolite. Il y avait certes beaucoup de bavardage autour des zizis, mais cela ne paraissait intéresser que les adultes, ou les vieux et les vieilles qui, l'âge aidant, devenaient obsédés par les jeunes gens et les enfants. Merino, par exemple, pensait Conrado, ne doit pas être capable de se trouver une jolie petite amie ; les femmes riront toujours de ses façons maladroites et trop empressées. Le vieux Laurier, lui, est plutôt du genre à se faire sucer par les fillettes, comme le gars de la boutique d'antiquités. Dans la rue, ou s'il était punk, personne ne le respecterait. Voilà pourquoi il a besoin de se donner des airs et qu'il parle de cette façon étrange. Les éducateurs et les surveillants rient dans son dos car ils savent qu'il ne comprend rien à rien.

Non, la folie était quelque chose de plus vaste, qui pouvait aller de la ressemblance pure et simple avec une bête, jusqu'aux sommets de la croyance en Dieu, comme chez le père Euphège. Certains enfants pouvaient passer leurs journées à se frapper la tête contre les murs, à manger leurs excréments et à hurler ; d'autres, Conrado y compris, se savaient fous et réussissaient à le cacher au fond de leur esprit. Il avait d'ailleurs eu le temps de faire connaissance avec plusieurs de ces derniers, les fous silencieux et amusants, ceux qui aimaient les rêves et les histoires, qui savaient rire des choses drôles sans se trahir devant les médecins. Sûrement que Steve était de ce type de fous, tandis que Frenchie allait plutôt vers l'autre extrême, celui des bêtes. Merino était du genre fou triste. Carole, Guadalupe, Natividad, malheureusement, n'avaient presque pas de folie ; c'est pourquoi elles souffraient. Les fous, au contraire, ne souffraient jamais vraiment.

Le petit garçon était content d'être là. Sa seule crainte était d'être renvoyé dans une famille d'accueil. Il s'appliquait donc à étudier et à imiter plusieurs types de folie, dont celles des plus fous, pour être certain de pouvoir tricher si jamais les médecins le déclaraient guéri. Pour lui, pas question de faire comme la mère de Steve, qui était trop bête et n'arrivait pas à rester à l'hôpital. Ça servait aussi au jour le jour car, dès qu'un enfant faisait le fou, on le laissait en paix. Et les moments d'intimité et de calme étaient rares dans cette cohabitation de groupe parfois assommante.

12

La marche dans le désert

S'il avait été invité aux discussions médicales à son sujet, Conrado aurait appris que, selon l'avis des trois experts impliqués, il souffrait en fait de trois types distincts de folie. Chacun avait sa propre théorie, comment aurait-il pu en être autrement ? Merino croyait qu'il était un autistique du genre très intelligent, une sorte de génie fêlé. Laurier préférait la schizophrénie paranoïde avec délires xénophobes, sans toutefois miser trop sur les vestiges d'une intelligence appréciable. Pour lui, Conrado relevait du domaine postmoderne de la psychanalyse transculturelle, dont il était d'ailleurs l'unique spécialiste. Merino et Laurier poursuivaient des négociations pour arriver à régler ce litige, et ils avaient évoqué l'hypothèse d'un compromis multifactoriel dont la complexité même rendrait justice à chacun des cliniciens. Les dents de Conrado avaient probablement laissé une forte impression, et il était question d'amalgamer leurs deux opinions en y ajoutant des éléments maniaco-dépressifs, ainsi qu'un traumatisme massif résultant à la fois de l'implosion de la figure maternelle, de la vision de la fameuse scène primitive et du choc castrateur de l'immigration.

L'intelligence restait une impasse, et c'est là que le verdict de la psychologue boudin venait chavirer toute perspective d'un accord harmonieux. Selon elle, c'était évident : le patient souffrait d'une absence totale de langage appelée aphasie massive, ainsi que d'une épilepsie frontale profonde, impossible à détecter, qui était à la source de ses gestes homicidaires. Elle n'écartait pas la possibilité d'une psychopathie sexuelle précoce associée, étant donné que les nègres, disait-elle, ne respectent rien. Conrado possédait par ailleurs une intelligence non verbale normale ; il était même très intelligent, mais à la façon d'un chimpanzé pourvu de l'hémisphère cérébral droit d'un être humain. Un cas classique.

Plongés dans la stupéfaction, les trois experts firent appel à ce qui leur restait de sens du ridicule, et ils conclurent à l'unisson qu'ils ne pourraient pas se présenter devant le juge d'enfants avec un tableau aussi complexe qu'inhabituel.

— Multifacétique, déclara Merino dans son jargon franco-hispanique.

— Multidimensionnel, corrigea Laurier d'un air méprisant.

— Multidisciplinaire, ajouta la psychologue soucieuse de son identité professionnelle.

La venue d'un quatrième expert s'imposait donc, et ils firent appel à un nouveau médecin, le neurologue Martin, en qui aucun des trois n'avait le moindrement confiance.

Ce sera plus scientifique, à la façon des chances à la loterie, se réjouit la psychologue en se souvenant de ses cours de méthodologie et de statistiques.

❑

Martin était un homme si dépourvu de fantaisies perverses qu'en moins de deux il résolut le mystère. Conrado était tout à fait normal, ni plus ni moins intelligent qu'un enfant de son âge et, n'en déplaise aux experts, il était aussi habile en trois langues.

Ce Martin avait l'air d'un grand ours tranquille. Il avait commencé par examiner l'enfant comme un vrai médecin : auscultations du cœur, des poumons, examen des réflexes, du tonus, de l'équilibre, du fond de l'œil, de la coordination et le reste. Il le fit sans poser de questions et en insistant pour que l'enfant garde le silence le plus absolu :

— Je m'appelle Martin, et toi Conrad, n'est-ce pas ? Dans mon cabinet, tu t'efforceras de ne rien dire, d'accord ? Mais rien du tout. Je ne veux surtout pas entendre ta voix. Ce sera un jeu entre nous deux. Si je te pose une question, tu répondras en pointant avec ton doigt, comme ça. Avec un seul doigt, et une seule réponse à la fois.

D'abord surpris, Conrado approuva de la tête pour ne pas le provoquer.

— Si tu réponds bien aux questions sans ouvrir la bouche, tu auras droit à, disons, une automobile miniature comme celle-ci, à chacune de nos rencontres. Si tu veux cesser de jouer, tu peux t'en aller, ce n'est pas grave. Mais attention, si tu dis quoi que ce soit, tu perds ; même avec de bonnes réponses. D'accord ?

L'enfant réfléchit un instant et sourit avec méfiance, dans l'expectative de cette nouvelle forme de folie.

La chose s'avéra cependant très simple, sans aucune attrape. Martin jouait à cette sorte de jeu car il trouvait ennuyante la compagnie des fous, et les surveillants lui avaient dit que Conrado était intelligent. Ils jouèrent ainsi à plusieurs reprises, durant deux semaines, tant dans le cabinet du médecin qu'en se promenant partout dans l'hôpital. C'était divertissant et facile ; Conrado n'avait qu'à pointer, que ce soit des jouets, des images, des personnes, des fous dans le couloir, des automobiles dans le stationnement, des émissions de télévision, et même des mets qu'ils allaient prendre ensemble à la cafétéria des employés. Avec l'aide d'un employé qui savait parler la langue, et pour varier un peu du français et de l'anglais, ils s'amusèrent aussi à jouer en espagnol. Ce fut tellement amusant de voir le grand médecin s'efforcer à son tour de bien prononcer qu'à quelques reprises Conrado laissa échapper des sons et perdit la partie. Martin était d'ailleurs très strict sur les règles du jeu :

— Tu as choisi de ne pas parler. C'est bête de ta part mais c'est ton choix. Alors, il faut tenir le coup. Sinon, qu'est-ce que tes amis penseront de toi ? Si tu veux recommencer à parler, on discutera après que notre jeu sera fini, d'accord ?

Il fut question des rêves, du sommeil, de ce que Conrado allait faire lorsqu'il serait grand, des choses qu'il désirait, de ce qu'il pensait de plusieurs personnes, et même de son tatouage ; mais rien de trop intime ni obscène, et Martin n'évoqua ni Guadalupe, ni Réal ou le liquide bleu. Ils firent aussi un classement détaillé des femmes et des filles de l'hôpital selon leur beauté physique, leurs aptitudes à devenir maman ou punk, et ils tombèrent souvent d'accord sur celles qui étaient les plus sympathiques. La folie aussi fut abordée, ce qui leur permit de rire beaucoup ensemble. Une fois, Martin vint en compagnie d'une très jolie fille qui adorait aussi jouer. Elle leur donna l'idée de faire des grimaces, des bulles de savon et des choses pour rire devant la glace. Lorsque Martin dut s'absenter un moment, elle apprit à Conrado comment siffler, comment faire les bruits des bêtes et des bébés, et comment chanter sans dire aucun mot. Mais elle ne rapporta rien à Martin, et Conrado gagna une nouvelle automobile.

— Tu vois, Conrad, nous sommes devenus des amis, lui dit Martin à la fin. Je sais que tu t'amuses ici, que tu as vécu des choses difficiles dehors et que tu as peur d'y retourner. Mais tu n'es pas fou. D'ailleurs, ce sera mieux de cesser d'imiter les fous sinon Merino risque de te garder ici très longtemps. Ce serait mieux pour toi d'aller ailleurs, dans un autre centre, un pour enfants normaux, intelligents. Tu l'aimerais plus encore, je te garantis ; tu pourrais aussi aller à une vraie école et pratiquer de vrais sports.

Devant la mine incrédule de l'enfant, il ajouta :

— Tu le sais bien, la folie n'est pas une bonne chose. Les psychiatres eux-mêmes paraissent en souffrir à la longue. Alors, il faut partir, le plus vite possible. Je ne peux pas te prendre chez moi mais je vais m'arranger pour qu'on te trouve une bonne place. Je ne promets rien ; je vais tenter. Ce sera au juge d'en décider, bientôt... Dorénavant, j'aurai moins de temps pour jouer avec toi, mais tu peux venir me voir chaque fois que tu en auras envie, et nous allons quand même trouver du temps pour manger ensemble. Et, tu vois, le jeu du silence est fini. Si jamais tu as envie de me dire quelque chose, ça me ferait plaisir, ne serait-ce que ton nom, pour que je puisse apprendre à le dire correctement. Allez, salut, Conrad... Mais non, un grand garçon ne pleure pas, voyons... J'irai te visiter dans la nouvelle place ; je suis aussi consultant là-bas. Le vieux médecin qui t'a déjà vu à l'hôpital, tu t'en souviens, le docteur Poulin ? Il viendra aussi te voir. Il m'a dit de te saluer. Tu ne me crois pas ? Tu verras... Viens, il est temps qu'on aille prendre un hamburger et des frites.

Le docteur Martin compléta son expertise à l'aide de l'opinion de divers éducateurs, d'infirmières et du personnel de l'entretien qui connaissaient l'enfant. Il serait cependant trop long de décrire le détail de la discussion et la réaction des autres experts devant ce que le neurologue avait à leur dire. Il va de soi qu'ils ne comprirent rien du tout à sa méthode pour examiner l'intelligence verbale de l'enfant. Martin eut beau leur parler du langage binaire des ordinateurs et de la logique des classes et des propositions, Merino et Laurier se limitèrent à un silence hautain devant ces artifices médiocres d'informaticien. Les remarques finales du neurologue parurent cependant les impressionner davantage :

— Quant aux cassettes vidéo que vous avez enregistrées en cachette à travers le miroir, durant les séances avec docteur Merino, je ne suis pas certain que ce soit quelque chose de légal sans la permission de l'avocat de l'enfant. C'est un procès au criminel après tout. Entre nous, j'en ai regardé quelques-unes ; à votre place, je ne les montrerais pas en cour. Le juge risquerait de prononcer une ordonnance d'internement contre le psychiatre, pas contre l'enfant. Je vais devoir témoigner ; alors, ne m'obligez pas à répéter ça en public.

❑

De tout le procès, Conrado ne vit que la face du juge et un tas d'inconnus. Une fois son mutisme constaté par le magistrat, l'enfant eut la permission de ne pas assister aux séances et put retourner s'amuser avec les fous. De toute façon, ça ne concernait pas Conrado car il ne savait pas ce qu'était un procès. S'il lui arrivait de penser à la petite Guadalupe avec nostalgie, il avait par ailleurs complètement oublié Réal et n'éprouvait aucun remords. Les premiers jours à l'asile, d'ailleurs, sa seule crainte était qu'on l'ait trompé au sujet du liquide bleu, et que Réal puisse apparaître la nuit pour l'attraper. Les adultes sont menteurs, pensait-il, et Denise avait l'air d'une idiote ; tout ça pouvait n'être qu'une simple illusion. Ensuite, ses rêveries étaient occupées par tant de choses nouvelles, par tant de rencontres sympathiques, qu'il n'avait pas de temps à perdre avec des trucs du passé.

Au moment de quitter l'hôpital psychiatrique, seuls ses vrais copains vinrent lui dire adieu : Martin, les surveillants, les infirmières, les moniteurs et l'employé qui parlait espagnol. Quelques petits fous aussi, qui de toute évidence souffraient du même genre de folie que Conrado mais qui, malheureusement pour eux, n'avaient pas pris les moyens convenables pour se faire valoir aux yeux de la société. Ceux-ci resteraient donc sur place, protégés et bien compris par de doctes aliénistes, ou poursuivraient leur route bondissante d'orbite en orbite, au bon plaisir des Francine et des familles d'accueil. Merino ne se pointa pas ; les séances de psychothérapie avaient été suspendues déjà bien avant le procès, histoire de ne pas influencer l'équité de son jugement clinique.

Deux gigantesques jeunes hommes se présentèrent pour chercher le condamné. Il était là, petit et triste, tenant son sac rempli de jouets gagnés dans les joutes intellectuelles avec le neurologue, et entouré de copains attendris. Les deux géants ne purent contenir leur surprise car le procès avait attiré l'attention de tous à la prison pour jeunes, et ils s'attendaient à trouver quelqu'un de plus fulgurant. Ils le saluèrent avec respect et, un peu penchés pour ne pas le lever du sol, ils l'escortèrent jusqu'au fourgon. Leurs menottes inutilisées balançaient librement dans leurs poches arrière, cliquetant d'une façon ironique comme des oiseaux qui se moquent du temps qu'il fait. Les corbeaux croassèrent à leur passage ; Conrado se tourna pour les regarder avec envie et pensa comment ce serait bon de simplement voler.

❏

La prison l'impressionna très agréablement. Docteur Martin n'avait pas menti. C'était plus beau que l'asile de fous, plus calme et confortable, rempli de gens sympathiques et nonchalants. Si Conrado avait eu un peu plus de culture, il aurait dit que ça ressemblait à un collège, avec pour seules différences que les professeurs étaient moins rigides et que, en cas de trop grande nervosité, le forcené avait droit à un séjour de repos dans une cellule fermée qu'ils appelaient le trou.

Curieusement, c'était aussi une prison de laquelle la grande majorité des petits ne souhaitaient pas s'échapper. Ils rouspétaient, certes, ça faisait partie du combat contre la honte pour traquer l'humiliation, mais ils n'étaient pas dupes. Presque tous avaient été pris en charge par de multiples Francine, et bien rares étaient ceux qui n'avaient pas connu de famille d'accueil.

Il fut reçu avec respect et surprise car il était non seulement le plus petit mais aussi le plus jeune de l'endroit. On l'entoura de chaleur et les copains s'empressèrent de lui expliquer les règles de base de la vie carcérale. Les plus grands, quelques-uns pourtant endurcis, ne purent s'empêcher de ressentir des élans fraternels en voyant passer dans les couloirs sa petite personne non dépourvue de noblesse. Conrado était simplement ravi car il entrevoyait ici et là des punks, des visages et des vêtements qui lui paraissaient vaguement familiers, et il était bon d'être entouré d'enfants normaux. On mangeait bien, les lits étaient confortables, les habits agréables à porter, les activités étaient intéressantes. Mais, avant tout, on l'avait bien averti, il y serait pour très longtemps.

La vie en prison s'avéra quelque chose de rassurant pour le petit garçon. La routine était bien établie et ceux qui le voulaient ne manquaient jamais d'occupations. Il n'y avait pas de piscine mais l'école était mieux organisée que chez les fous. Les surveillants étaient actifs, pas emmerdants. Il fallait se plier, bien sûr, aux règles de respect mutuel, en particulier pour ce qui était de l'espace personnel de chacun. De temps à autre, une petite bagarre permettait de revoir les rangs tout en trempant le caractère. Ça faisait partie des habitudes et ça aidait à mieux se situer, à avoir une perspective sociale et une vision de soi équilibrée. Mais pas d'enculage des plus petits ni d'excès d'humiliation. Il y en avait qui se rapprochaient, qui profitaient d'aventures fugaces ou même qui formaient de vrais couples stables durant de longues périodes. Mais ils n'étaient pas des enculés pour autant. C'était de la tendresse entre copains. Et la règle voulait que chacun s'occupe de ses propres affaires, sans juger les autres ni les forcer à faire quoi que ce soit. Les surveillants étaient là, d'ailleurs, presque uniquement pour leur montrer la tolérance et éviter les débordements. Ça marchait assez bien. Quelques-uns s'en sortiraient, d'autres pas ; certains préféreraient continuer la carrière, seraient promus et iraient en prison, soit au pénitencier, selon leur choix. On entendait parler de ceux qui s'étaient suicidés, ou qui étaient devenus des loques. Mais il y avait aussi des anciens de la place parmi les surveillants et les éducateurs. C'était l'affaire de chacun. Ceux qui avaient des parents dehors paraissaient souffrir davantage car ils croyaient avoir perdu quelque chose ; plusieurs, au contraire, pensaient avoir gagné une famille.

Le temps passa et Conrado trouva sa place dans la prison. S'il y avait d'autres enfants qui portaient des dents en acier, lui seul pouvait être appelé « le sourire blindé ». On disait de lui qu'il était *cool*, on disait de ses cheveux qu'ils étaient *groovy*, et on accepta facilement qu'il soit muet. Muet, pas idiot. Comme le neurologue, là aussi les surveillants et les détenus avaient le don pour le diagnostic clinique, et ils se trompaient rarement sur l'appréciation d'une intelligence ou d'un caractère. D'ailleurs, une fois débarrassé du dérangement continuel provoqué par les fous, ses progrès en lecture, en écriture et en arithmétique dépassèrent toutes les expectatives. Le milieu était bilingue et son anglais ne se perdrait pas. Hélas ! Guadalupe n'était pas là, ni elle ni aucune fille, et son espagnol allait devoir patienter.

Le printemps hâtif mit fin aux plaisirs de la neige, sinon il aurait appris à patiner. Il commençait déjà à manier le bâton de hockey et le ballon de football, il s'était essayé à des débuts de bagarres et un copain était en train de lui montrer comment jouer aux cartes et aux dames. Conrado s'associa à d'autres petits dans la fabrication de cigarettes, ce qui lui procurait un peu d'argent de poche qu'il dépensait à la cantine. Les plus grands n'aimaient pas les rouler eux-mêmes, ça faisait populo, assistance publique. Alors, avec l'aide des surveillants qui les fournissaient en paquets vides, leur entreprise arrivait à offrir toutes les marques, standard, *king size* et à bouts filtres. Un jour, peut-être, il se mettrait au négoce largement plus lucratif du haschisch et de la marijuana… En attendant, il lisait, il dessinait, il regardait la télé, il bricolait et, surtout, il écoutait fasciné les histoires racontées par les plus vantards.

La cour lui avait assigné un psychiatre, pour la forme, car il était inconcevable qu'un enfant vraiment normal ait pu poser certains gestes. Sinon, que penseraient les gens de bonne famille, quel message donnerait-on à la jeunesse ? Pour sauvegarder l'honneur des institutions sociales, il fallait que ce petit criminel soit au moins un peu déséquilibré, sinon profondément traumatisé.

Le psychiatre venait rarement et, de toute évidence, il ne savait pas comment communiquer avec les muets. Ils se saluaient et la consultation se limitait à la lecture rapide de son dossier carcéral. Cette psychothérapie donnait des résultats très palpables, comme en témoignaient les divers rapports d'étape. Le psychiatre s'en réjouissait et ne cherchait pas à emmerder le patient pour ne pas gâcher sa bonne étoile. C'est que Conrado n'avait plus peur d'être renvoyé, et il n'avait donc plus besoin de faire le fou. Son mutisme avait été plus ou moins accepté officiellement grâce au témoignage de la psychologue ; et depuis que l'enfant écrivait un peu, on s'était désintéressé de la question.

❑

Martin et le vieux docteur Poulin vinrent le visiter comme promis, au troisième mois de son séjour, et ils lui apportèrent un gâteau. L'enfant leur parut de très bonne humeur, en santé et visiblement adapté à son statut de prisonnier. Il avait déjà une drôle de démarche, avec une sorte de balancement marin comme s'il roulait les mécaniques pour exhiber ses muscles. Ces derniers n'étaient pas encore là, naturellement, mais l'intention de les acquérir un jour paraissait évidente. La manche gauche de sa chemise roulée jusqu'en haut laissait fièrement voir son petit tatouage. Ils se réjouirent de savoir que, par ailleurs, ses résultats scolaires étaient étonnamment bons dans toutes les matières de première année, même s'il n'avait que l'âge de la maternelle.

Le départ des deux médecins laissa Conrado dans un de ces brouillards de mélancolie qui commençaient à l'assaillir quelquefois. C'était une sorte de tristesse amère, une sensation de vide accompagnée d'un brin de révolte et d'envie de faire du mal pour attirer la punition. Drôle de sentiment, trop vague mais pénible, qui gâchait la vie et les choses comme un ciel trop lourd. Sa nature insaisissable produisait de curieuses réactions physiques, comme cogner à poings nus sur les murs, chercher la bagarre pour recevoir des coups, n'importe quoi de concret qui fixerait un tant soit peu sur le corps ce bourbier de l'âme. Il avait déjà vu d'autres enfants qui se tailladaient la chair pour regarder soulagés le sang couler ou qui se brûlaient avec le feu des cigarettes. La douleur seule arrivait à circonscrire la corrosion ressentie à la tombée du jour, après le départ des visiteurs, à la suite des lettres ou des fêtes d'anniversaire, même après les éloges venant de la part d'un moniteur admiré.

Autrefois, trop préoccupé par la survie immédiate, craignant pour sa peau, Conrado ne s'était jamais arrêté à réfléchir sur cette sorte de sentiment glauque. Il avait été triste, certes, mais jamais de cette tristesse qui vient à la suite des moments heureux. Contre l'autre, la vraie tristesse, il avait développé le rêve, l'espoir, les histoires drôles et les scènes d'horreur. Mais cette émotion sournoise, cette nausée de savoir que c'est à lui personnellement qu'on rendait visite ne se laissait pas contrôler de la même façon. Il n'avait pas non plus envie de pleurer. La prison, qu'il aimait, perdit de son charme, le repas du soir n'avait pas de saveur, et le gâteau partagé avec les copains lui parut amer.

Les deux salauds, pensa-t-il, qu'est-ce qu'ils sont venus chercher ici ? Me voir, par simple curiosité ? Comme on va voir une bête, un malade ?

Il eut aussitôt honte de ces pensées et sentit sa gorge se serrer. C'était une humiliation, un avilissement, cette tendresse qu'il éprouvait, cette reconnaissance envers les deux visiteurs. Conrado se sentit nu, trop pauvre pour la rétribuer, trop misérable et seul au monde. Cette incapacité à se laisser aimer était pire que le manque d'amour. Elle déclenchait un mépris de soi, la certitude qu'il ne serait jamais à la hauteur de l'amour d'autrui. Et désirer trop cet amour était le pire des dangers. L'amour ne durerait pas, de toute façon, ce serait trop peu ou une pure illusion, un mensonge de plus pour le faire souffrir. Mieux valait ne pas être aimable car la haine, au moins, est quelque chose qu'on a l'impression de contrôler. La prison n'était-elle pas remplie de ces méchancetés feintes par peur de l'abandon ?

De toutes ses nouvelles expériences, celle-ci était la plus pénible. On avait profité de lui dans le passé, mais cela avait été une sorte d'échange, donnant, donnant. L'amour vrai, désintéressé, le laissait au contraire sans défense ; il n'était pas prêt à vivre cette insécurité-là. Il fallait que ce soit un piège, il fallait que ce soit un mensonge, sinon il se retrouverait seul devant le gouffre immense de toutes ses pertes antérieures. Sinon, la vie l'aurait lésé à jamais de choses trop précieuses. S'il fallait que ça existe, cette sorte d'amour-amour, un pauvre type comme lui serait mieux mort. N'est-ce pas ce que lui avait dit Steve ? Sinon, mieux valait en finir tout de suite.

Il chercha justement refuge auprès de Steve, de Carole, de Guadalupe, mais sans succès, et s'abandonna aux larmes chaudes en revoyant l'image des deux médecins qui lui disaient adieu.

Ces blessures passaient, apparemment sans laisser de séquelles, et la vie reprenait son cours habituel jusqu'au prochain sursaut. La nuit, cependant, les rêveries gardaient une sorte d'amertume, et une lassitude prenait la place de l'enthousiasme d'autrefois. Jour après jour, ces chagrins s'accumulaient pour éclater soudain comme des boules de fiel venant de nulle part. Ça arrivait un peu n'importe où, que ce soit en classe, au milieu d'un jeu ou en regardant la télé. Des yeux avertis pouvaient même déceler les signes avant-coureurs de ce genre de malaise chez l'un ou l'autre des enfants les mieux disposés. Tous passaient par là, particulièrement les plus rêveurs, ceux qui avaient l'air d'aimer la solitude. Les surveillants étaient habitués à ces crises et ils intervenaient pour punir en cherchant à ne pas trop blesser l'amour-propre de l'enfant.

Conrado dut lui aussi s'y soumettre ; il fut puni et soulagé, et chercha ensuite à se faire punir parce que ça soulageait. Bugs Bunny et ses copains n'étaient plus évoqués, les Schtroumpfs lui paraissaient désormais dérisoires, répétitifs, infantiles. Ses jolies histoires s'en allèrent par l'égout de son sentiment d'abandon et il resta seul face à l'ennui du jour le jour qui ne finirait plus.

Ces changements eurent lieu rapidement, à partir du moment où il se trouva rassuré. Les visiteurs revinrent et y furent pour quelque chose, certes, et ils continuèrent à y contribuer dans la mesure où chaque nouvelle visite ravivait sa frustration d'être laissé tout seul. Ses propres fantaisies d'être un jour adopté lui paraissaient absurdes, mais elles revenaient quand même, spontanément, pour empoisonner chaque nouvelle rencontre. Martin n'aurait pas dû venir le visiter en compagnie de sa femme, Charlotte. Tant qu'il venait seul, ils étaient des copains et

Conrado pouvait crâner. Devant Charlotte, tout s'écroula, il redevint un petit garçon. Elle avait été d'une telle tendresse que, sans s'en douter, elle le blessa d'un nouvel abandon. Cette fois-là, c'était un couple de parents qui s'en allait en laissant derrière un orphelin. Et être orphelin est infiniment plus difficile que d'être prisonnier.

Tout l'imaginaire des enfants de la prison contribuait à ce sentiment d'échec. Le monde en dehors des murs avait d'étranges ressemblances avec le pays-dimanche mythique de Natividad. Comme beaucoup d'immigrants et certains peuples orphelins, les petits déracinés vivaient un curieux phénomène dès qu'ils se sentaient en sécurité : celui du désir paradoxal de récupérer leur passé. Les gens libres se tournent spontanément vers le futur pour le créer comme projet d'aventure à venir, même s'il sera souvent modelé par les regrets et les occasions perdues d'autrefois. Pas les enfants abandonnés. On aurait dit que leurs privations passées avaient bloqué cette voie, et ils se tournaient tous vers un jadis magique qu'ils embellissaient de jour en jour, jusqu'à le transformer en paradis perdu. Il est en fait impossible d'exister dans la seule défaite, en glissant sans cesse vers le futur sans armes ni bagages. Celui qui glisse a besoin de substance, d'identité, il a besoin d'histoires, ne serait-ce que pour se mentir à lui-même et cacher l'humiliation. Le culte du passé devenait alors comme une drogue ; au lieu d'aider à poursuivre le chemin, il le rendait visqueux, âpre, jusqu'à couper l'envie de continuer. En embellissant de la sorte, leur perte devenait insupportable, leur rancune les paralysait et se tournait contre eux-mêmes ; leur vie était gâchée avant même d'avoir été.

Les enfants abandonnés se racontaient ainsi de belles histoires entre eux, des histoires de mères divines et pures qui, victimes du sort, avaient dû les abandonner en pleurant amèrement. Des pères fabuleux avaient été terrassés par des ennemis aussi redoutables que fourbes, dans des combats atroces, des trahisons perfides ; malgré eux, ces pères avaient été obligés de laisser leurs enfants à des étrangers et de s'en aller ailleurs. Mais sûrement qu'ils reviendraient, vainqueurs. Ah, le bonheur au sein des grandes familles, les veillées fraternelles de groupe du bon vieux temps, la tendresse et la chaleur de la parentèle, tant de camaraderie et d'exploits héroïques... Tant d'amour... Ça consolait, ça rempaillait le passé et ça réchauffait le présent, même s'ils ressemblaient tous à des épouvantails. Qu'importe, tout n'était que la faute des autres, les vrais méchants, comme les sauvages et les Anglais des hagiographies du père Euphège, ou les trous de cul de Frenchie. Puis, lorsqu'on crée de la sorte, plus besoin de cohérence.

— Mon oncle était policier, disait l'un d'eux. Un type formidable. Sergent...

— Tu n'avais pas dit qu'il était au pénitencier, condamné à vie ? demandait maladroitement un autre.

— Oui, oui, ça aussi... À vie, vingt-cinq ans... Il a failli être pendu. Mais avant, il était policier, à la Sûreté du Québec. Sergent... Je ne mens pas !

— Pourquoi il ne t'appelle jamais ?

— Il est parti aux États-Unis, tu vois ? Il était en libération conditionnelle, puis, il s'est tiré. Ma mère sait où il est, elle le sait... C'est pour ça qu'il ne peut pas appeler. Lorsque je sortirai d'ici, je vais le rejoindre, tu peux en être certain.

— Tu fais bien de le rejoindre. Il doit avoir de bonnes combines...

— C'est certain. Un gars comme lui m'ouvrira les bonnes portes...

Ces histoires fascinaient Conrado et il en redemandait. Leur contenu variait selon l'imagination de chacun, les films de la télévision ou les mensonges des rares visiteurs qui venaient encore les voir. Mais leur forme se répétait inlassablement comme une destinée commune, comme un lien de parenté.

À force de les entendre, et pour se sentir moins misérable, le petit garçon s'y était mis à son tour. Peu à peu Natividad perdait ses attributs accidentels pour devenir une parfaite essence, Dario gagnait une stature noble et musclée ; toutes sortes de bribes éparses commençaient ainsi à se structurer dans son esprit de manière harmonieuse, rassurante. Le pays-dimanche prenait des couleurs magnifiques comme celles des émissions sur les destinations soleil, tout en se transformant aussi en un pays de bagarreurs costauds et rigolards. Ça remplissait à merveille la place laissée vacante par ses petits personnages, et donnait un sens réel à la vie quotidienne. Carole et Guadalupe se fondaient presque en une seule personne si adorable qu'il en tombait éperdument amoureux. Les images se modifiaient en fonction du moment, mais elles s'amélioraient toujours. Un jour, un jour tous ces gens-là reviendraient pour lui demander pardon, pour lui redonner sa place, les méchants seraient punis et le bonheur reviendrait sur terre. Il aurait son propre pays, sa langue à lui, et retrouverait enfin tout ce qui lui avait été ravi par ces étrangers.

Conrado y revenait désormais chaque soir, au moment de s'endormir, pour refaire son histoire et l'inventaire de tout ce qui lui était dû. Souvent, les larmes d'une tristesse amère lavaient le brouillard des souvenirs pour le confronter au mensonge. Mais c'était devenu plus fort, comme un stupéfiant. Ses journées devinrent fades, pareilles les unes aux autres, et son sourire tourna au vinaigre.

❑

Décidément, on ne le laisserait jamais en paix. Pas moyen de s'incruster pour toujours dans la prison et de se faire oublier, pas moyen de renaître avec une identité nouvelle, ne serait-ce que celle de criminel. D'autres enfants avaient pourtant réussi l'exploit et ne souffraient plus ; du moins, leur souffrance n'était plus visible, ils pouvaient se dire les responsables de leur propre perte, sans humiliation. Leurs larmes coulaient peut-être encore, mais uniquement lorsqu'ils étaient seuls, à l'abri des yeux des autres.

Un après-midi, inopinément, Conrado fut appelé au parloir. Natividad était là ; sans le bébé mais accompagnée de son nouvel amoureux. Elle était belle, la peste, les chairs pleines, bien habillée et maquillée, souriante et peut-être enceinte. Son ami, un jeune mulâtre élégant et aux manières délicates, l'entourait d'attentions et de touchers tendres. C'était un très beau couple, tout à fait déplacé dans une prison.

Une chance que le parloir est vide, pensa Conrado encore sous le choc de la voir assise là, devant lui. C'était une étrangère ; pire qu'une étrangère : une revenante qui évoquait des sentiments bouleversants. Une pointe de regret confus frôla l'esprit de l'enfant, et il ressentit une sorte de répugnance à la pensée que Réal aussi pourrait réapparaître un de ces jours, vivant et bien portant, et toute son identité n'aurait été qu'une illusion, un mensonge minable.

« Touco ! Un Cuba libre bien servi ! » résonna au loin dans sa mémoire.

L'enfant se tint à distance, en toisant le couple de son regard le plus méchant. Elle avança pour l'embrasser mais il recula, agressif, comme prêt à se bagarrer. L'homme vint à la rescousse de Natividad et la ramena s'asseoir auprès de lui.

— Tu es beau, Conradito, et si grand... dit-elle pour rompre le silence. Tiens, je t'ai apporté un cadeau, reprit-elle au bout d'un moment dans l'espoir de briser cette confrontation aussi lourde que froide. Tiens, tu ne veux pas le voir ? Ce sont des chocolats, des bonbons... C'est pour toi. Je le laisse ici, d'accord ? Sur la table... Lui, c'est Gérald, mon ami. Il a lui-même choisi ton cadeau. Tu lui dis bonjour ? Gérald, reprit-elle en français, lui c'est Conrado. Tu vois comme il est beau ? Je t'avais dit.

Conrado fixa son regard sur l'inconnu avec un tel mépris que celui-ci baissa les yeux, confondu, et fit semblant de se consacrer attentivement à la recherche d'invisibles grains de poussière sur le tissu de sa veste.

— Juan, ton petit frère, te souviens-tu ? demanda Natividad en fouillant dans son sac. Il va beaucoup mieux, il grandit aussi. Tu veux voir sa photo ? Regarde, regarde, Conradito... fit-elle en se levant de nouveau pour s'approcher de lui.

Il recula une fois de plus, avec une grimace et un geste de défense.

— Conrado ! Qu'est-ce qu'il y a ? s'écria-t-elle exaspérée. C'est moi, Natividad, ta maman. Tu ne me reconnais pas ? Viens ici !

Gérald se leva et la ramena avec douceur. Natividad était bouleversée, hésitant entre les larmes et la colère.

— Calme-toi, ma chérie, lui dit l'inconnu en français. Ce n'est rien... Sois patiente, donne-lui du temps. Hé, Conrad, c'est ta maman, tu peux venir... Tiens, elle a apporté des bonbons pour toi, viens, prends, approche, n'aie pas peur, petit garçon...

Ce Gérald ne paraissait pas méchant, et, si ça se trouve, il pouvait même être sympathique. Lui et Natividad étaient probablement amoureux. Mais sa façon condescendante de s'adresser à l'enfant, de le prendre pour un simple enfant à qui l'on dit quoi faire, frôlait de trop près le manque de respect. Conrado le regarda droit dans les yeux et s'approcha de la table sans cesser de le fixer. Il prit le cadeau, le soupesa, et d'un geste brusque il le lança à la face de sa mère.

Le cri de Natividad et le bruit des chaises renversées ramenèrent d'urgence le vieux surveillant du parloir. Celui-ci tenta de convaincre l'enfant de rester, mais sans trop insister, et finit par rappeler à Natividad que Conrado n'était pas obligé de faire ce qu'elle voulait. Gérald se fâcha, et il protesta à son tour que la visite avait été accordée, qu'ils avaient le droit d'être là, que l'enfant devait se soumettre.

— Vous avez tous les droits de le visiter, rétorqua le surveillant avec patience. Mais lui aussi, il a le droit de ne pas vous voir la face. Je ne peux pas tolérer de bagarre ici. Après tout, c'est lui que ça concerne, non ? C'est lui qui est en prison, pas vous. Allez, Conrad, veux-tu rester et être poli ? Bon, alors retourne dans ton aile... Ne crée pas de problème.

Ce soir-là, Conrado fit une crise de colère à propos d'une vétille ; on lui laissa le temps de renverser le plateau de son souper et d'exprimer suffisamment de rage folle pour que ça semble crédible. Il se laissa ensuite conduire au trou par deux surveillants qui jouaient leur rôle avec la même adresse que le prisonnier. Ils firent très attention de ne pas le blesser car, dans le fond, ils avaient plutôt envie de le consoler. Mais le trou n'était-il pas le meilleur endroit pour pleurer à l'abri des regards indiscrets ?

Natividad n'avait rien compris ; peut-être aussi qu'elle avait été mal conseillée par une de ces Francine qui se croient tout permis. Elle revint la semaine suivante, cette fois accompagnée aussi de sa propre travailleuse sociale et d'un document signé par le juge.

La visite était très officielle ; le prisonnier en avait été informé la veille, et on lui avait dit qu'il n'avait pas le droit de refuser de se présenter au parloir. Ce délai lui avait permis de se préparer convenablement à leur montrer, une fois pour toutes, qu'il n'était pas un trou de cul. Le surveillant avait d'ailleurs choisi de l'informer en présence d'autres enfants, de façon à ce que les copains soient en mesure de l'instruire de la meilleure conduite à tenir.

— Tu es en prison, petit, lui avait alors dit un camarade plus expérimenté. Ils ne peuvent pas t'envoyer plus bas qu'ici. Il n'y a plus de bastonnade ni de peine de mort... Alors, montre à ces écœurants ce que valent leurs droits à tes yeux. Arrange-toi pour aller au trou à cause de leur présence, si tu ne veux plus les voir. C'est à toi de décider… Quoique, si tu veux mon avis, à ta place je ferais chanter la bonne femme, la travailleuse sociale et les avocats… Tout le monde. Ils viendront manger dans ta main. Là, tu auras tout ce que tu voudras. Ils adorent visiter les détenus qui souffrent, ils sont rongés par le remords. N'ont que ça à faire…

Le même vieux surveillant du parloir l'accompagna cette fois et se tint un peu à l'écart, prêt à intervenir. Mais Conrado paraissait si calme, gentil, et sans doute qu'il regrettait son geste antérieur. D'ailleurs, c'était connu, les prisonniers boudaient souvent lors des premières visites, mais ne tenaient pas le coup et se ravisaient ensuite, à cause de l'appât des cadeaux, des perspectives de sorties et des sommes d'argent que les visiteurs ne manquaient pas d'apporter.

Conrado s'approcha un peu plus de Natividad mais refusa de se laisser toucher. Elle paraissait plus rassurée en présence de la Francine, moins empressée aussi de l'obliger à se soumettre, plus respectueuse. Elle lui montra de loin la photo de ce Juan, et Conrado conclut qu'il resterait vraiment un singe.

L'enfant fixait les deux femmes avec une grimace qu'il voulait méchante. Il remarqua avec plaisir que Gérald se tenait loin cette fois, faisant mine de regarder par la fenêtre, sans doute impressionné, mais le silence de l'enfant et son allure fière agaçaient trop la Francine ; celle-ci tenta des minauderies déplacées pour l'inciter à s'approcher, ou à répondre, à redevenir un petit garçon gentil. Elle était visiblement habituée à se faire obéir et convaincue de son droit absolu d'être là. C'était une femme élégante, qui devait sentir bon ; sa voix était forte, claire. À son côté, Natividad paraissait bien moins belle. Les deux alliées, pensa-t-il.

Conrado se décida enfin à s'approcher davantage, tout près, comme s'il avait l'intention d'embrasser la travailleuse sociale. Il hésita un instant, sourit, et lorsque la femme se pencha, il lui cracha au visage.

Saisie de colère, elle le gifla violemment.

Le surveillant intervint d'un bond ; il saisit la Francine par le bras et la secoua. Ce n'était pas nécessaire, elle paraissait plus effrayée que le petit garçon. Natividad courut rejoindre Gérald.

Conrado ne connut pas la suite car d'autres surveillants vinrent s'interposer. Ça criait fort et il fut escorté directement au trou.

Ce soir-là, pas de pleurs ni de rêveries tristes. Un brin de honte l'assaillait pourtant car le crachat était destiné à sa mère. Mais Natividad lui avait paru si petite à côté de la travailleuse sociale, si quelconque et éloignée de la femme de ses rêves, qu'il ne put alors s'empêcher d'agresser l'ennemie la plus évidente. Tant pis, il le referait au besoin, autant de fois qu'il le faudrait, s'ils tentaient encore de l'emmerder. Avec un étrange sentiment de fierté, il s'endormit les poings fermés.

Ce deuxième incident eut une retombée inespérée. Toutes ses visites furent coupées durant un mois, ce qui lui permit d'éviter le face-à-face avec Martin et le docteur Poulin.

13

La lutte contre l'ange

L'automne était déjà avancé. Les gens avaient renoncé à remettre Conrado face au passé et il commençait à oublier les revenants. Martin et le docteur Poulin avaient espacé leurs visites pour le laisser respirer et pour qu'il apprenne à faire face seul à son existence. S'ils le surveillaient de loin, ils ne le laissaient pas remarquer, d'autant que plusieurs autres personnes se sentaient aussi responsables du petit garçon. Le professeur, en particulier, qui découvrait son grand appétit pour apprendre ; le moniteur de sport aussi, qui s'était mis dans la tête de lui enseigner à patiner, avec la fantaisie de voir, un jour, un gardien de but basané dans les équipes majeures. Armand, le chef de l'atelier de menuiserie, lui, s'était pris d'une tendresse toute spéciale pour l'enfant depuis le jour où il avait cru que Conrado voulait se suicider.

Cela se passa peu de temps après qu'il eut craché sur la travailleuse sociale. La chose s'était ébruitée, et chacun se rendit compte que le garçon venait de sceller son sort pour plusieurs années. Les fonctionnaires sont rancuniers, la justice ne tolère pas les têtes fortes et, avec le poids de son dossier judiciaire, cet enfant ne pouvait plus espérer de grâce ni de libération anticipée. Graine de cachot qu'il fallait mâter ; on aviserait à l'adolescence.

Conrado paraissait changé depuis l'incident, trop rêveur, ensommeillé et distrait, comme s'il n'arrivait plus à trouver un sommeil réparateur. Il suivait automatiquement la routine et les consignes, sans créer de problème, mais ce n'était plus le même Conrado, celui dont l'image égayait la journée de ses camarades. Quelque chose paraissait s'être brisé dans son esprit, et il devint un simple prisonnier parmi les autres. Pendant la classe et les jeux, son regard était souvent tourné au loin, perdu, indéchiffrable. L'enfant avait refusé d'autres visites, et il renvoyait les paquets qui lui parvenaient de l'extérieur sans même chercher à en connaître le contenu. Rouler des cigarettes était la seule activité qui paraissait encore le passionner, mais il s'y adonnait d'une façon mécanique, tel un robot, dans le but évident de vider son esprit.

Un jour, cet Armand, le menuisier, le surprit comme en transe, debout à côté de la scie circulaire qui tournait à haute vitesse et dont quelqu'un avait malencontreusement retiré la garde de sécurité. Il le vit de l'autre côté de l'atelier et fut saisi d'un frisson : l'enfant, livide, avait porté ses mains devant lui, de chaque côté de la lame comme s'il tentait d'attraper un oiseau ou un papillon. Ses mouvements étaient lents, son regard vitreux, et il avançait lentement son visage vers le tranchant de la scie pour l'embrasser ou s'y jeter. Armand eut le temps de l'atteindre et de le tirer en arrière. Conrado réagit comme s'il se réveillait, étonné de se trouver là.

Ce n'était peut-être pas une tentative de suicide, mais c'était très étrange, et Armand préféra ne pas le signaler officiellement dans le dossier de l'enfant, par peur de la réaction du psychiatre. Il ne fallait pas qu'il se mette à le droguer celui-là aussi. Il passa tout de même le mot à d'autres surveillants, qui se firent un devoir de garder l'œil sur les spleens du petit Conrado.

Non, ce n'était pas une tentative de suicide ni un acte désespéré. Conrado s'était simplement absorbé dans la contemplation de la lame nue, et ses mains étaient là uniquement pour ressentir la vibration de l'air. Un jeu d'enfant qui s'ennuie, rien d'autre, ou si peu... Il avait commencé à développer la singulière habitude d'examiner, concentré, des choses anodines, comme cette lame de scie qui tournait en produisant des ondes proches de l'arc-en-ciel, ou comme la couleur soudainement bizarre des petits pois verts contrastant avec les grains de maïs et le brun juteux de la viande dans son assiette. Durant les leçons, il lui arrivait de perdre le fil de ce qu'il lisait, tant les formes des caractères d'imprimerie commençaient à danser, à se contorsionner les uns face aux autres comme s'ils s'amusaient à perdre leur sens. Un rayon de soleil entrant par la fenêtre, des saletés incrustées sur son pupitre ou ses propres ongles pouvaient prendre des proportions énormes, ainsi isolés de tout contexte, pour devenir fascinants, irréels et monstrueux.

Lorsqu'il ne s'absorbait pas de la sorte, il vaquait à ses occupations de façon machinale, sans cependant se tromper ni faire rien de déplacé. Il rêvassait encore, bien sûr, mais ça rêvait désormais plutôt tout seul dans son esprit, car là aussi l'indolence laissait sa trace. C'étaient des images hétéroclites, souvent de simples scènes morcelées sans rapport les unes avec les autres, qui perdaient le mouvement des suites télévisées pour se réduire à de simples tableaux comme ceux de la bande dessinée. Il repassait spontanément beaucoup de ses expériences antérieures, sans besoin de s'impliquer ou d'en corriger le sens. Ça ressemblait à un adieu. Mais il ne pensait pas à la mort pour autant. Il lui suffisait de se dépouiller de la vase lourde qui l'emprisonnait dans la tristesse. L'enfant se résignait à être seul, en attendant de voir ce que la vie lui réserverait. Conrado savait qu'il devait attendre, les copains le lui avaient bien dit, mais il ne regrettait pas son geste. Comme ce qu'il avait fait à Réal, le crachat lui ouvrait une voie à lui tout seul. Si ce n'était pas la meilleure, au moins c'était la sienne ; et il se sentait rassuré à la pensée que, dorénavant, il ne serait plus un jouet aux mains des autres.

❏

Armand, le menuisier, n'était pas un homme de beaucoup de paroles, et ses contacts avec l'enfant étaient très superficiels. Conrado était trop jeune pour fréquenter son atelier en tant qu'apprenti ; s'il y venait souvent, c'était plutôt pour regarder les jouets que fabriquaient les plus vieux. Il glanait aussi des pièces de jeu de dames, des roues pour bricoler des voiturettes et un tas d'autres vétilles que les enfants qui ne possèdent rien aiment à ramasser en guise de trésor.

Mais Armand le saluait affectueusement et, comme d'autres, il pensait que ce petit-là méritait un autre sort. Même quelques-uns de ses apprentis avaient déjà mentionné qu'ils trouvaient honteux qu'un enfant si petit soit obligé de faire du temps.

— Les trous de cul s'en vont en Chine chercher des enfants, lorsqu'il y en a tant ici, et de très beaux...

— C'est la mondialisation du marché, avait rétorqué un autre. La production locale ne trouve plus preneur, et ça va être le chômage dans l'industrie québécoise des bébés.

— Vous savez que ce n'est pas vrai, leur avait alors répondu Armand, un peu mal à l'aise. C'est à cause de ce maudit droit qu'ont les parents naturels de ne pas céder leurs petits. Ils peuvent en abuser, les battre et les abandonner, mais ils gardent leurs droits. Les droits des enfants viennent après, bien après ceux des adultes. Donc, pas moyen de leur trouver de bonnes familles. Personne n'en veut. Tu t'imagines, tu prends un enfant, tu t'y attaches, et lorsque tu l'as aidé à s'en sortir, un écœurant ou une folle s'amène et réclame des droits de visite, de sorties… C'est comme si tu adoptais les parents en même temps. Sans compter les travailleuses sociales, qui ne te laissent plus en paix, qui viennent prendre le café dans ta cuisine pour fouiller dans ta vie privée. Tu voudrais ça chez toi ? Bon, les gens non plus. Ça ne veut pas dire qu'ils sont des trous de cul…

— Il faudrait trouver une famille de gars durs pour Conrad, proposa un autre. Du genre Hells Angels… Qui feraient peur aux parents naturels et au service social. Il y serait bien, je trouve…

L'enfant ignorait qu'on parlait ainsi dans son dos. Il croyait simplement que la prison était sa famille, une fois pour toutes. Il en avait ras le bol des familles d'accueil, et il s'était bien dit que, si jamais les Francine n'avaient pas appris la leçon, la prochaine fois il mettrait le feu à toute la maison. Cette pensée le réconfortait et lui permettait d'envisager l'avenir en toute sérénité.

Un jour, Armand vint le trouver pour lui demander une faveur.

— Salut, Conrad. Ça va ? Voudrais-tu me rendre un service ? Je dois aller en Abitibi cette fin de semaine ; ce sont les fiançailles de ma fille cadette. Je promets de t'apporter un bout de gâteau, lundi. Mais j'avais promis à des copains de leur faire visiter le centre de détention. Ce sont de bons amis. Joe est camionneur ; tu vois, ces énormes camions à remorques… Il voyage souvent, et ce serait dommage d'annuler la visite. Sa femme, Lise, est un bijou de belle femme, très gentille ; presque parente avec moi. Elle est serveuse. Je ne pourrai pas être là pour les accompagner, et je voulais que tu leur montres l'endroit. La permission est accordée, tout est en ordre ; ils veulent tout voir, même le trou. Mais, tu sais bien, une prison, ça impressionne beaucoup les gens de l'extérieur. J'avais pensé à toi pour les accompagner, pour qu'ils ne se sentent pas trop mal à l'aise. Les gars te respectent, ils ne voudront pas écœurer mes amis s'ils croient que ce sont tes copains à toi... Joe est un gars bien correct. Depuis le temps que je lui en parle, il voudrait bien savoir de quoi ça a l'air ici.

Conrado sourit, content de cette marque d'affection et de respect, et se sentant déjà l'homme tout indiqué pour une telle entreprise.

— Je vais leur dire que tu n'es pas très bavard mais qu'ils peuvent te faire confiance. Fais-leur pas peur, d'accord ?

L'enfant passa le reste de la semaine dans un état d'allègre fébrilité. Montrer la prison, escorter des visiteurs, aller partout et faire ouvrir les portes d'un air nonchalant et connaisseur... C'était génial. Il avait déjà vu ce genre de visites, et il se souvenait avec plaisir du regard timide et étonné des gens de l'extérieur. Cette fois, il serait au centre de l'action. Armand avait été chic de lui offrir cette chance.

Le dimanche matin, Conrado se réveilla de bonne heure, il prit sa douche et descendit pour le petit déjeuner comme s'il allait à une fête. Il fallut attendre longtemps au parloir, jusqu'à dix heures, parmi les familles bruyantes et les mères mielleuses qui ne savaient jamais se comporter avec dignité. Le curé aussi était là. Mais rien ne dérangeait l'enfant car il venait pour guider des visiteurs.

Joe et Lise dépassèrent toutes ses attentes. Lorsqu'il les vit arriver, il crut halluciner. Yosemite Sam était là en personne, drapé de cuir, avec des bottes de cow-boy, plus large que haut, très costaud, caressant son immense moustache d'un air méchant et hautain. Ses longs cheveux attachés en queue de cheval et un collier d'argent incrusté de turquoises au cou complétaient sa figure exotique. À ses côtés, Miss Piggy en pantalon serré, bottée jusqu'aux genoux et avec une épaisse chevelure platine, non seulement avait un joli visage, mais distribuait aussi de très larges sourires à la ronde. Ses formes sensuelles n'avaient d'égal que la formidable charpente baraquée du petit géant aux moustaches rousses.

Quand le surveillant cria son nom, Conrado sursauta d'effroi et s'approcha du couple d'un air timide, déconcerté. Il fut présenté à Joe et à Lise, qui lui firent le premier une poignée de main digne d'un lutteur, la deuxième une jolie révérence du haut de ses talons aiguilles.

Joe était tout à fait à l'aise dans la prison, d'autant plus que même les plus costauds de la place s'écartaient respectueusement à la vue de sa personne. Les talons durs de ses bottes résonnaient sur le ciment comme dans les films d'horreur. Lise, au contraire, paraissait très intimidée, même craintive, et elle posait sans cesse des questions auxquelles Conrado répondait par des mimiques et des gestes très précis. Joe s'adressait à l'enfant de manière amicale, comme s'ils se connaissaient depuis toujours, et ne semblait pas remarquer qu'il était muet. Il avait l'air de se divertir beaucoup. Au trou, Joe insista pour se faire enfermer à clé par le surveillant de l'aile et, feignant une crise de rage, il secoua la porte de la cellule presque au point de l'arracher. Lise riait nerveusement en compagnie de l'enfant, qu'elle commençait à appeler « mon ange ».

— Armand m'a dit que tu comprends l'anglais, remarqua Joe en s'adressant à Conrado lorsqu'ils furent attablés à la cafétéria, à l'écart des autres détenus. Ça ne te dérange pas que je parle parfois un peu en anglais ? C'est l'habitude. Avec mon camion, je suis la majeure partie du temps sur la route, aux États-Unis.

— Le camion est une merveille, Conrad, interrompit Lise. Un Kenworth, tu sais ? Dix roues, avec cabine pour dormir, tout chromé... Dommage que je ne puisse pas voyager avec Joe. Je suis jalouse de le voir au volant ; ça me donne le frisson, rien que d'y penser. Il est énorme ; avec deux remorques, on dirait un train !

Ils se renseignèrent sur la vie en institution sans chercher à rien savoir de personnel sur l'enfant. Lise trouvait que la nourriture de la prison était saine, mais qu'elle manquait de goût, et elle promit à l'enfant que, si jamais il était libéré un jour, elle l'inviterait à venir manger au restaurant où elle travaillait.

— Tout, Conrad, tout y est mieux, je t'assure. Le poulet frit, le poulet rôti, le jambon, les frites, la poutine, même les hamburgers... C'est bien ici, pour une prison, je veux dire ; mais tu verras la différence quand tu mangeras au restaurant. C'est vrai, hein, Joe ? Toi aussi, tu trouves que c'est meilleur, dis-lui !

— C'est sûr, t'as raison, ma poulette, fit Joe avec le sourire en empoignant le bras rondelet de la femme avec sa paluche de chauffeur de poids lourd. C'est vrai, Conrad, c'est un bon restaurant. Mais je préfère la cuisine de ma femme... Lise est toute une femme, mon vieux, un ange. Tout ce qu'elle fait est bon ; tiens, même des chilis mexicains... Il paraît que tu comprends aussi l'espagnol. *¿ Comprende español, amigo ? Hasta la vista, hombre...* ajouta-t-il en riant. Je ne parle pas espagnol, c'est dommage, mon vieux. Je suis souvent en Californie et au Nouveau-Mexique avec mon camion. Là-bas, tout le monde se débrouille un peu en espagnol, c'est plein de Mexicains partout... Un endroit dangereux pour les chauffeurs, avec beaucoup de bagarres et de gens armés ; tu vois le genre ? Mais c'est très beau. Si un jour ils te laissent sortir d'ici, n'oublie pas d'aller faire un tour là-bas. Avec l'anglais et ton espagnol, tu te débrouilleras sans problème. C'est chaud, et les filles, mon vieux... !

— Joe Plamondon ! s'écria Lise en tentant de paraître fâchée. Ne l'écoute pas, Conrad. Il parle toujours des femmes, mon petit Joe, mais il revient toujours chez sa Lise. Pas vrai, mon homme ?

— T'as encore raison, poulette; un morceau de femme comme toi, ça n'existe qu'ici, au Québec. Mais nous, les gars, on ne peut pas s'empêcher de regarder, n'est-ce pas Conrad ? Ni de se vanter. On est faits comme ça. C'est plus fort que nous...

L'enfant se sentait très heureux avec ce couple sympathique qui avait l'air de s'aimer comme deux camarades. Conrado n'était pas non plus insensible au regard que ses copains jetaient en direction de leur table. Ça faisait plaisir d'être vu en si bonne compagnie; ça lui donnait la nette impression que les autres l'enviaient, qu'ils voudraient bien être à sa place pour bavarder comme de vrais copains avec Lise et Joe Plamondon.

L'après-midi, pendant la promenade dans le parc enneigé, Joe finit par demander à l'enfant s'il se sentait bien en prison. Celui-ci répondit par un sourire accompagné d'un haussement d'épaules et sentit que Lise prenait sa main entre les siennes, comme si elle avait peur.

— Ça doit être dur, tous les jours, de ne pas pouvoir sortir... ajouta Joe, pensif. Je le dis comme ça, parce que les portes, les gardes, tout ça me donne le frisson, Conrad. J'aime les grands espaces, les routes qui ne finissent plus. Nous autres, hein, Lise? même la ville nous étouffe. On habite la campagne, très loin d'ici, passé Magog, juste à la frontière américaine. C'est une ancienne ferme qu'on a laissée en friche pour profiter de l'espace. Le restaurant de Lise est à Stanstead, un village proche. À la campagne, chacun s'occupe de ses propres affaires, tu vois, sans déranger les autres. Mon entrepôt est dans la même région, et je viens très rarement à Montréal. Tu penses! c'est un problème de circuler ici avec mon gros camion... Penses-tu qu'ils te laisseront sortir dans le stationnement pour le voir? J'aimerais bien te montrer l'intérieur de la cabine... Du luxe, Conrad, complètement équipée, presque une roulotte.

À la vue de la patinoire encore mal finie, Joe insista pour qu'on le laisse patiner un peu. Il parut déçu d'apprendre que Conrado ne savait pas encore jouer au hockey, et il se fit un plaisir de montrer ses propres talents avec les patins du moniteur, pour « taquiner le puck », comme il disait.

Joe évoluait gracieusement malgré sa charpente carrée ; ses tirs au but étaient aussi violents qu'imprécis mais il avait l'air de s'amuser comme un enfant.

Conrado était assis au bord de la patinoire, avec Lise. Il fut pris au dépourvu quand, cessant de regarder Joe, elle se tourna vers lui et lui dit :

— C'est bon d'être avec toi, Conrad. Depuis le début de la semaine, Joe et moi, on ne parle pas d'autre chose ; j'avais un peu peur de te rencontrer. Tu sais, on n'a pas d'enfant. On voulait beaucoup en avoir un, mais ça ne marche pas… C'est à cause de ça qu'on ne sait pas très bien quoi dire, et j'avais peur que tu t'ennuies avec nous. Mais ç'a été bon. Regarde Joe comme il est heureux… Ça faisait longtemps qu'il ne patinait plus. Dis, est-ce que tu… tu veux qu'on te sorte d'ici ? Je veux dire, rien que pour une visite, demanda-t-elle avec une émotion nouvelle dans la voix.

Conrado retira doucement sa main d'entre les siennes et figea dans le carcan d'une énorme confusion. Joe glissait sur la patinoire tel un personnage de dessins animés, drôle et content, pendant que Lise s'était chargée de lui tendre le piège. Car il fallait que ce soit un piège ; cette sorte de sentiments tendres, cette envie de gratitude et cette insouciance annonçaient irrémédiablement des pièges, des abandons, des méchancetés. Ces gens-là étaient dangereux, il fallait se méfier, ne pas baisser la garde. Il fallait qu'elle se rappelle qu'on était en prison, qu'il n'était pas un petit enfant sans défense…

Lise parut ensuite intimidée par Conrado, silencieuse. Joe, au contraire, ravigoté par l'effort physique, insistait auprès du garçon sur les bienfaits du patin et du hockey.

— Tu vois, Conrad, mon vieux, apprends à patiner un peu, rien que pour pouvoir te tenir debout. Si tu viens chez nous, je vais arroser la cour et on pourra jouer ensemble. Il faudra te procurer des patins. Dis, ma poulette, si on invitait Conrad pour les fêtes ? Est-ce que tu viendrais chez nous ?

L'enfant pointa la clôture de barbelés d'un geste nonchalant.

— Excuse-moi, Conrad, je sais, reprit-il visiblement mal à l'aise. Ces murs, ça me donne la chair de poule...

Au moment de partir, Joe paraissait embarrassé, et il remercia exagérément l'enfant en le secouant d'une poignée de main interminable. Lise tentait de cacher son émotion et s'excusait d'avoir pu gâcher son dimanche, car l'enfant avait peut-être d'autres choses à faire... Mais elle l'assurait d'avoir beaucoup aimé la visite, et qu'il avait été très gentil de les accompagner.

Les deux visiteurs parurent plus attristés que l'enfant du fait qu'on ne le laisserait pas aller dans le stationnement pour voir le camion. Ils promirent de lui écrire, de demander de ses nouvelles à Armand, sans toutefois revenir sur l'invitation de le recevoir à Noël.

Cette nuit-là, Conrado se sentit triste et nostalgique, mais d'une tristesse douce, reposante, qui le fit dormir sans cauchemars. Il rêva à des plaines enneigées vues à vol d'oiseau par des corbeaux en bottes de cow-boy, à des jouets qui parlaient entre eux et à des fêtes d'anniversaire remplies de Schtroumpfs joyeux.

Le lundi, Armand se montra très satisfait et remercia Conrado pour son beau travail de la veille. Les visiteurs avaient été ravis, et ils lui disaient encore merci.

— Ce sont mes amis depuis qu'ils sont petits, Conrad. Joe Plamondon fait du camionnage lourd ; c'est un as du volant. Et Lise, hein ? N'est-elle pas adorable ? Ils étaient très impressionnés de voir la prison, et aussi de te connaître. Ils m'ont demandé s'ils pouvaient revenir te voir... Aimerais-tu les revoir ?

Quelle question ! L'enfant ne cessait de penser à eux. Il avait peur de les aimer mais, bien protégé dans la prison et maître de son avenir, pourquoi n'aurait-il pas des amis sympathiques ? Après tout, plusieurs enfants recevaient la visite d'étrangers, des bénévoles qui les faisaient sortir en promenade et qui se souvenaient de leur anniversaire. Tant que ce n'était pas la famille, et qu'ils ne détenaient pas de droits, il ne courait aucun danger.

Lise revint seule le dimanche suivant. Joe était parti sur la route mais il envoyait ses salutations à Conrado, accompagnées d'un gâteau au chocolat en forme de camion. Cette fois-là, ils restèrent à bavarder au parloir. Elle était toute douce avec l'enfant et lui raconta des histoires sur son travail au restaurant, sur les autres camionneurs qui venaient y manger, sur les gens bizarres qu'elle connaissait et d'autres choses simples de sa vie avec Joe.

— On n'est pas riches, Joe et moi ; on travaille et on s'amuse un peu. Ça n'a peut-être pas l'air, mais Joe est un excellent danseur. C'est un homme si bon... Il adore le hockey et la pêche. Je l'accompagne parfois, pour être avec lui ; ça le rend heureux. Mais j'avoue que je préfère regarder le hockey à la télévision... Le travail au restaurant est fatigant... J'adore rester à la maison, faire la cuisine, regarder le temps passer...

Elle ne prit pas sa main et ne paraissait pas émue, ce qui rassura et aida à mettre le petit garçon à l'aise. Il l'écoutait en tentant de visualiser les choses dont elle parlait, comme le restaurant, leur maison dans la plaine, les bois environnants, l'endroit où ils allaient pêcher. Il arrivait mal à se représenter ces choses fabuleuses, car son monde avait été réduit aux maisons fermées, au regard des gens entassés les uns sur les autres. Ce pays-là d'où elle venait devait être très beau, si calme, si différent de la ville sale...

Tout en parlant de sa vie, Lise évoquait surtout Joe, son mari. Elle le faisait d'une façon presque empressée, comme si elle avait voulu convaincre l'enfant que cet homme-là était réellement aimable, ou qu'il existait pour de vrai. Ce n'était pas nécessaire ; Conrado avait ressenti quelque chose de spécial envers lui, et cette impression immédiate comptait plus que n'importe quel témoignage. Elle insistait quand même, elle répétait qu'elle et Joe resteraient toujours ensemble, qu'ils s'aimaient et que Joe Plamondon savait s'occuper de ceux à qui il s'attachait. Après tout, c'est ce qu'on lui avait dit de dire, et Lise voulait être certaine de ne pas commettre d'erreur.

Si Conrado avait pu entendre ce dont elle et Joe avaient discuté après la première visite, il aurait été bien étonné de constater que certains adultes, eux aussi, pouvaient ressentir à la fois de la tendresse et une énorme insécurité.

Ils se quittèrent sans tristesse, en bons amis.

Les photos du camion de Joe qu'elle lui avait apportées firent le tour de tous les enfants de l'aile, et furent appréciées à leur juste valeur. Joe en maillot de corps, en jeans et en bottes de cow-boy, avec son énorme bedaine et ses bras tatoués, avait l'air d'un vrai motard. Lise, avec des lunettes fumées, assise sur le capot du mastodonte stationné au bord de la mer, était ravissante.

— Si tu ne veux pas de ces gens-là, Conrad, s'il te plaît, présente-les-moi, lui dit un copain léchant ses doigts après avoir mangé sa part du camion en chocolat. Chauffeur de poids lourd, ça c'est la vraie vie...

Lise revint encore la semaine suivante. Malheureusement, Conrado ne reçut pas la permission d'aller les visiter à Noël.

— Comprends bien, petit, lui dit le directeur, qui se chargea personnellement de lui transmettre la mauvaise nouvelle. Ils ne sont même pas de ta famille, et ce genre de sortie exige beaucoup de préparation. À cette époque de l'année, tous les bureaux sont débordés de demandes. Ils s'y sont pris trop tard, dommage. Peut-être pour ton anniversaire, en mars. On verra... Si tu pouvais parler de ça avec ton psychiatre, si on avait des recommandations précises, ça pourrait accélérer les choses. On verra ce qu'on peut faire. La travailleuse sociale va s'occuper de tout à la rentrée, d'accord ? Tes amis viendront te voir ici, c'est presque la même chose… Si au moins c'étaient tes parents…

Conrado était déçu car il avait beaucoup rêvé à cette sortie. Il savait cependant que le directeur n'y était pour rien. Ce genre de permission nécessitait un long examen. Malgré la pression extérieure de Martin, du docteur Poulin et même celle du psychiatre, l'enquête sur une famille inconnue est une affaire de mois, surtout lorsqu'il s'agit d'une famille qui ne demande pas d'argent et qui n'est pas prête à lécher le cul aux services sociaux. Et le ministère de la Justice est un tantinet plus exigeant lorsqu'il s'agit de sorties humanitaires ou de tutelle, particulièrement dans un cas qui avait fait tant de bruit dans les journaux. Après tout, cela faisait à peine plus de six mois que le mineur en question avait été arrêté.

Curieusement, à bien y penser, Conrado n'était pas trop fâché de ce délai. Sa déception venait du fait qu'il ne pourrait pas se promener en camion. Pour ce qui est de Joe et de Lise, une certaine ambivalence persistait, et il éprouvait même une sorte de soulagement à la pensée qu'il se réveillerait dans son propre lit, dans son aile, parmi ses copains, en lieu sûr. Et puis, ce n'était pas entièrement désagréable de pouvoir maugréer un peu contre la fête de Noël des prisonniers, tout en se réjouissant de la présence des surveillants et de leurs familles, des bonnes choses qu'il y aurait à manger et du spectacle qu'ils étaient en train de monter pour l'occasion. Tout cela n'exigeait pas de gratitude, ne mobilisait pas de sentiments bouleversants et c'était sans aucun risque. Tandis qu'une sortie… Conrado se souvenait de certains camarades qu'il avait vus revenir la mine basse des sorties à l'extérieur ou des fêtes en famille, il se rappelait leurs crises de rage et leurs pleurs nocturnes, certaines tentatives de suicide aussi. Non, c'était peut-être mieux d'attendre encore, histoire de voir si Joe et Lise étaient vraiment de bons copains. Si ça se trouvait, ils ne reviendraient plus jamais…

Ils revinrent. Deux jours avant Noël, pour la plus grande joie de l'enfant. Dans leurs épais manteaux de fourrure, Joe et Lise ressemblaient à un couple de castors souriants. Tous les trois étaient moins mal à l'aise qu'au cours de la première rencontre, et ils ne cherchaient plus à cacher leurs sentiments. C'était évident qu'eux aussi avaient beaucoup pensé à lui, qu'ils avaient rêvé à des projets d'avenir tout comme Conrado, et cela les liait dans une camaraderie nouvelle. Lise regardait l'enfant avec une tendresse moins anxieuse, et lorsqu'elle le touchait ou arrangeait ses vêtements, ce n'était pas pour manquer de respect ni pour qu'il se sente considéré comme un bébé. Joe était très excité et poussa Conrado à ouvrir tout de suite le cadeau qu'il lui avait apporté : une belle paire de patins de hockey accompagnée d'un chandail du Canadien.

— Je sais, mon vieux, qu'ils ont des patins ici, expliqua-t-il pour s'excuser. Mais ce n'est pas la même chose. Un vrai joueur doit avoir ses propres patins, ça doit se mouler à ses pieds avec l'usage. C'est comme un camion ; le vrai chauffeur préfère son propre véhicule. Tu verras, Conrad, c'est toute une autre affaire que de patiner avec ces patins-là ; et tu ne risques pas de te blesser. C'est plus sécuritaire, tu te tiendras mieux debout. Attention ! Les lames sont déjà très coupantes, prêtes à mordre la glace. Avec ton chandail, tu seras très beau sur la patinoire…

Lise lui offrit une paire de souliers de course et un survêtement. Même s'il était ravi, elle tenta de s'excuser :

— Ça ne veut pas dire que ce que tu portes ici n'est pas beau… Non, mais je n'ai pas pu résister pendant que Joe choisissait tes patins. Ils ont des choses si belles dans les magasins pour les enfants… Je tiens quand même à te dire quelque chose. Tu m'excuses, d'accord ? Je, je voulais t'apporter aussi des jouets.

— Lise ! tenta d'interrompre Joe.

— Non, Joe, sois pas hypocrite. Toi aussi tu regardais les jouets. Conrad, mon ange, c'est Joe lui-même qui avait eu l'idée d'aller regarder le magasin des jouets. Il est fou des jouets... Mais on n'a jamais la chance d'en acheter. Tu vois, c'était un peu pour nous aussi ; il y a de si beaux jouets, aujourd'hui ! Mais on n'a pas osé... C'est que... on n'en a pas vu ici, des jouets ; et on a pensé qu'il ne fallait pas, sans ta permission. Ça ne veut pas dire, tu sais... Ah, je ne sais pas quoi dire ! Voilà : on avait tous les deux une envie folle de t'acheter des jouets. Ça paraît peut-être bête mais c'est comme ça. Nous aussi on avait envie de faire comme les autres parents et d'acheter des jouets, ajouta-t-elle en essuyant ses larmes.

— Lise, ma poule, arrête !

— Non, Joe, reprit-elle avec difficulté, mais sans cacher son émotion. Alors, Conrad, si tu veux, quand tu pourras venir, on ira ensemble choisir tes jouets, si tu veux... Tu pourras les laisser chez nous, si ce n'est pas bien d'avoir des jouets ici. Des patins, c'est bien, des vêtements aussi, mais ce ne sont pas de vrais cadeaux de Noël... Tu ne trouves pas, Conrad ?

L'enfant les écoutait bouche bée pendant que des images merveilleuses défilaient dans son esprit, des images peuplées de camions, de grues, de petits bonshommes et de fusées transformables qu'il avait tant admirées dans un catalogue de Noël. À peine une pointe de regret brouilla sa joie, mais il embrassa aussitôt les patins et les souliers de course d'un air fier, souriant avec gratitude. En effet, des jouets ne cadraient pas bien dans une prison ; il se réjouit aussi de voir qu'ils avaient compris ce détail et qu'ils s'étaient retenus par respect envers lui. Conrado aimait beaucoup les jouets, il aurait pu passer sa vie entière à jouer ; il le ferait un jour, en dehors de la prison, protégé de tous les regards indiscrets.

L'enfant ne put alors s'empêcher de tendre ses deux bras, à la façon des tout petits, et il déposa un baiser sur la joue de Lise. Elle ne s'attendait pas à ce geste et, abandonnant toute contenance, elle l'embrassa très fort, en répétant son nom pour conjurer le sort. Très ému, au bord des larmes, il serra alors la grosse main de Joe en détournant les yeux.

Ils restèrent ensuite tous les trois là, gênés, en silence, sans savoir que faire ni comment s'aimer.

❑

La veille de Noël, moniteurs et surveillants firent une fête pour tous les enfants. Ils étaient venus, quelques-uns accompagnés de leur épouse et d'amis, comme c'était leur habitude depuis longtemps. L'année durant, la prison était leur lieu de travail ; la veille de Noël, au contraire, beaucoup d'entre eux se sentaient responsables d'aider les prisonniers à passer à travers ce moment difficile, où le monde entier faisait semblant d'aimer un bébé imaginaire.

Il y eut des représentations de théâtre, des concours de chant et de bras de fer, des humoristes et même un père Noël pour le dépouillement de l'arbre. Les cadeaux, bien sûr, ne ressemblaient pas trop à ceux qu'on retrouve dans les fêtes de bonnes familles, mais c'étaient quand même des offrandes : des pipes à haschisch, des condoms aux saveurs variées, des cigarettes, des briquets, de minuscules blagues à marijuana bricolées dans l'atelier de maroquinerie, des exemplaires de *Penthouse* ou de *Playgirl* parfois déjà très utilisés, des revues d'haltérophilie ou de *Hard Metal*, des jeux de cartes pornographiques et de nombreuses images macabres. Des choses simples, qu'ils pouvaient se payer avec leur peu d'argent, mais qui plairaient à coup sûr.

Armand sortit sa guitare pendant le repas et chanta des chansons d'un autre temps ; sa voix ressemblait parfois à celle du fou Victor, mais son plaisir et sa simple présence rendaient le geste émouvant. Conrado fut couronné l'enfant Jésus de l'endroit et dut se coucher dans une crèche improvisée, entouré de bruits d'animaux, de rois mages punks et du couple d'amoureux qui jouaient Joseph et la Vierge Marie. Le garçon déguisé en Marie était particulièrement drôle car non seulement il se déployait en obscénités et en regards suggestifs devant les rois mages et le bœuf, mais il finit la scène par un strip-tease en règle pour montrer le slip en dentelle que son copain lui avait offert.

Tard dans la nuit, alors que la fête tirait à sa fin, Conrado fut appelé au parloir. Le surveillant de nuit lui indiqua le téléphone et lui fit signe d'attendre.

— Allô, oui, il est là, dit-il dans le combiné. Voulez-vous que je vous le passe ? D'accord, je reste proche, vous pouvez parler. Tiens, Conrad, c'est un appel pour toi.

— Conrad ? entendit-il. Conrad, c'est moi, Lise. Tu m'entends ?

L'enfant toussa en guise de réponse.

— C'est moi, mon amour, Lise… Je voulais te dire que tu nous manques beaucoup… dit-elle d'une voix très émue, hésitante. On est à la maison, Joe et moi, on n'a pas le cœur à fêter. Tout à l'heure, on a été au restaurant pour saluer nos amis, mais on n'avait pas envie de rester là. On est revenus ici, chez nous… On avait monté un sapin pour toi ; il est très beau. Mais on a fermé toutes les lumières pour faire semblant que tu es ici, avec nous, chez nous. Et on avait envie de te parler… Tu sais, Joe et moi, on est assis et on regarde la plaine par la fenêtre du salon. Il fait froid dehors ; ça brille comme si toutes les étoiles étaient tombées sur la neige… Depuis qu'il y a toi, tout ici paraît tellement plus beau. C'est triste et beau en même temps. Je voulais que tu saches qu'on pense à toi, que tu nous manques. Sans toi, ici, la maison paraît vide… Parce que, parce que tu es loin… Pense à nous… Dis-toi bien qu'un jour tu viendras ici et qu'on fera une belle fête pour toi, pour nous trois. C'est si triste, mon amour, de ne pas…

Elle cacha le téléphone de la main pour que Conrado n'entende pas ses sanglots, et le passa à Joe.

— Allô, Conrad, mon vieux, c'est Joe à l'appareil. Tu m'entends ? Tu vois, Lise et moi, on tient beaucoup à toi. Ne t'en fais pas, ne regarde pas les murs ni les gardes. Pense à la campagne, à la neige toute bleue. Je t'assure qu'on te sort de là... Tu viendras dans mon camion, ça ne sera pas long, tu verras. Courage, mon vieux, Joe Plamondon ne t'oublie pas...

— Conrad, c'est Lise... reprit-elle. Excuse-moi de te dire des choses tristes, mon amour. Je sais que c'est bête... C'est parce que tu nous manques trop. On est heureux aussi, je te dis, très heureux. On voulait seulement que tu saches que tu n'es pas seul au monde. Tu as nous deux. Il y a aussi beaucoup d'autres gens qui t'aiment, qui vont essayer de t'aider. D'accord ? Ne sois pas fâché... Joe et moi, on ne sait pas dire ce genre de choses, c'est trop nouveau pour nous, et tu as toujours l'air si sérieux. Alors, pardonne-nous si tu trouves que c'est bête, mais on t'aime déjà... Va faire dodo, mon ange, et pense que Lise te borde lorsque tu seras au lit. Joe et moi, on va veiller sur ton dodo...

Le surveillant reprit le combiné en caressant la tête de l'enfant. Conrado s'était tourné contre le mur, secoué par les sanglots et par une confusion immense. Il resta ainsi tout défait, sans savoir s'il était heureux ou s'il allait mourir.

— Oui, fit le surveillant au téléphone. Il est là, il a tout entendu... Non, il est heureux, je vous assure, très heureux de vous entendre... Je crois... Bien, vous imaginez... C'est difficile de dire ce genre de choses, mais je pense qu'il est heureux. Ça lui a fait du bien, sans doute... Non, non... Ça va, ça va... Attendez, je crois qu'il veut encore vous entendre, je vous le passe. Vous pouvez parler.

L'enfant se retourna, le visage baigné de larmes et prit l'appareil. Le surveillant frissonna de tout son corps, la gorge serrée.

— Bye-bye, Lise... balbutia Conrado entre les larmes, d'une voix étouffée. Bye-bye, Joe mon vieux...

Très loin, dans la région vallonnée à la frontière, une femme surprise devant la voix du petit revenant eut la force de se ressaisir, de ne pas pleurer, et répondit :

— Dors bien, mon amour. Lise pense à toi.

— Bye-bye, mon vieux Conrad, fit Joe sans rien comprendre, lorsqu'elle lui passa le téléphone.

14

La grande route dans le froid pays

Justement, comment s'aimer ; voilà le problème auquel faisaient face Joe, Lise et le petit Conrado. Cette sorte d'amour, entre adultes et enfants, est trop difficile à dire et trop intense pour qu'on s'y arrête. Cet amour-là n'est pas décrit nulle part, et n'a pas reçu l'attention du poète car sa nature ancestrale le situe à l'origine même du langage, aux aurores de l'espèce. Ceux qui ont le bonheur de le connaître dans un cadre ordinaire le reçoivent spontanément, malgré eux, et aidés par les forces souterraines qui nous unissent à nos semblables. On n'a pas besoin de l'apprendre. Mais lorsque ce sentiment vient sur le tard, au hasard d'une rencontre entre des êtres sans liens de sang, les émotions sont bouleversantes et les acteurs restent impuissants, muets. Ils se retrouvent alors infiniment dépouillés, fragiles et maladroits devant la tendresse la plus naturelle qui soit, ridicules et euphoriques, angoissés par la fragilité du lien et la cruauté de la vie.

❑

Lorsqu'une épave ne coule pas, elle finit inexorablement par échouer sur une plage ou par s'écraser contre des rochers. Elle peut aussi, plus rarement, aboutir à un port. Dans ce cas, elle ne saura pas accoster d'elle-même ; ses mâts sont rompus, son gouvernail est tordu et sa quille ne fait plus le poids. Il lui faudra alors faire aussi la rencontre d'ouvriers et de marins qui, respectant en elle l'image du bateau à venir, seront capables de reconnaître sa valeur malgré la gangue ramassée au long des dérives. Eux seuls voudront se donner la peine de l'approcher dans l'espoir de la voir naviguer un jour.

Le chemin fut très long jusqu'à affourcher la coquille de noix. Ceux qui l'avaient abandonnée dans la tempête revinrent pour proclamer leurs droits ; d'autres, envieux du chemin accompli, crièrent à l'injustice. Le travail en cale sèche durerait peut-être la vie entière, impossible de le prévoir. Ce qui paraissait acquis cependant, c'était la décision ferme du petit Conrado d'être son unique maître, et de ne donner sa gratitude qu'à ceux qui feraient leurs preuves. Il avait désormais la certitude d'être capable de survivre même au fond de la prison, et que la mort est toujours à portée de la main. Cela rend exigeant face à l'existence.

Dès la rencontre suivante, Joe et Lise eurent la dignité de ne pas exploiter le moment de faiblesse du petit garçon, et ils respectèrent son silence. Conrado, qui appréhendait la fourberie des adultes, leur fut reconnaissant.

Il y eut de nombreuses tractations, desquelles l'enfant fut épargné. Il dut cependant piler sur son orgueil et répondre — par signes, certes, mais répondre tout de même comme un bon patient — au psychiatre, à des travailleuses sociales et à des avocats. Une rencontre avec le juge, au cours de laquelle Joe fit clairement comprendre à tous les gens présents qu'il n'était pas un trou de cul, scella un compromis. C'était provisoire, un simple essai, sans aucune garantie quant à l'avenir, et sans aucune signature officielle. On réviserait au fur et à mesure car ce n'était pas un compromis habituel, ça dérangeait trop la routine des bureaucrates, et si l'on commençait ce genre d'abus, où allait-on finir ? Vinrent ensuite de nombreuses rencontres entre l'enfant, le camionneur et la serveuse de restaurant, chaque fois sous le regard sévère d'observateurs expérimentés.

Dans les coulisses, on se l'imagine, la figure rustique de Joe Plamondon n'impressionna pas agréablement, d'autant plus qu'il avait la déformation professionnelle de relever ses manches de chemise et d'exposer ses tatouages, tout en s'exprimant avec ses formidables bras comme s'il tenait le volant de son poids lourd. Lorsqu'il fut questionné au sujet de ses habitudes sexuelles, sa réponse fut si franche, candide et d'une telle gaillardise, que même la Francine à la voix d'homme rougit et détourna le regard. Puis, quand elle mentionna la couleur de la peau de l'enfant d'un ton interrogatif, Joe lui fit remarquer qu'elle aussi lui paraissait un peu noiraude, et il demanda en riposte si elle n'avait pas par hasard un grand-père abénaquis.

Lise dut s'expliquer avec soin et humilité car son métier de serveuse leur paraissait être un euphémisme pour ne pas dire qu'elle faisait la pute dans un relais de campagne.

— Écoutez-moi bien, ma pauvre fille, répondit-elle à une avocate. Si je voulais faire la pute, je vous assure qu'il ne me manquerait pas de clients. Vous ne pourriez pas en dire autant... Mais j'ai un homme, moi ; tout un homme ! Au restaurant où je travaille, les gars me respectent parce qu'ils savent qui je suis. Si je n'arrive pas à faire sortir un client écœurant toute seule, il ne manque jamais de volontaires pour m'aider, d'accord ? Serveuse ne veut pas dire pute, ma petite... Justement pas. Pour ce qui est d'avoir des enfants, Joe et moi, on a essayé, et comment ! On n'a jamais porté de capote, et mon mari est très chaud. Mais Dieu n'a pas voulu... Lorsque Armand, le menuisier de la prison, nous a parlé de Conrad, on a hésité, beaucoup. On pensait qu'il était peut-être trop foncé pour s'adapter à notre village, qu'on ne saurait pas parler sa langue ; et son silence nous faisait peur, j'avoue. J'étais bête, prétentieuse ; je croyais que mon enfant devait me ressembler, sinon il ne serait pas tout à fait le mien... Je le voyais blanc, canadien-français et rouquin comme Joe. Mais j'ai changé. Je sais maintenant que le bon Dieu m'a envoyé quelque chose de précieux, quelque chose qui n'est pas donné à toutes les femmes. J'ai reçu un enfant qui m'a choisie, qui veut me prendre telle que je suis, et qui va choisir ma maison... Ne trouvez-vous pas ça beau ? Joe, mon mari, ça ne paraît pas, mais il est aussi un enfant adopté. Mais attention ! N'allez pas lui dire ça en pleine face car toute avocate que vous êtes, il vous cassera la gueule. Et ce sera bien fait pour vous. Maintenant, il est Plamondon, fils de Plamondon et de grands-parents Plamondon, voilà. Et ne fouillez pas trop ; vous risqueriez de savoir combien il y a de bâtards dans notre belle province... Mais dès qu'on a vu Conrad, toutes ces bêtises ont disparu de mon esprit. Il n'était ni noir, ni basané, ni blanc, ni d'aucune couleur ; ce n'est qu'un petit enfant sans maman... Un petit Québécois en prison, un point, c'est tout. Mon mari est camionneur ; il est fier que l'enfant sache aussi parler l'espagnol. Ça va servir quand il voyagera aux États-Unis. Ce n'est pas à cause d'une autre langue qu'il parlera moins bien le français. Joe se débrouille très bien en anglais... Quant aux gens du village et aux clients de mon restaurant, ça c'est nos oignons. Personne, madame, mais personne dans notre coin trouvera à redire lorsqu'ils sauront que c'est le fils de Lise et de Joe Plamondon. Personne, vous m'entendez ? Il va aller à l'école et apprendre à se défendre. Conrad est capable de le faire. Si sa mère veut venir le voir, et si l'enfant est d'accord, pas de problème. Mais chez moi, lui seul a des droits ; les autres n'ont que des responsabilités. On va l'élever comme on a été élevés, Joe et moi. Ça suffira pour se débrouiller dans la vie.

L'avocate se taisait, effrayée par l'attitude résolue de Lise. Elle souhaitait finir au plus vite cette entrevue pénible, mais il fallait quand même lui poser la question cruciale.

— Meurtre, meurtre ! s'écria Lise. En voilà des gros mots pour un si petit enfant. Je m'étonne que vous, une femme, vous puissiez dire cette sorte de chose du petit Conrad. Il n'a tué personne, selon moi. L'écœurant s'est tué tout seul, du moment qu'il a voulu abuser des enfants. Conrad n'a fait que se défendre. On devrait apprendre ça à tous les enfants, surtout aux enfants placés. Je me demande bien d'où est-ce que vous venez pour avoir ce genre d'opinion. Mettez-vous à la place de la petite fille, pendant une minute. Pas assise là comme avocate, non madame, couchée sur le lit sous une ordure qui vous viole. Vous me parlerez ensuite de meurtre, d'accord ? Non, madame, nous n'avons pas peur que ça arrive de nouveau, pas chez nous en tout cas. Si quelqu'un veut abuser de mon enfant, ou de n'importe quel enfant, Joe et moi, on est capables, nous-mêmes, de couper les couilles à l'écœurant. Ça répond à votre question ? C'est la réponse d'une serveuse de restaurant, mariée à un chauffeur de camion, tous les deux d'Abitibi, d'un village de mineurs. Là-bas, autrefois, le curé lui-même n'avait pas le droit d'abuser des petits garçons ; c'est tout vous dire...

Des primitifs, pensa l'avocate en s'en allant. Je ne veux même pas m'imaginer la suite. Heureusement qu'ils ne sont pas dans mon secteur. Les services sociaux de leur région s'arrangeront avec cette patate chaude.

❑

Joe et Lise continuèrent à visiter Conrado en prison et leur relation s'affermit au delà des simples sursauts émotionnels. Ils parlaient d'avenir, et Conrado prit l'habitude de leur montrer ses relevés scolaires avec les commentaires du professeur. Ses progrès en patinage firent aussi l'objet d'une surveillance attentive de la part de Joe. Celui-ci tint en outre à s'informer des détails de la vie de l'enfant en prison ; il s'arrangea pour visiter le dortoir, il parla à ses copains et aux plus grands, et devint l'ami de plusieurs des surveillants. Tout cela à sa manière, discrètement, en bon camarade et sans manquer de respect. Mais les gens savaient désormais que Conrado n'était plus seul au monde ; il était le filleul de ce Joe Plamondon, qui avait l'air d'un dur à cuire.

On ne mit pas Conrado au courant des tractations car l'issue resta incertaine jusqu'au milieu du printemps. Son sixième anniversaire fut fêté derrière les murs ; la fête était d'autant plus significative et honorable qu'elle coïncidait presque avec sa première année d'incarcération. Le petit garçon avait grandi entre-temps et pris du corps aussi ; s'il souriait toujours d'une façon désarmante, c'était un être beaucoup plus mature et sérieux que celui qui était arrivé autrefois chez les fous.

L'enfant avait eu le temps de repasser beaucoup de choses dans sa tête durant cette année ; sa vision du monde était moins naïve et moins craintive à la fois. Les images qui jouaient dans son esprit avaient appris à vivre bien compartimentées, et il savait mieux faire appel à tel ou tel thème suivant son état d'âme. Il ne subissait plus les pensées confuses ou destructrices comme autrefois ; il pouvait garder intactes certaines fantaisies pour le moment où il faudrait les mobiliser, tout en s'amusant avec d'autres pour passer le temps. Joe et Lise faisaient désormais partie de sa vie, en tant que lutins magiques créés pour veiller sur lui et le consoler. Ils étaient cependant très grands, dans un registre différent de celui de Bugs Bunny, des personnages magiques ou des choses imaginaires. C'étaient des adultes qui savaient se battre et protéger ceux qu'ils aimaient, sans rien demander d'autre que la sincérité, tout comme Martin, le docteur Poulin et plusieurs des gens de la prison. Natividad, la pauvre, appartenait au monde des enfants perdus et des fous, parmi Frenchie, Victor, le père Euphège et le docteur Merino. Les copains de prison, eux, c'était le monde réel, où existaient aussi Carole, Steve et la petite Guadalupe. Ces trois derniers resteraient à jamais ses uniques amis, et il passerait sa vie entière dans l'espoir de les retrouver.

Le printemps était déjà avancé lorsqu'il put enfin aller chez Joe et Lise. Tout se passa naturellement, et il trouva bon de se sentir un enfant entouré d'une famille. La discipline ne l'étonna pas, ni l'ordre ni la routine. C'était un couple de travailleurs et ils avaient leurs propres obligations malgré le fait que Lise avait réduit ses heures de travail au restaurant jusqu'à ce que l'enfant aille à l'école.

Il y eut des hauts et des bas, des moments difficiles comme dans toutes les familles. Une fois, par exemple, au tout début, Lise lui avait dit, sans réfléchir, que s'il était basané, il n'était pas pour autant un Noir, comme le prouvaient ses cheveux de petit mouton. Elle aimait tant ses cheveux... Sans trop savoir pourquoi, Conrado s'enferma dans la salle de bains et taillada minutieusement sa chevelure à l'aide d'une paire de ciseaux. Voulait-il prouver quelque chose ? Était-il étouffé par la sollicitude de Lise ? Lui-même ne comprit pas le geste et le regretta aussitôt qu'il se rendit compte du gâchis dans la glace. Il ressortit ensuite silencieusement, et revint au salon. Joe le remarqua en premier et fit signe à sa femme de ne pas réagir.

— Hé, Conrad, mon vieux, dit-il. Tu aurais dû nous dire qu'il était temps de couper tes cheveux. C'est vrai qu'ils étaient épais...

Lise se leva et lui dit, avec beaucoup de douceur :

— Tiens, mon amour, je vais t'arranger un peu, égaliser cette coupe. Autrefois, avant qu'il les laisse pousser, je coupais les cheveux de Joe. Viens, tu verras, je sais bien le faire.

Sans reproche, mais au bord des larmes, elle refit la coupe à l'aide d'une tondeuse, et ne lui laissa pas voir qu'elle gardait les mèches en souvenir.

Le lendemain matin, lorsque vint le moment de dire adieu à Joe avant qu'il parte pour un long voyage, celui-ci invita l'enfant à l'accompagner dans la cabine du camion.

— Conrad, elle est donc belle, Lise, tu ne trouves pas ? commença-t-il pendant qu'il laissait réchauffer le moteur du poids lourd.

L'enfant répondit par un large sourire.

— J'adore ses cheveux blonds, continua Joe. Toi aussi, n'est-ce pas ? Voudrais-tu qu'elle se rase la tête, rien que pour te faire souffrir ? Eh oui, mon vieux, hier soir tu as fait de la peine à Lise... Tu n'avais pas besoin de couper tes cheveux uniquement pour montrer que tu es un homme. Je le sais, et elle aussi. Tu l'aimes, n'est-ce pas ? Elle ne cherche pas à te faire de la peine... Alors, toi non plus, tu n'as pas besoin de la blesser. Elle trouve tes cheveux beaux ; ils sont beaux, que veux-tu ? Faudra vivre avec ça. Tu ne peux pas réagir en sauvage chaque fois que tu te sens attendri ou menacé... Garde ta rage pour tes ennemis, tu en auras besoin. Là, tu vois, je pars pour une bonne semaine. Occupe-toi d'elle pendant mon absence, ne fais rien pour l'attrister. C'est une femme formidable. Tu as vu comment elle a réagi ? Pourtant, tu méritais une fessée... Oui, pas à cause des cheveux, mais à cause de l'insolence. Allez, arrange-toi pour t'excuser car tu es en retard ; elle t'a déjà pardonné. Un vrai mec n'est jamais en retard pour ces choses-là.

Conrado et Lise restèrent sur le seuil de la maison, tous les deux tristes, en train de faire des signes d'adieu à un camion qui s'en allait au loin. Il remarqua les larmes qui coulaient doucement sur le visage de Lise lorsqu'elle lui dit, en tentant de sourire :

— T'en fais pas, mon amour, il reviendra. Joe Plamondon revient toujours chez lui. C'est bête, mais je pleure quand même...

C'est alors que Conrado lui dit les premières paroles, face à face, saisi aussi par l'émotion du moment. C'était différent de l'autre fois au téléphone, où il s'était échappé malgré lui. Maintenant, il voulait parler pour elle, pour se racheter, pour la voir moins triste et pour qu'elle sache, à son tour, qu'elle n'était pas seule.

— Tu pardonnes, maman Lise? Les cheveux vont pousser, je ne refais plus...

Lise ne parut pas surprise d'entendre la petite voix rauque à l'accent étranger qui paraissait venir du fond d'un puits immense. Après tout, elle entendait cette voix chaque nuit, dans ses propres rêves. Elle se limita à le regarder intensément dans les yeux et répondit:

— Je te pardonne, mon amour. Ils vont repousser, aussi certain que Joe va revenir. On va attendre ensemble, nous deux, et on lui parlera au téléphone; on lui dira de ne pas être triste sur la route car on l'attend, n'est-ce pas?

La parole est une drôle de chose, elle exige de la pratique. Conrado avait beau savoir parler dans sa tête, les années de silence avaient rouillé ses voies phonatoires et fixé de manière étrange une sorte d'accent composite. Dès que sa voix s'éclaircit, ce n'était cependant pas désagréable de l'entendre, et sa prosodie était d'une expressivité telle qu'il avait l'air de déclamer. Cela faisait un contraste adorable avec sa petite taille, ses grands yeux noirs et la riche mimique qu'il ne perdrait peut-être jamais.

Curieusement, s'il l'appela «maman Lise» dès le début, Joe resta toujours «Joe mon vieux». C'était son Yosemite Sam gravé dans le cœur, bien avant ce qu'avait prédit le maître tatoueur.

❏

Joe et Lise apprirent assez vite ce qu'il fallait pour commencer à être des parents. C'était une sorte de mélange entre grands frères, éducateurs, copains et vrais parents. Comment aurait-il pu en être autrement ? Conrado avait déjà toute une vie derrière lui, impossible de l'effacer, et cette vie faisait partie intégrante de son charme. Lise pouvait l'aimer comme une mère, car elle aimait son homme, et se savait aimée en tant que femme. Joe était ravi d'avoir un camarade qui, un jour, prendrait la route avec lui, et qui serait au volant lorsqu'il ne pourrait plus conduire son poids lourd. Paradoxalement, comme tous les papas, il souhaitait aussi que Conrado fasse des études, qu'il devienne ingénieur et avocat, pilote d'avion et joueur de hockey, grand bagarreur et tombeur de femmes. Mais si tout cela ne se réalisait pas, le camion serait toujours là, car il était sa véritable passion.

Est-ce que Conrado allait pouvoir rester chez eux, prendrait-il un jour le nom de Plamondon ? Ces questions n'avaient plus tellement d'importance depuis que la vie de tous les jours s'était imposée comme une évidence. L'enfant pouvait partir si le sort le voulait ainsi ; il reviendrait toujours car il avait trouvé une maison. Son sourire d'acier ? Pas la peine de s'en occuper, ce n'étaient que des dents de lait.

Et l'enfant, comment ferait-il pour continuer à vivre après tout ce qu'il avait expérimenté d'angoisse et de faiblesses humaines ? Il survivrait... Joe avait survécu ; et combien de fois durant ses longs parcours sur la route n'avait-il pas souri en se souvenant de son passé depuis les temps de la crèche d'Youville ? Le monde imaginaire de Conrado serait naturellement peuplé d'autres gens, d'autres histoires, sa langue serait plus riche et il garderait toujours un certain penchant pour le grand large et les choses étrangères. Lorsqu'il se souviendrait, ce serait d'une autre sorte de scène ; il partagerait le présent avec les gens de ce nouveau pays, mais sa mémoire resterait son trésor personnel. L'avenir comptait davantage que tout le reste, et ce pays froid valait n'importe quel pays-dimanche, avec l'avantage certain qu'il était réel et qu'il avait accepté l'enfant.

C'était bon de se promener dans les champs, de visiter les bois pour écouter le bruit des arbres. Conrado avait fait connaissance avec les enfants des fermes voisines, de bons copains, et il lui arrivait d'aller en leur compagnie regarder les animaux dans les étables. Mais ses meilleurs moments étaient ceux où il était seul, lorsqu'il se couchait sur l'herbe, des heures durant, pour regarder passer les nuages et les oiseaux. Il gardait toujours le regret de ne pas être un corbeau.

Quand arriva le mois de septembre, il commença l'école. Les autres enfants ne remarquèrent ni la couleur de sa peau ni qu'il parlait très peu. Leur unique souci était de savoir s'il pouvait patiner ; il manquait des joueurs à l'équipe locale de hockey, et ils avaient entendu dire que Lise et Joe Plamondon avaient désormais un fils. Comme il leur répondit par l'affirmative, tout était réglé. Conrado viendrait s'exercer avec eux à la patinoire du village. Et ils entrèrent dans la classe, encore bavards et fébriles après les longues vacances d'été.

❏

Il était une fois une myriade d'enfants abandonnés…
C'est parce que je suis si laid, pensa le petit canard en fermant ses yeux.

Table